*Joseph*

ロバート・
ハンプソン〔著〕
山本 薫〔訳〕


# 評伝
# ジョウゼフ・
# コンラッド

## 女性・アメリカ・フランス


松柏社


*Conrad*

目次

## コンラッド作品名　略語リスト

| | | |
|---|---|---|
| *AF* | *Almayer's Folly* | 『オールメイヤーの阿房宮』 |
| *AG* | *The Arrow of Gold* | 『黄金の矢』 |
| *APR* | *A Personal Record* | 『個人的記録』 |
| *C* | *Chance* | 『チャンス』 |
| *HOD* | *'Heart of Darkness'* (in the volume *Youth, Heart of Darkness, The End of the Tether*) | 「闇の奥」 |
| *LE* | *Last Essays* | 『最後のエッセイ集』 |
| *LJ* | *Lord Jim* | 『ロード・ジム』 |
| *N* | *Nostromo* | 『ノストローモ』 |
| *NLL* | *Notes on Life and Letters* | 『人生と文学についての覚書』 |
| *NN* | *The Nigger of the 'Narcissus'* | 『ナーシサス号の黒人』 |
| *OI* | *An Outcast of the Islands* | 『島の流れ者』 |
| *RES* | *The Rescue* | 「救助者」 |
| *ROM* | *Romance* | 『ロマンス』 |
| *ROV* | *The Rover* | 『放浪者　あるいは海賊ペロル』 |
| *S* | *Suspense* | 『サスペンス』 |
| *SA* | *The Secret Agent* | 『シークレット・エージェント』 |
| *SS* | *A Set of Sixth* | 『六つの物語』 |
| *TH* | *Tales of Hearsay* | 『伝え聞いた物語』 |
| *TLS* | *'Twixt Land and Sea* | 『海と陸の間で』 |
| *TU* | *Tales of Unrest* | 『不安の物語』 |
| *UWE* | *Under Western Eyes* | 『西欧の目の下に』 |
| *Y* | *Youth, Heart of Darkness, The End of the Tether* | 「青春」 |
| *CLI-CLIX* | *The Collected Letters of Joseph Conrad* | 書簡集 |

ヤエル・レヴィンへ
長年の変わらぬ友情をこめて

*Joseph Conrad* by Robert Hampson was first published by Reaktion Books, London, UK, 2020, in the Critical Lives series.


Cover photo
Courtesy of the Library of Congress, LC-USZ62-122955

# 日本語版に寄せて

ジョウゼフ・コンラッドは船乗りを職業としている時も、作家を第二の職業としている時も、一度も日本を訪れたことはなかったのだけれども、少なくとも一九二〇年代以来、彼の作品は日本の読者に難なく手に入るようになっていた。一九二二年に研究社はコンラッドの二作をまとめて *Typhoon and The Nigger of the "Narcissus"* として出版した。これは当時の名だたる英文学者によって編集された研究社英米文学叢書の一冊で、教科書や参考書として広く使用されていたし、現在も図書館で目にすることができる。*Typhoon and The Nigger of the "Narcissus"* は福原麟太郎による序文と註釈付きで出版され、一九二八年には第三版が刊行されている。この二つの物語が出版されているところからすると、他の多くの国と同じように日本においても、初期の受容の段階で焦点はどうやら海洋物語の作家としてのコンラッドに当たっていたようだ。ところが、福原はいみじくも序文においてコンラッドをモダニストとして、つまり、新しい種類の文学の創造者として提示している。彼はコンラッドを「ロマンティックな出来事」と「心理的リアリズム」を合体させる天才だと記述している。より重要なことに、福原はこの二作の心理的側面を強調し、この点においてコンラッドをヘンリー・ジェイムズに比しているのである。[1]

脇田裕正によれば、コンラッドが海洋小説の作家として知られるようになったのは一九〇〇年代後半からだった。[2] 脇田は一九〇八年に出版された夏目漱石による新聞紙上の論説を引用しているが、その中でコンラッドは「青春」、「台風」、『ナーシサス号の黒人』、「闇の奥」の作者として紹介されている。二〇世紀初期において日本のコンラッド読者はおおむね学者や小説家に限定されていたが、そうした界隈でコンラッドは英文学の重要人物としてすでに認知されていたと脇田は示唆している。脇田は、一九一八年に丸善書店で英国小説、つまり、当時の「同時代の英国の小説家」としてコンラッド、H・G・ウェルズ、ジョン・ゴルズワージー、アーノルド・ベネットの書籍を熱心に買い求めたという柳田泉[3]の回想を引用している（脇田 66）。転換点は、コンラッドが亡くなった一九二四年に訪れる。この時新聞報道で取り上げられたことによって、コンラッドはより広い読者層に知られるようになった。これもまたヨーロッパ諸国における事情と同じだった。[4] コンラッド作品の最初の日本語訳は早くも一九〇四年に発表されており、『英語青年 *The Rising Generation*』に「明日」と「青春」が掲載された。コンラッドの死後、「青春」と「エイミー・フォスター」（一九二五）、『オールメイヤーの阿房宮』（一九二六）、『チャンス』（一九二六―二八）、「潟」「進歩の前哨地」「白痴」の三作が一九二八年に日本語に訳された。[5] コンラッドの訃報を受け、例えば『英語青年』や『新文芸 *New Literature*』といった雑誌が特集号を組んだ（脇田 66）。しかし、これらの雑誌への寄稿者はコンラッドを海洋物語の作家として喧伝した。さらに、おそらく『オールメイヤーの阿房宮』や「潟」の出版を受けてのことだろうが、東南アジアを舞台にした物語の作者としてのコンラッドの認知度も上がっていた。従って、脇田によれば、一九二九年の記事で春山行夫[6]がコンラッドと「ヴェランダのついた家という熱帯地方のイメージ」とを結びつける一方で、吉村鉄太郎[7]は一九三三年のエッセイにおいて「コンラッド作品の熱帯の場面」をキプリングの物語のそれと比較したのである（脇田 67）。

コンラッドに対する夏目漱石の反応は新聞の論説だけにとどまらなかった。相良英明によれば、漱石は一九〇六年の春あるいは夏の備忘録に「台風」を読んだと記録している。しかも同じ年の後半には主人公たちが登山の際に台風と格闘する『二百十日』を執筆した。[8] 一九〇八年には、主人公が銅山にいたるまでの旅と銅山での労働についての回想録『坑夫』を書いたが、相良によればその小説は「主題と構成の点で」コンラッドの「闇の奥」に似ているという。もしコンラッドが漱石を通して二〇世紀の最初の十年のあいだに日本文学にひそかに入り込んだとするなら、一九三〇年代までにコンラッドの小説は――おそらく研究社の例に続いて――高校や大学の教育の中で地位を得ていたに違いない。脇田の記述によれば、会津八一[9]は一九三五年に高校生の英語の教科書として「青春」を使用していたし、丸山学[10]は広島高等師範学校の生徒にコンラッドを紹介し、東田千秋は一九四一年に『ロード・ジム』の第一部を教科書として用いて海軍兵学校で生徒に英語を教えた（脇田 68, 71）。いずれの場合も主に言語としての観点からの使用であり、焦点はコンラッドの海洋小説に絞られていた。

この評伝で私はコンラッドの人生の記述と、彼のほぼすべての作品の読解を試みた。私が提供しようとしたのは、コンラッドの人生の主な出来事——辺境の流刑地へ追放された政治犯の息子として過ごした尋常ならざる幼年時代、帆船が蒸気船に取って代わられようとしていた時期の船乗りとしての経歴、作家として駆け出しの時期と後期ヴィクトリア朝の文学市場との関わり、H・G・ウェルズ、スティーヴン・クレイン、ヘンリー・ジェイムズ、フォード・マドックス・フォードのような作家たちとの文学を介した交友関係、『西欧の目の下に』執筆時の神経衰弱、『チャンス』とアメリカの出版社による宣伝活動とともに晩年訪れた大衆的人気——のコンテクストである。『ノストローモ』や『シークレット・エージェント』といった小説ではコンラッドがどのように同時代の政治的事件に反応したかについて概略を述べ、第一次世界大戦の戦中戦後、ポーランド独立の大義を推進する活動にコンラッドが徐々に関わっていく様子を探った。

この伝記の重要な特徴は、コンラッドの女性との関係に焦点を当てていることだ。コンラッドの初期の小説はマレー群島（そこは、コンラッドの作家としての経歴において繰り返し舞台であり続けた）

を舞台にしていたけれども、「台風」や『ナーシサス号の黒人』のような作品によって築き上げられた彼の初期の評判は、海洋物語の作家としてのそれだった。従って、コンラッドは男性についての、男性向けの物語の作家としばしば見なされた。興味深いことに、ダブルデイ社はアメリカでコンラッドを女性向けの、女性について書く作家として宣伝した。『チャンス』の中心的登場人物がフローラ・ド・バラルという若い女性であるという事実が強調されたのである。しかしながら、女性はコンラッドの小説において常に重要な位置を占めてきた。第一作『オールメイヤーの阿房宮』の物語の中心は、ボルネオの上流にある交易所を管理するオランダ系の男性オールメイヤーとその娘ニーナの断絶であり、ニーナもまた自分に対して父が抱く欺瞞に満ちた夢と母方のマレーの伝統のあいだで引き裂かれている。『シークレット・エージェント』の作者のノートではウィニー・ヴァーロックがこの小説の構成の中心であるとコンラッドは記述している——「ミセス・ヴァーロックの周囲に集まり、『人生は深く詮索するものではない』かもしれないという彼女の痛ましい疑念に直接間接に関わる人物像は、まさしくその必然から生まれている」[11]。そればかりか実際『ノストローモ』の鉱山所有者の妻エミリア・グールド以降、女性はコンラッドの小説においてますます重要な位置を占めるようになっていたし、(『チャンス』以降の)後期作品はどれも傷ついた女性たちの物語を軸に展開している。

コンラッドは、ジェシー・ジョージと結婚する前にさまざまな女性と恋人関係にあった(あるいは少なくとも彼女らを恋愛対象として見ていた)。『ノストローモ』に付された作者のノートにはこどもの頃の「初恋」への言及があるが、その後には数々のより真剣な交際が続いた。こうした恋愛のもつれに加えて、コンラッドは多くの女性と親密で愛情のこもった関係も結んでいた。このことはサンダーソン一家との書簡のやり取りからかなりはっきりしている。コンラッドは一八九三年三月にテッド・サンダーソンと出会った。その頃コンラッドはトーレンス号の一等航海士、サンダーソンは乗客の一人だった。このトーレンス号での勤務は、コンラッドが旅客船で働いた唯一の経験であり、オーストラリアへ二度旅する間に船上で乗客と築いた友情の中には生涯続く大切なものもあった。とりわけサンダーソンと旅の同伴者ジョン・ゴルズワージーの場合がそうだった。サンダーソンとゴルズワージーは、ロバート・ルイス・スティーヴンソンを探すための南太平洋周遊の旅からの帰途にあった。ゴルズワージーは弁護士になるための訓練を受けていたが、のちに小説家兼劇作家として大きな成功をおさめた。サンダーソンは父親の学校で補助教員として働くためにイングランドに戻った。ゴルズワージーとサンダーソンはコンラッドにとって生涯大切な人物であり続けた。結婚する前コンラッドはエルズトリー[12]にあるサンダーソン一家の邸宅に足しげく通った。一八九四年四月には十日間滞在して『オールメイヤーの阿房宮』の第一章を執筆し始めると、サンダーソンと彼の母親が原稿の修正を手伝った。コンラッドの書簡が示す通り、彼はサンダーソンの母親、姉妹、婚約者と親しい（実際かなり親密な）関係を持ち続けた。サンダーソン一家のおかげでコンラッドは幼い頃経験することのなかったにぎやかで活気あふれる家庭生活を味わうことができた。

コンラッドはまた遠縁の未亡人マルグリット・ポラドフスカと親密な関係を結んだ。親族としての関係がおそらくこの二人の関係性をいっそうわかりにくくしているのかもしれないが、二人の交友関係の根底にそもそも何があろうとも、ポラドフスカはこの孤独な青年にとっては大切な信頼できる友であり、同じく重要なことに、同時代の文学の世界との繋がりを具現する人物だった。ポラドフスカは出版経験のある作家で、（とりわけ）彼女に宛てたコンラッドの初期の書簡には彼が小説の詩学を何とか練りあげようとする様子が見てとれる。フォード・マドックス・フォードの妻エルシー・マーティンデイルやジョン・ゴルズワージーの妻エイダ・ゴルズワージーとの関係においても文学は一役買っていた。このことをはっきり示すのは、この二人の女性がそれぞれ別々に手がけたギ・ド・モーパッサンの物語の翻訳である。[13] コンラッドは彼女らが翻訳した作品について彼女らと議論し、エイダ・ゴルズワージーの本には序文を書いている。[14] 文学はまた、後年コンラッドをいとこの娘アニエラ・ザゴルスカとも結びつけた。のちに彼女はコンラッドの作品のもっとも有名なポーランド語翻訳者となる。

コンラッドの人生においてもう一つ重要なのはフランスである。彼は幼少時からフランス語を学んでいたが、それは自らが属する階級の慣例だった。そして、十六歳の時にはフランスに渡りフランス商船隊で経歴を積もうとした。また彼はさまざまなフランス文学を読んでもいた。モーパッサンの物語は暗唱できたし、フロベールを師と仰いでいた。こうしたフランス文学の知識が部分的に彼とフォード・マドックス・フォードとを繋ぎ、またそういう背景事情があったからこそエルシー・マーティンデイルやエイダ・ゴルズワージーを援助することができたのだった。コンラッド夫妻の新婚旅行先はフランスであり、コンラッドは晩年にはフランスに移住することを考えていたらしい。フランスはまたコンラッドにとって——そしてより広い意味でポーランド人にとって——政治的にも重要だった。より古い世代のポーランドのナショナリストは、フランス、とりわけナポレオンがロシアの支配から自分たちを解放してくれると期待していた。コンラッドは構想中のナポレオン小説のための調査を一九〇六年から開始し、この調査に余生を費やしたが、これは『放浪者　あるいは海賊ペロル』と『サスペンス』の二作といくつかの短編として結実した。当時ナポレオンへの関心は珍しいものではなかった。トマス・ハーディは一八八〇年にナポレオン小説『ラッパ隊長』、一九〇四年と一九〇八年には三部構成の「ナポレオンとの戦いの叙事詩劇」『諸王の賦』を出版した。アーサー・コナン・ドイルは、シャーロック・ホームズに代えて一連の短編の新たな主人公をナポレオン戦争時代の若きフランス人騎兵隊将校エティエンヌ・ジェラールに据えた。「最後の事件」（一八九三）でホームズをなんとか死なせたあと、ドイルはこの新たな主人公についての数々の物語を刊行した。そしてそれらは『ジェラール准将の功績』（一八九六）と『ジェラールの冒険』（一九〇三）としてまとめられた。コンラッドの友人フォード・マドックス・フォードは早くも一九〇二年にはナポレオン戦争を題材にした小説の執筆を話題にしており、最終的に自身のナポレオン戦争小説 *A Little Less Than Gods* を一九二八年に出版した時には、

それがコンラッドの『サスペンス』と関係することに言及している。(15)

この伝記の日本語版が今こうして読者の手に届こうとしていることを大変うれしく思う。二〇〇七年に東京大学で開催された会議「文学とテロ」に参加するために日本を訪れた際のことは私にとって非常に楽しい思い出だ。その会議の間に私は東京／京都コンラッド研究会の会員と会うことができた。それ以後日本コンラッド協会が結成され、東京／京都コンラッド研究会の会報（奥田洋子編集）も学会誌『コンラッド研究』に変わった。創刊号（奥田洋子編集）が出されたのは二〇〇九年だが、それ以来私は、歴代の編者を通して『コンラッド研究』の進展の過程を追いながら、伊藤正範、山本薫、井上真理、設楽安子、奥田洋子、田尻芳樹、岩清水由美子、榎田一路といった親しい友人たちの仕事ぶりを目にしてきた。また、（残念ながらオンラインだったけれども）光栄にも日本を再訪する機会を得て、二〇二一年一一月の日本コンラッド協会の大会で講演するようお招きを受けた。日本で得た多くの友人たちがこの書物を楽しんでくれればと願う。本書の翻訳に最大限の労力を注いでくれた山本薫にはとても感謝している。私の知る彼女は重要な研究書 *Rethinking Joseph Conrad's Concepts of Community*（二〇一七）の著者であるが、コンラッド晩年の小説『放浪者　あるいは海賊ペロル』の誠実な翻訳者と言ったほうがより適切かもしれない。彼女のおかげで、この書物は読者の手に届くのだから。

1913年のジョウゼフ・コンラッド

# 序章▼コンラッドのイメージ

　ヴァージニア・ウルフは、『タイムズ文芸付録』（一九二四年八月二四日）[1]誌上のコンラッドの追悼記事の中で、彼の名声は死亡時に「一人の例外を除いて間違いなくイングランドで最も高かった」と述べている。ウルフはコンラッドの文体の美しさを「彼には見苦しいあるいは安っぽいペンの動かし方はできないかのようだ」と褒め称えた上で同時に、彼の作品の「マーマイトのような[2]」性質にも言及した――「夢中になって大喜びで彼の作品を読む人もいたが、しらけ切って暗い気分になった読者もいた」。しかしながら、おそらく最も驚愕すべきは、ウルフが次のような比喩でそのエッセイを始めていることだろう――「我々の客人《ゲスト》が我々のもとを去った。ずいぶん前にいつの間にかこっそりとやって来てこの国に居を構えたのとちょうど同じように、別れのあいさつもせずあっけなく去っていった[3]」。コンラッドが帰化し、英国臣民となったのは一八八六年のことだった。（アメリカ人のヘンリー・ジェイムズ――ウルフが言う「一人の例外」とはおそらく彼のことだが――は一九一五年にやっと帰化した）しかし、ほぼ四十年が経過しても、コンラッドが「イングランド人ではないこと」はウルフにとって依然として問題だったのだ。(4) 主人《ホステス》と型破りな客人《ゲスト》という比喩は、ウルフのさまざまな特権意識を明らかにしているが、同時にそこには、コンラッドも直面したような移民に対するより一般的な意味でのイングランド人の態度もうかがえる。

一八九五年に『オールメイヤーの阿房宮』を出版して作家活動を始めた時から、コンラッドは批評家の間では評価されていた。書簡の中で彼が述べているように、スコットランドの日刊紙は「大絶賛」(*CLI* 213-14)し、「全地方紙」は「好意的で、中には熱狂的に評するものもあり」、「ロンドンの大手誌」は「最も感じのよい言葉で」(*CLI* 220-21)『オールメイヤーの阿房宮』を論評した。こうして成功したことでコンラッドは、小さな共同体を形成する作家たちの知己を得た。H・G・ウェルズ、ヘンリー・ジェイムズ、フォード・マドックス・フォード、スティーヴン・クレインである。その当時彼らはみなケントのコンラッド家のすぐそばに住んでいた。(5) とはいえ、『オールメイヤーの阿房宮』は大当たりを、つまり、コンラッドが喉から手が出るほど欲しがっていた金銭的報酬を彼にもたらすことはなかった。商業的成功は一九一四年に『チャンス』を出版して初めて訪れた。ダブルデイ・アンド・マックルーア社(6) は、一九〇〇年に初のアメリカ版『ロード・ジム』を出版した。ダブルデイ、ページ・アンド・カンパニーは、後に『チャンス』の出版を引き受けると、人目を引く広告キャンペーンを開始することにした。結果として、『チャンス』は、出版して最初の一週間で一万部を売り上げ、アメリカでベストセラーとなり、しばらくしてイングランドで出版されると同じように人気を博した。続くコンラッドの小説すべて――『勝利』、『放浪者』あるいは『海賊ペロル』、『救助』、『黄金の矢』――がアメリカでベストセラーとなった。さらに、作家活動の早い時期からコンラッドの作品はアメリカ（北米）と英国の両方で広く雑誌に連載された。実際、英米どちらにおいても、初めてコンラッドの作品を読んだのが単行本ではなく連載だったという人のほうが多かっただろう。[7]

一九一四年にダブルデイ社はまた、全集を出すためにコンラッドの小説のアメリカでの版権を獲得し始めた。全集はアメリカ(北米)ではダブルデイ、英国ではハイネマンから出版されることとなった。出版社にとって全集の出版は、世間から注目され評価されていることの証であると同時に大きな金銭的見返りを期待する投資でもあった。出版社は、全集が商業的事業として成立するのに十分な売り上げをはっきりと見込んだが、一方作家は全集が有終の美を飾ると同時に将来を保証すると考えた。エッセイ「ヘンリー・ジェイムズ――ひとつの評価」(一九〇五)において、コンラッドはジェイムズ作品には全集がないことに触れている。[8] ジェイムズの「ニューヨーク」版全集は一九〇七年から一九〇九年の間に全二十四巻で出版された。それは経済的に成功こそしなかったものの、彼の偉業を称える記念碑となった。（この全集をきっかけにジェイムズは、自らのテクストを改訂し、作家として特殊な経歴を歩むようになった。）

コンラッドの全集の場合、その事情はかなり違っていた。ハイネマン社とダブルデイ社の「サンーダイヤル」豪華版全集が出始めたのは一九二一年だった。ダブルデイ社は、英国における共同経営者J・M・デント社と一九二四年から廉価版も出版した。このことが示しているのは、ダブルデイ社がコンラッドの作品に対してかなりの読者層を見込んでいたということだ。実際に、アメリカでダブルデイ社は、「サンーダイヤル」版をコンコルド版（一九二三）やカンタベリー版（一九二四）といったさまざまな名称で一九二〇年代に何度も再版した。英国では、デント・ユニフォーム版（一九二四―二八）が一九四〇年代後半から一九五〇年代前半にかけてデント版全集として再版された。このことからわかるように、ダブルデイ社は、コンラッドの晩年の十年間において作品を市場で販売する上で非常に影響力を持っていた――そして、次にアメリカで死後の名声を築く上でもそうだった。一九二三年にフランク・ダブルデイは、コンラッドを説き伏せて宣伝のためにアメリカ訪問までさせたのだが、ある評論家はその訪問を「その年の最も注目に値する文学的出来事」と称えている。[(9)]

これらの全集が出版された日付からは、英国におけるコンラッドの名声の変動とアメリカにおける受容のパターンの違いがわかる。一九二〇年代のアメリカには明らかにコンラッド作品の市場が存続していた。実際英語圏における大文豪としての彼の地位は、晩年の十年間にアメリカで築かれ、一九二〇年代から一九三〇年代までアメリカで維持されたのである。H・L・メンケン、ウィラ・キャザー、アーネスト・ヘミングウェイ、F・スコット・フィッツジェラルド、ウィリアム・フォークナー、リチャード・ライトといった作家たちを経由して、コンラッドの作品は、小説の形式に対するさまざまな実験は言うまでもなく、ナショナル・アイデンティティ、国籍離脱による移住、人種の問題との関連でアメリカ国内の文化の中で広まった。[10] しかしながら、英国での事情は違っていた。

すでに見た通り、一九二四年にウルフはためらうことなくコンラッドを天才とはっきり宣言し、その名声が（ヘンリー・ジェイムズに次いで）英国で二番目に高いと述べた。しかし、よくあることだが、コンラッドの死後、英国でのその評価は低迷したものの、作家たちには影響を与え続けた。例えば、グレアム・グリーンの初期作品はコンラッドの強い影響を受けて書かれた。そして、一九三〇年代にはグスタフ・モルフの *The Polish Heritage of Joseph Conrad*（一九三〇）、R・L・メグロスの *Joseph Conrad's Mind and Method*（一九三一）、エドワード・クランクショーの *Joseph Conrad: Some Aspects of the Art of the Novel*（一九三六）によってコンラッドの評価は学界において復活し始めた。だが、M・C・ブラッドブルックの *Joseph Conrad: Poland's English Genius*（一九四一）とF・R・リーヴィスの『偉大な伝統』（一九四八）によって一九四〇年代に大きな変化がもたらされる。ウルフにとってのコンラッドが「いくつかのごく単純な考え」（『個人的記録』xix）のコンラッド、つまり、初期の海洋小説――「青春」「台風」『ナーシサス号の黒人』『ロード・ジム』――のコンラッドなら、ブラッドブルックのコンラッドはもっと複雑で多彩である。彼女が前景化するのは「プリンス・ローマン」『放浪者　あるいは海賊ペロル』『ナーシサス号の黒人』『西欧の目の下で』だ。

このことが暗示するように、ブラッドブルックのコンラッドは政治的であり、政治と言えば、四〇年代当時においては差し迫った問題と見なされていた。さらに、コンラッドに対するブラッドブルックの関心の重要な部分は――彼女の著書のタイトルが強調するように――コンラッドが移住者《マイグラント》であるというまさにその事実であり、移住者《マイグラント》らしい批判精神を持ったコスモポリタンだということだ。しかし、こうして再評価されたにもかかわらず、コンラッドの作品は、英国の文化の中ではアメリカにおいてほど切迫した形で広く読まれることはなかった。

学問の世界がコンラッドを再発見し、同時に彼の作品がより広く一般大衆の間で人気を博すことになるよう最も貢献したのは、またしてもケンブリッジの学者で、同じく『スクルーティニー』誌(11)の仲間の一人、F・R・リーヴィスだった。『偉大な伝統』が冒頭で挙げているのは、四人の「偉大な英国の小説家」、ジェイン・オースティン、ジョージ・エリオット、ヘンリー・ジェイムズ、ジョウゼフ・コンラッドという、まさしく実際「一読の価値のある英語の小説家たち(12)」である。この書物は数十年もの間コンラッドがどう教えられ、学生はどう彼の作品を読まねばならないかを決定づけた。「闇の奥」を初めとして「台風」や『ロード・ジム』をマイナーな作品とし、ざっと『ノストローモ』『勝利』『シークレット・エージェント』『西欧の目の下に』『チャンス』までを主要な作品とするコンラッドの正典を確立したのだ。この本の影響力によって、「コスモポリタンのポーランド人で、フランスの巨匠の学徒」(二〇一)であるコンラッドは、以後三十年の間最も重要な英国の小説家としての地位を不動のものにした。

コンラッドの戦後の評価に大きな影響を与えたもう一人が、アメリカの批評家アルバート・J・ゲラードだった。彼の著書『小説家コンラッド』（一九五八）が推奨したのは、コンラッド作品を、自己の複雑で深遠な心理分析として読むことだった。さらに重要なことに、広く読まれているニュー・アメリカン・ライブラリー[13]社版の「闇の奥」（一九五〇）に付されたゲラードの序文は、この作品の心理的読解をアメリカの学界における支配的な解釈として定着させた。以後二、三〇年の間、「闇の奥」はアメリカの学界のすべての文学の徒によって典型的なモダニズムのテクストとして読まれるべきコンラッドの作品となり、ゲラードの序文はその解釈の枠組みを与えた。さらに、ゲラードは教師としても影響力を持っており、ハーバード大学大学院の彼のゼミは少なくとも二人の重要なコンラッド批評家を輩出した。トマス・モーザーとE・K・ヘイである。モーザーとともにゲラードは、コンラッド研究においていまだ支配的である「達成と衰退」（achievement and decline）のパラダイム〔ある時代や分野において支配的な規範となる価値観〕を打ち立てた。もっとも一九七〇年代以降さまざまな批評家[14]がこのパラダイムには異議を唱えており、彼らは初期作品の功績に注目し、後期作品を好意的に再評価してはいる。

一九七〇年代以降も、心理学、物語論、新歴史主義、ポスト構造主義といったさまざまなアプローチでコンラッドの作品読解の可能性が証明されるようになった。しかしながら、コンラッドの評価は痛手を受け続けた。フェミニストは「闇の奥」におけるマーロウの言葉を主な根拠にして、彼のいわゆる女性観を批判した。一部のポストコロニアル批評の標的もまた、「闇の奥」のマーロウの語りだが、コンラッドの他のアフリカ小説「進歩の前哨地」は言うまでもなく、[15]初期のマレー小説は見落とされている。最も有名な（そして最も大きな痛手を与えた）批判は、小説家で批評家のチヌア・アチェベによって一九七七年になされた。ゲラードの大きな影響力を持つ序文はアメリカの学界において支配的であったが、その序文に促された心理的解釈への反応として、また、コンラッドが「執拗に形容詞を重ねること」に対するリーヴィスの批判への応答として、アチェベは、「闇の奥」の読解を通してコンラッドが「ひどい人種差別主義者《ブラディ・レイシスト》」[16]であることを示そうとした。このエッセイがのちに歴代のノートン版[17]「闇の奥」に収録されると、コンラッドの全作品がしばしばそうした見方で紹介されるようになり、不当に退けられることとなった。

だが、コンラッドの影響の及ぶ範囲は、英国やアメリカにとどまるものではない。早くから彼の作品はフランス語、ポーランド語、ドイツ語に翻訳されており、その後もあらゆるヨーロッパの言語はもちろん、日本語、標準中国語に翻訳されてきた。生前コンラッドは、『新フランス評論』[18]周辺のグループに取り上げられた。アンドレ・ジッドは「台風」をフランス語に訳し（コンラッドの他作品を監訳し）ただけでなく、コンラッドの影響下で例えば小説『贋金づくり』（一九二六）や反植民地主義的旅行記『コンゴ紀行』（一九二七）といった作品を生み出した。後者はコンラッドの思い出に捧げられている。ドイツでコンラッドの作品を支持したのは、ジッド同様ノーベル賞を受賞したトーマス・マンだったが、彼はコンラッドのコスモポリタニズムに深く感銘を受けたのだった。マンは、フィッシャー・フェアラーク社のドイツ語版『シークレット・エージェント』(一九二八)に序文を寄せてコンラッド作品の政治的側面を強調した。フィッシャー・フェアラーク社は同時代の欧米文学を扱う最も重要なドイツの出版社であり、ドイツ語版コンラッド全集が出版されると、コンラッドは大戦期のドイツにおける同社の革新的な出版物の一部となった[19]。

ヨーロッパを越えてコンラッド作品に影響を受けたのは、V・S・ナイポールからデイヴィッド・ダビディーンまでのさまざまなカリブの作家たち、ホルヘ・ルイス・ボルヘスから、これまたノーベル賞受賞者のガブリエル・ガルシア・マルケスのマジック・リアリズムを経由して、ファン・ガブリエル・バスケスによる比較的最近の『コスタグアナ秘史』(二〇一〇)までの南米の作家たち、そして、グギ・ワ・ジオンゴを含むさまざまなアフリカの作家たちだった。ジオンゴの小説『一粒の麦』(一九六七)や、ケニヤの独立時代を舞台とする『血の花びら』(一九七七)はそれぞれ『西欧の目の下に』や『勝利』へのアフリカからの応答と見なされてきた。事実、最近の書評でジオンゴは、帝国の犠牲者でありながら英語で書くことを選んだコンラッドは、アチェベと自分にとって「文学の上での兄弟[20]」だと述べている。

# 第一章▼ウクライナに生まれて

「家なくして国はなし」――アポロ・コジェニョフスキ「我が息子へ(1)」

幼少の頃からコンラッドは同時代の多くのヨーロッパの男子学生と同じように、地理上の「発見」の物語で頭がいっぱいだった。アフリカ探検のそうした情報は幼い頃にそっと耳打ちされたのだろう、とエッセイ「地理学と探検家たち」(一九二四)の中で想像をめぐらせている。そこまで夢想的でないが、子供時代の読書を通して発見したタンガニーカ湖やヴィクトリア湖の輪郭を地図上に描きながら、幼年時代後期に地図の空白を地名や川の名前で埋めていったことを彼は記述している。「闇の奥」においてマーロウの記憶の中で、ヨーロッパが作成した地図の上でアフリカの空白部分が徐々に埋められていったように、こうして、少年時代の夢と成人してからの職業選択が結びつけられているのだ。実際、植民地建設はコンラッドの幼年時代を形づくったのだが、帝国の冒険や探検のロマンスが彼の想像力を虜にする一方で、植民地建設の別の側面が彼の幼年時代と青春時代を彩っていた。若きポーランド人として、コンラッドは幼い頃から帝国の支配を経験していたのだった。

コンラッドは、一八五七年一二月、ポーランド・リトアニア共和国の銀行業務と貿易の重要な中心地だったウクライナ領のベルディーチウに生まれた。ポーランド・リトアニア合同は、遡ること一三八五年に成立した。そして、これら二つの民族の共和国は、ポーランド王国とリトアニア大公国の連合だったが、一五六九年から一七九五年まで分権の多国籍国家として存在した。[2] コンラッドの生誕時、ベルディーチウ市は人種のるつぼだった。地主は通常ポーランド人のカトリック教徒、小作人はギリシャ正教会のウクライナ人、そしてかなり大きなユダヤ人コミュニティも存在した（事実ベルディーチウの人口の七割以上がユダヤ人だった）。しかしながら、コンラッドが自分をポーランド人だと思っていたとしても、彼が生まれた頃ポーランドは存在しなかった。祖国は一七七二年、一七九三年、一七九五年の分割統治によって分断され、地域ごとにロシア、プロイセン、オーストリアによって支配されていた。ベルディーチウはロシア皇帝の統治下にあり、コンラッドは公的にも法的にもロシア帝国臣民だった。

コンラッドの両親、アポロとエヴァ・コジェニョフスキが出会ったのは一八四七年、アポロ二十七歳、エヴァ・ボブロフスカ十六歳の時だった。二人は九年後の一八五六年に結婚した。エ

コンラッドの父、アポロ・コジェニョフスキ

ヴァの父と長兄のタデウシュは二人の結婚に反対で、父の死後やっとタデウシュの反対する気持ちも薄れていった。アポロは詩人で、劇作家でもあり翻訳家だった。彼はヴィクトル・ユゴーやアルフレッド・ド・ヴィニー[3]の作品、後にはディケンズの『ハード・タイムズ』やシェイクスピアの『間違いの喜劇』を翻訳した。アポロの父テオドルは地主であり職業軍人で、ナポレオン戦争ではワルシャワ公国軍の将校を務め、一八〇九年のラシンの戦い[4]ではオーストリア軍と戦った。一八三〇年の反ロシア（一一月）蜂起の際、テオドル・コジェニョフスキは自ら騎兵隊を編成したが、蜂起が失敗に終わると、結果として財産を没収されることになった。[5]コジェニョフスキ家もボブロフスキ家も、ポーランド貴族シュラフタに属していた。しかし、シュラフタは民族的に同質の集団ではなく、一六世紀半ば以降その中に含まれたのは、リトアニア貴族、ルテニア貴族《ボヤール》、ドイツ系のプロイセン及びバルト諸国の紳士階級にその他少数の諸民族だった。[6]彼らを結びつけたのは、名誉、義務、奉仕を重んじる軍人または騎士としての規範だった。当然ウクライナのシュラフタも一七九四年と一八三〇年の反ロシア蜂起において積極的に活躍し、その多くはコジェニョフスキ家のように、最終的には一家の財産を没収されてしまったが、ボブロフスキ家の年長者はもっと慎重だった。エヴァの父ユゼフは独立闘争からは距離を置き続け、タデウシュも父の方針を踏襲した。

当時ポーランドには三つの大きな政治集団が存在した。赤党、白党、そして宥和派あるいは調停派である。赤党とは、小作人と労働者を含む同盟で、彼らはポーランドの独立闘争と社会改良計画を結びつけ、軍事的な蜂起によって独立を勝ち取ることを望んでいた。白党は、分割以前の封建的なポーランド王国を取り戻そうと望み、英仏がその大義を支援することを期待した。そして、宥和派はあくまでロシア帝国内でポーランドの国家としてのアイデンティティを保持しようとした。アポロとエヴァは熱狂的な愛国者であり、赤党党員の活動家だった。(7)

この世に誕生した時コンラッドは三つの名前を与えられた。ユゼフ、テオドル、コンラットである。初めの二つは母方と父方の祖父の名であり、三つ目はアダム・ミツキェーヴィチの詩劇『父祖の祭(*Dziady*《ジャディ》)』の主人公の名だった。題名の「ジャディ(Dziady)」とは死者を追悼するポーランドの民間行事で、それは詩の第二部を占めている。コンラットは第三部で登場するが、ミツキェーヴィチはそれを一八三〇年から三十一年までの一一月蜂起が失敗した後に書いた。コンラットとは若き詩人グスタフが新たに選んだ名前であるが、彼はロシア当局による迫害の結果、祖国の再統一に身を捧げる。その名は、ミツキェーヴィチの小説『コンラット・ヴァレンロット』(一八二八)から取られており、その主人公はリトアニア人で、幼い頃捕えられ、敵のドイツ騎士団によって育てられるのだが、騎士団を軍事的敗北に導くことによって復讐するためにドイツ騎士団の総長となる。この小説は明らかにポーランド分割への応答として書かれたものであり、一一月蜂起に少なからず影響を及ぼした。息子をコンラットと名づけることでアポロとエヴァは息子の肩に政治的な期待という重荷を背負わせていたのであった。このことは、息子の洗礼に寄せて書いた詩「モスクワ暴動の鎮圧の八十五周年記念日に生まれた我が息子へ」からも明らかだ。この子守唄は息子に「ポーランド人たるよう」厳命し、こう告げる。

おまえには土地はなく、愛もない
国もなく、民もない
ポーランド——おまえの母が葬られているうちは(8)

これほど期待されていたとすれば、のちにポーランドを去る際にコンラッドがいくらかでも罪悪感という重荷を背負ったとしても不思議はないだろう。

一八五九年にコジェニョフスキ一家はポドリヤ（現ウクライナ中西部のポジーリャ）のデレプチンカからジトーミェシュ（現ウクライナ西部のジトーミル）に移り住んだ。そして、アポロはそこで地下運動に参加する。彼はまたさまざまな新聞に定期的に文章を寄せるようになった。その後、アポロは一八六一年の五月にワルシャワに移る。表向きはパリの『両世界評論』(9)を模範として、隔週発刊の文芸雑誌『ドゥヴティゴドニフ』を立ち上げるためだったが、実際は、のちの国家中央委員会及び国民政府の基盤となる独立運動委員会を発足させ、政治的抵抗運動を率いるためだった。

委員会の三人の指導者はアポロ・コジェニョフスキ、イグナツィ・フミェレンスキ（無差別テロの唱道者）、元陸軍大尉のヤロスラフ・ドンブロフスキで、ドンブロフスキは一八四八年のパリの六月蜂起で戦い、のちに戦死した時にはパリ・コミューンの軍事最高司令官だった。[10] 自分の父は革命家ではないとコンラッドは言ったけれども、当時ポーランドで愛国的な活動家であれば、ロシア帝国当局には革命家と見なされただろうし、暴力的で容赦ない体制の性質から考えて、当局が暴挙に出ることは決定づけられていた。[11] のちにコンラッドがエッセイ「専制政治と戦争」（一九〇五）の中で記述しているように、独裁政治は発展を容認しない。また、『西欧の目の下に』で彼が示したように、独裁体制は忠誠と反抗の間のいかなる中道も認めないのだ。ポーランド国民政府は、アポロの委員会から発展したのだが、大臣と事務局から成る非公式の並行政府であった。それは非常によく組織化されており、一八六三年の蜂起ではロシア皇帝の軍隊を相手に十六カ月間抵抗を続けた。

初めエヴァとコンラッドはエヴァの母の所有地であるウクライナ西部のテレホヴァに滞在していた。当時コンラッドの両親の間で交わされた書簡は、一八六一年一〇月のアポロ逮捕後の裁判で証拠として提出された。逮捕後アポロはワルシャワ要塞監獄で囚人として六カ月を過ごした。その後一八六二年五月に彼とエヴァは、軍事法廷で裁かれ、北西ロシアの流刑地に送られた。一八六二年六月、憲兵つき添いの下で五〇〇キロ近く移動した後、二人はヴォーログダの収容施設の過酷な環境に置かれた。四歳の息子も一緒だった。アポロはヴォーログダを、網の目のように張り巡らされたガタガタの木製の

コンラッドの母
エヴァ・コジェニョフスキ、1862年

橋だけが外部との唯一の経路となっている巨大な沼地と描写した。そこには季節が二つしかなかった。雪の降る白い冬と、たえず雨の降る緑の冬だ。[12] 二人が加わったコミュニティは、一八三〇年、一八四六年、一八四八年の蜂起で流罪となった人々で構成されていた。そして、コジェニョフスキ一家の居房はすぐさまポーランド人やルテニア人の政治的流刑者たちの週ごとの集会所となった。エヴァとコンラッドの二人はヴォーログダへの移動によってひどく健康を害した。コンラッドは肺炎をおこし、エヴァは到着時肉体的に疲労困憊していた。当然のことながらヴォーログダの気候は母と子に悪影響を及ぼし、幼年期のコンラッドは常に体調不良に悩まされることになった。両親の健康の衰えは必然的に家庭の雰囲気を左右したがそれに加えて、コンラッドは偏頭痛、胃けいれん、神経系の発作、てんかんの症状に悩まされた。

ヴォーログダでエヴァの健康は急速に悪化したので、一八六三年一月に一家は南下してウクライナ北東のチェルニーヒウのより穏やかな気候の中で過ごすことを許された。そこで一家は蜂起の知らせを耳にした。蜂起は同月に始まったのだが、その発端はポーランド人に徴兵の義務を強制しようとする企て、つまり反体制派を一斉に狩り出そうとする策略だった。[13] しかしながら、国家中央委員会の努力の結果、すでに政治的な計画が練られており、広範囲にわたって資金調達も行われ、地下政府の中核メンバーも揃っていたため、当初蜂起は非常に首尾よくいった。一八六三年一月に国民政府がワルシャワに設立されると、農奴制は廃止された。四月までに蜂起は東方の、ウクライナ、ベロルシア（白ロシア、現ベラルーシ）、リトアニアへと拡大し、効果的なゲリラ戦が続いていた。しかし、十六カ月に及ぶ戦闘ののち、蜂起は容赦なく鎮圧され、帝政ロシアによる恐怖の報復が長期間続いた。ポーランドの施設は取り壊され、町や村は焼かれ、八万のポーランド人がシベリアへ送られた。[14] ポーランド会議王国とポーランドという名称そのものも廃止された。ロシア化計画が実行され、ロシア内のポーランド領はロシアの一地方となった。

リトアニア、ベロルシア、ウクライナでは、反乱分子の六割がシュラフタ出身だった。アポロの父テオドルは、戦闘に向かう途上で四月に亡くなった。アポロの兄ロベルトは五月に戦闘で命を落とした。弟ヒラルイは一月に逮捕されたあと流刑となった。妹のエミリアは一二月に逮捕され流罪となった。エヴァの弟カジミェシュは投獄された。弟ステファンもまた赤党の活動家であり、国民中央委員会の議長としてワルシャワ蜂起の初期の段階では指揮を取っていたが、仕組まれた決闘で四月に殺された。[15] 家族がこのように次々と亡くなったことで、コジェニョフスキ家は絶望の淵に突き落とされた。しかしながら、この時期に属するコンラッドの最も古い書きものとして、幼い頃の写真の裏に書かれた次のような献辞も残っている——「牢屋のかわいそうなお父さまにケーキを送るのを手伝ってくれた最愛のおばあさまへ——孫、ポーランド人、カトリック、貴族——一八六三年七月六日、コンラットより」[16]。ワルシャワ蜂起の当時、幼いコンラッドはポーランド人としての——そしてシュラフタとしての——自らの文化的アイデンティティをこう誇らしげに主張しているのだ。

ジョウゼフ・コンラッド、1863年

一八六三年の夏、エヴァの健康状態の悪化により、母と息子はタデウシュの義理の親戚が所有するノヴォフファストゥフ（ウクライナ中西部）の地所に三カ月滞在することを許された。後で見るように、そこでコンラッドは、初めてフランス語の手ほどきを受けた。ところが、エヴァの体調は悪化し続けた。そして、一八六五年の二月にはついに肺結核と診断され、腫瘍も見つかった。チェルニーヒウには医者も薬もなく、治療のためにキーウまで移動する体力は彼女にはなかった。一八六五年四月に三十二歳で母が亡くなると、七歳のコンラッドは父と二人きりになった。父もまた肺結核を患っており、妻の死と蜂起の失敗でひどく落ち込んでいた。父と息子は多くの時間読書をして過ごしたが、コンラッドはポーランドのロマン派詩人の作品を読みふけり、その大部分を暗唱した。アポロはまた息子に幾何学を教え、フランス語が継続して上達するよう努力した。

一八六六年五月に、チェルニーヒウの陰鬱な雰囲気から逃れるために、コンラッドは母方の祖母に連れられてノヴォフファストゥフの地所で夏を過ごした。キーウでの治療が済むと年内に戻らねばならなかったのであるが、風疹にかかったためさらに遅れてチェルニーヒウに戻った。一八六七年の秋、コンラッドが父に再会するとすぐ、アポロ自身の健康状態の悪化に伴い、チェルニーヒウを離れて（ポルトガル領の）マデイラかアルジェに移動する許可が父に与えられたが、財政的にも健康上の理由からも移動は無理だった。代わりに、アポロは息子とともに、オーストリア支配下にあったポーランド側のガリツィアのルヴフ（現在のウクライナのリヴィウ）に留まった。そこで彼は、クラクフで発行される予定の新しい民主的日刊紙『クライ』（「国」の意）の共同編集の件で忙しく書簡をやり取りしていた。コンラッドは学校には通わず引き続き自宅で勉強した。コンラッド自身の体調がよくなかったし、アポロにはルヴフのポーランド学校はドイツ化されていると思えたからだ。コンラッドはまた、モスクワ市民と戦う反乱分子についての愛国的な劇を書き、友人たちがそれを上演した。二年後の一八六九年二月、アポロとコンラッドはクラクフに移動したが、そこもまたオーストリアの支配下にあった。アポロはそこで一八六九年五月に亡くなった。そして、彼の葬儀は、十二歳のコンラッドが数千人の行列を先導する、大規模なデモ行進のようだった。

父アポロの死後、コンラッドの最初の後見人は父の親友で政治上の盟友でもあったステファン・ブジンスキだったが、彼はアポロが望んだとおりのお膳立てをコンラッドに用意した。一八七〇年八月には祖母のテオフィラ・ボブロフスカとヴワディスワフ・ムニシェク伯爵が正式にコンラッドの後見人となった。祖母は孫の世話をするために一八七〇年一二月にクラクフに戻り、コンラッドは一八七三年五月までシュピタルナ通りのフラットで彼女と暮らした。しかしながら、すぐに伯父のタデウシュ・ボブロフスキが事実上の後見人となり、続く数年の間コンラッドにとって最も影響力を持つ人物となった。ボブロフスキは一八五八年以来寡夫だったが、娘を亡くしたばかりで、コンラッドを引き取り実の息子のように育てた。ボブロフスキは宥和政策信奉者で、コンラッドの父とは政治的に対立していたばかりでなく彼を強く批判していた。ノーマン・デイヴィーズが言うように、一月蜂起（一八六三）が失敗に終わってからは、宥和政策がポーランドの政治において五十年間支配的傾向となった。[17]

後見人としてのボブロフスキの特徴は、アポロの政治観や性格を一貫して非難し続けたことだった。ひどいことに彼は、エヴァが自ら流刑を選んだという事実を隠し、母は父の政治観の犠牲になって死んだとコンラッドに信じ込ませて彼を育てた。また彼は、コンラッドの父の遺産、つまり、父方の一族ナウェンチの無責任体質は抑えるべきであるが、ボブロフスキ家側の責任感は育成すべきだという考えを吹き込んだのだ。従って、例えば一八八〇年六月には、コンラッドに宛てて彼はこう書き送っている。「おまえの中のコジェニョフスキ家の血がボブロシュチャキ（ボブロフスキさん家《ち》）の影響で改善されているようで嬉しいよ。おまえの類まれなるお母さんは自分の一族をそう呼んでいたのだよ」[18]。一八八一年の八月にも同じような調子でコンラッドを叱っている。「おまえはナウェンチなのだから、希望的観測だけを頼りに危険な投資をするのではないよ。というのも、おまえのお祖父さんはすべての財産を投資で使い果たしてしまったのだから」[19]。こうした単細胞生物の分裂増殖のような洗脳によって、ボブロフスキは幼いコンラッドの初期の養育をいっそう複雑にした。コンラッドは、父が政治的大義に命を捧げたことに疑問の目を向けたばかりでなく、父のせいで母が死んだという作り話のせいで父に対して強い愛着を持つことに困難を覚えた。そして父のそうした無責任な傾向を自分も受け継いでいると思いこんでしまったのだ。

この時点までコンラッドは父を教師として家で十分に教育を受け、（たとえあったにしても）ほとんど正規の学校教育を受けてこなかった。そこで、こうした状況を改善すべくいくらか試みがなされた。しかしながら、ラテン語とギリシャ語を学んでいないことで、ギムナジウム[20]にすぐには入れず、健康上の問題も依然として抱えていた。最初コンラッドは、一八六三年の蜂起に参加した退役軍人で、クラクフのフロリアンスカ通りにある、ルドヴィク・ゲオルゲオンが経営する男子の寄宿学校に入れられた。彼にはまた、アダム・プルマンという家庭教師が付けられた。プルマンはクラクフのヤギェウォ大学の医学生だった（この経歴は、コンラッドの病歴を考慮するならば、プルマンに家庭教師という役割を与えるための重要な理由だろう）。二人は一八七〇年、一八七一年、一八七二年の夏をカルパティア山脈の保養地クリニツァでともに過ごした。さらに、一八七一年からコンラッドは著名な人類学者イジドル・コペルニツキによって引き続き教育的支援を受けた。コペルニツキは父アポロの親友であり、政治的盟友でもあった。それに、彼もまた、一八六三年の蜂起に参加した退役軍人だった。しかしながら、こうした個人教授にもかかわらず、コンラッドの学業成績は地理以外のすべての科目で振るわなかった。地理では、彼がのちに「戦闘的地理」（『最後の評論集』〔*Last Essays*, 1926〕六）と呼んだもの、つまりアベル・タスマン[21]（一六〇三―五九）やジェイムズ・クック[22]（一七二八―七九）のような英雄的人物による南洋の科学的探検をロマンティックな眼差しで眺めたのだった。

一八七三年の夏、ある医者の勧めで、コンラッドはプルマンと一緒に初めて海外旅行に出かけ、スイスで三カ月過ごした。そこから二人はウィーン、ミュンヘン及び北イタリアを訪れたのだが、コンラッドはそこで初めて海を見た。一八七三年八月に旅から戻ると、コンラッドはルヴフにある、一八六三年蜂起の遺児のための寄宿学校に入れられた。その経営者はボブロフスキのいとこアントニ・スィロチンスキだった。しかしながら数カ月後の一八七四年三月、健康上の理由から、コンラッドは通学を中断せねばならなくなった。彼はプルマンとともにカルパティア山脈でハイキング休暇としてイースターを過ごすことになっていた。それからもう一年ルヴフで過ごすことになっていたが、一八七四年九月には退校した。クラクフに戻るとすぐにマルセイユへの旅の準備を始めた。最終的にコンラッドは後見人の伯父を説得し、マルセイユに行って船乗りになる許可をもらった、と思われる。

スィロチンスキの娘テクラによると、十代のコンラッドは知的には十分に発達していたが、学校の厳しさをひどく嫌っていたという。[23] 彼は、キャプテン・マリアット[24]やジェイムズ・フェニモア・クーパー[25]の海洋小説はもちろん、レオポルド・マクリントック卿[26]（一八一九—一九〇七）やマンゴ・パーク[27]（一七七一—一八〇六）その他の探検記を読み耽る多読家であり、話がとても上手だった。この時点ではもちろん英語がまったくわからなかったので、こうした作品はすべて翻訳で読んだ。孤独な幼年時代を過ごしたコンラッドは、大人と一緒にいることには慣れていたが、同年代の友人も何人かいた。クラクフの親友は、ステファン・ブジンスキの息子コンスタンティや、ゲオルゲオンの家と同じ建物に住んでいたタウベ（Taube）家[28]の大家族の人々だった。コンラッドは、頭がよく、神経質で、自信過剰の十代の少年だったが、おそらくいささか手に余るということが後見人たちにも次第にわかり始めた。ルヴフではいくぶん尊大な態度を取り、「あらゆるものに批判的な意見[29]」を述べたというし、テクラと遊び半分の恋愛に興じて叱られもしたようである。理由はどうあれ、シロジンスキはコンラッドを学校に呼び戻すことを拒否した。テクラによれば、ルヴフでコンラッドは「偉大な作家になる」と宣言したらしい。しかしながら、一八七一年の秋以降、船乗りになりたいともしきりに言っていたという。

ジョウゼフ・コンラッド、1873年

なぜコンラッドはマルセイユへ行きたがったのか、そしてなぜ伯父ボブロフスキはそれを許したのか？　テクラが伝えるところによると、ルヴフにいる間、コンラッドは「ひどい頭痛とパニック発作」に悩まされていたという。コンラッドの伯父にとって、甥の健康状態がいつまでもすぐれないことは憂慮すべきことだったに違いなく、医者は海辺の空気と運動で心の均衡を取り戻すよう勧めた。しかも、コンラッドは明らかに学校の成績が芳しくなく、手のかかる問題児の兆候を示し始めていた。おそらく伯父は、甥のために自分が用意した学業の道に進んでほしい、という期待を最終的には捨てたのだろう。しかしながら、マルセイユ行きの大きな理由は、コンラッドの素性にある。ロシア帝国臣民として、コンラッドはいずれロシア帝国軍に入隊し兵役に就くことを義務づけられていた。それは、愛国的なポーランド人にとっては到底受け入れられないことだった。さらに、政治犯の息子として、二十五年間の兵役に服さねばならなかったが、これも、シュラフタとして強い自負心を持つ若者にとっておそらく同じように耐えがたいことだっただろう。かつて父アポロも試みたように、(30) タデウシュはコンラッドのためにオーストリアの市民権を取得しようとしたが、一八七二年その申請は却下された。コンラッド自身が国外に脱出する必要性についてどう感じていたにせよ、そして、ボブロフスキがコンラッドの学歴にどれほど失望していたにせよ、これらは十代のコンラッドがすぐにでも国を去ることを促すのに十分切実な理由であった。先例ならいくつもあった。多くのポーランド人が教育を受けるためにパリやベルリンに移っていたし、何千というポーランド人が西ヨーロッパやアメリカに移住していた。確かに、コンラッドにとって文学上の英雄であるアダム・ミツキェーヴィチやユリウシュ・スウォヴァツキはともにコジェニョフスキ家のような国境地のシュラフタだったが、生涯流浪の生活を送ることを余儀なくされた。しかし、コンラッドがマルセイユへの出発を祖国との永遠の別れと見なしていたと言える証拠はない。

# 第二章▼英国商船隊の船員として

「マーロウは船乗りであるが、放浪者でもあった。」――『闇の奥』(1)

『モンテ・クリスト伯』(一八四四―四六)は、ある人物が一八一五年二月にマルセイユのヴュー＝ポール港に到着する場面で始まる。読者の眼差しは、ノートルダム・ド・ラ・ガルド寺院の見張り所から、まず最初は海のほうに向けられ、シャトー・ディフの向こうの三本マストの船に留まる。それから語りは、船が港に近づくのを追ってから、今度はデュマの主人公ダンテスが小船《スキフ》に乗って込み合った狭い水路を抜け、停泊している船の間を港の入り口からケ・ドルレアンまで進み、有名な古い通り、ラ・カヌビエールの群衆の中に姿を消すまで跡をつけていく。『リトル・ドリット』(一八五五―五七)の冒頭も同様に、マルセイユの港から海を見渡す場面であるが、一八一五年の約十年後に設定されている。ディケンズが描いたのも、船やボートがひしめき合い、商業目的でマルセイユにやって来る「かつてバベルの塔を建てたすべての諸国民の子孫末裔《まつえい》」で賑わう活気に満ちた港だ。

マルセイユは、紀元前六〇〇年頃にギリシャ人入植者によって創設され、ローマ帝国時代を通して重要な海洋交易の中心地であり続けた。もともとこの都市は北アフリカへの貿易上の連結点として重要視されてきた。一八世紀の間ずっとマルセイユは、ボルドー、ル・アーブル、ナントとともに、アンティル諸島との緊密な経済関係を発展させてきた。コーヒー、砂糖、インディゴ（藍）の貿易は、もともとこの地域の奴隷経済を土台としていた。しかしながら、フランス革命とともに、マルセイユ港（とその都市全体）は衰退の道を辿り始める。第二帝政（一八五二―七〇）の頃になって初めてマルセイユは復活するが、第二帝政はマルセイユに大きな変化をもたらした。一八一六年から一八五一年までの間に人口が二倍に膨れ上がっただけでなく、そのいや増す繁栄を背景に、マルセイユはパリの街を改造したオスマンの例を踏襲した。一八六〇年から一八六四年の間に旧市街は取り壊され、新しい大通りが作られた。(2)

一八七四年の後半に、ウィーン、チューリッヒ、リヨンを経由する列車の旅のあと十六歳のコンラッドが到着したマルセイユは、依然として活気に満ちた、国際色豊かな都市で、かの有名なカヌビエール通りも健在だった。しかし、コンラッドのカヌビエール通りは、デュマやディケンズが描くカヌビエール通りではなかった。一八世紀の優雅さが加味された、この一七世紀の中央通りは、この当時第二帝国の輝きをまとっていた。パレ・ド・ラ・ブルス（the Plais de la Bourse）(3)が開館されたのは一八六〇年だ。コンラッドの『黄金の矢』にも登場するオテル・デュ・ルーブル（the

Hôtel du Louvre）は一八六二年に遡る。さらにカヌビエール通りの他の豪華ホテルも同じ時期に建てられた。のちにコンラッドは、「夢の世界に入り込んで行くように」（*CLV* 四〇〇）あのウィーン行きの列車に乗り込んだ、と述べている。

コンラッドは、ヴュー＝ポール港やカヌビエール通りから歩いてすぐの距離にあるサント通り十八番地に宿を取った。大学教授の息子で、フランス船の乗組員として生計を立てていたヴィクトル・ホチコという男をあてにしていたが、彼は留守だった。ホチコの勧めで彼の友人ジャン・バティスト・ソラリのところに行くと、今度はソラリが彼のいとこで海運会社を所有するジャン・バティスト・ドレスタンに会いに行くようコンラッドに勧めた。ドレスタンの事務所は、コンラッドの宿のすぐそばのアルコル通りにあった。ドレスタン家は王党派であり、ドレスタンの妻はブルボン朝復古王政の支持者のサロンを主催していた。『個人的記録』でコンラッドは、彼女のことを「南仏で最も古い貴族」の出身であるとしながら、一方で、その「傲慢で退屈した様子」が『荒涼館』のレディ・デッドロックを思わせる、とも記述している（*APR* 124）。マルセイユ滞在が始まったばかりのこの時期に、コンラッドがほとんどの時間を港の船舶操縦士たちと過ごしながら操舵術を学んだとしても不思議はないだろう。

マルセイユ到着から二カ月後の一八七四年一二月一五日に、コンラッドは初めて海の上の生活を経験する。ドレスタンが所有する、マルティニークのサン・ピエール行きのバーク型帆船(4)モンブラ

19 世紀末のマルセイユの港

ン号の乗客として彼は航海に出た。この船は、五カ月の周遊のあと一八七五年五月二三日に帰港した。六月二五日にモンブラン号に再び乗船したが、この時は実習生としてサン・ピエールまでの二度目の航海に出発した。この旅では、ヴァージン諸島のセント・トーマスとハイチを経由してフランスに戻り、一二月にル・アーブルで下船した。コンラッドは一八七六年の最初の半年をマルセイユで過ごしたが、こうして陸の上で滞在を引き延ばした際に、この街のカフェや港の生活を心ゆくまで味わった。彼はまた劇やオペラを楽しんだが、この時以降、ビゼー、マイアベーア、オッフェンバック(5)を生涯好んだ。コンラッドは、ドレスタン一家の君主制支持者たちの世界と、港での海の生活と、自由奔放な芸術家の集まりの間とを行ったり来たりしながら時間を過ごした。

一八七六年七月一〇日ドレスタンが借り切ったバー

ク型帆船サンタントワーヌ号にコンラッドが船室係として乗り組むと、マルティニーク行きのこの船はコロンビアやベネズエラに立ち寄った。その航海の途中で彼は、のちに回想録や小説に登場させることになるある男に出会う。一等航海士のドミニク・チェルボーニである。チェルボーニは『海の鏡』や『個人的記録』に登場するだけでなく、小説の題名ともなっているノストローモや、『放浪者 あるいは海賊ペロル』の老船乗りペロルのモデルだった。サンタントワーヌ号はセント・トーマスとポルトープランス経由でマルセイユに向けて出発すると、一八七七年二月に到着した。一八七七年三月に船が再度航海に出る時、コンラッドは病気のために乗船できなかった。そしてまた、ドゥレスタンと仲たがいしたので、職を探さねばならなくなった。伯父ボブロフスキに宛てた手紙の中で初めてコンラッドは、(帰化を視野に入れて)英国商船隊に入ろうと思っていることに触れている。[6] 彼はまた旧日本海軍に入ることも検討していた。[7] その年の後半、コンラッドは、二年間かけて世界周遊の旅に出かけると言って伯父ボブロフスキを説得し、三千フラン送金させた。コンラッドは年に二千フランの小遣いを伯父からもらっていたが、最初の二年で三年分の額を使い果たしてしまった。[8] この時期の彼の回想——と『黄金の矢』におけるムッシュー・ジョルジュの描写——からうかがえるのは、コンラッドがカルロス主義者を支持して武器密輸に絡んだシンジケートに加担したらしいということだ。[9] そこまで怪しげな魅力はないにしても、なんらかの国際的な密輸に関わった可能性もある。そのような活動のほぼ同時代の記述は、フランスの作家(で税関吏)ピエール・ロティ[10]（一八五〇－一九二三）によって一八九七年に出版された小説『ラムンチョ』の中でなされている。その小説は、仏蘭国境をまたいで帆船で物資を密輸するバスク地方の密輸業者たちを描いている。どちらにしても、ボブロフスキによれば、コンラッドは「密輸」に絡んだ「スペイン沿岸での何らかの企て」で三千フランを失ったという。[11]

一八七八年の初めにコンラッドは、自分がフランス船の乗組員になることは無理だとわかった。フランスの法規によると、二十一歳の外国人として、自分の国で兵役を全うする必要があったからだ。彼には巨額の負債もあった。彼は友人のリヒャルト・フェヒトからさらに八百フランを借り、一か八かモンテ・カルロで賭博という手段で大金を取り返そうとしたが、この試みは失敗した。数日後ボブロフスキは電報を受け取った――「コンラッドフショウカネオクレ――スグコイ（'Conrad blessé envoyez argent－arrivez'）」。[12]それに応じてボブロフスキがキーウから到着すると、コンラッドはベッドから出て動きまわっていた。確かに胸は撃ったが、どうにか深刻な損傷を受けずに済んだのだった。また、コンラッドは「自殺未遂」ですぐに発見されるように、フェヒトが自分を訪問する手はずを整え、機転を利かせて「自分の持ち物の上に……すべての連絡先」を残していた。[13]ボブロフスキは甥の借金を清算した――おそらくそうなることを計算して「自殺未遂」騒動は仕組まれたのだろうが。[14]

しかしながら、借金が清算されてもフランス商船隊に入ることはできなかったので、コンラッドの関心は今度英国船に向かった。コンラッドは四月二四日にかなりの額の預託金を支払った後、マルセイユからコンスタンティノープルを経由してアゾフ海へ向かう英国の蒸気船メイヴィス号の非公式の実習生として航海に出た。のちに彼は、「ボスフォラス海峡を航行した時、サン・ステファノでロシア軍の野営が見えた」(*CLIV* 409)と回想している。後年のコンラッドにはわかっていたように、露土戦争は一八七八年三月に終結し、サン・ステファノ条約が締結されていた。ロシア軍に従軍していれば、彼もその戦争に巻き込まれていただろう。そして仮に事態が違った風に展開していても、海岸でメイヴィス号が過ぎて行くのを見守っていたかもしれないのだ。(15)

一八七八年六月メイヴィス号がローストフト(英国北海沿岸の町、サフォーク郡)に寄港した時、コンラッドは初めて英国の地を踏んだ。そして、ある船員職業紹介所の住所を手にロンドンに向かった。初めのうち、船乗りとしての生活は決して魅惑的と言えるものではなかった。一八七八年七月に彼は沿岸石炭船スキマー・オブ・ザ・シー号に三等水夫として乗り組み、ローストフトとニューカッスルの間を航行した。のちの記述によれば、「あの船で私は、疲れ知らずの屈強な体格をした英東海岸出身の仲間から英語を学び始めた」(*CLII* 35)という。その年の一〇月一五日には、ウール・クリッパー(羊毛を運ぶ快速帆船)デューク・オブ・サザランドに三等水夫として乗り組み、ロンドンからオーストラリアへ航行し、翌年一〇月に戻った。一八八〇年五月にはオーストラリアへ二度目の周遊の旅に出かけたが、この時は鋼鉄運搬クリッパー船ロッホ・エティヴに三等航海士として乗り組み、一八八一年四月には帰還した。この後コンラッドは、マーロウのように、「ひととおり東洋を経験」（*HOD* 51）する。一八八一年九月には、バンコク行きの古いバーク型帆船パレスタイン号の二等航海士として契約を結んだ。ニューカッスルで石炭を供給することに時間がかかり、ファルマスでは修理のためにさらに足止めを食らった後、最終的に乗組員は、一八八三年三月にスマトラ沿岸沖で下船を余儀なくされる。その原因は、船倉での石炭ガスの爆発だった。コンラッドはこの経験を活かして「青春」という物語を書いた。一八八四年四月には、リバーズデイル号の船長と仲たがいした後、二等航海士として契約し、ボンベイからダンケルクに向かうナーシサス号に乗り組んだ。この経験もまた、のちに小説の題材となった。セドリック・ワッツが改めて思い出させてくれるように、[16]商船の船員は危険な職業であり、船はたびたび沈没した。現に一八八一年一〇月スキマー・オブ・ザ・シー号は乗組員全員もろとも海の底に沈んだ。

ロンドンに戻ると、一八八四年一一月にコンラッドは一等航海士の試験を受ける資格を取得すると、翌月二度目の挑戦で合格した。一八八六年にはティルクハースト号の二等航海士としてシンガポールへ航海に出かけた後に船長の試験を受けた。そしてまたしても二度目の挑戦で合格した。この頃コンラッドはオルストンの『航海術』（一八九四）を入手しているが、書き込みのあるぼろぼろのその本は、彼の最後の邸宅、カンタベリーに近いオズワルズ邸の所蔵本の一冊として今でも残っている。[17]同じ年にコンラッドは英国臣民として帰化申請し受理されている。

コンラッドが船長の試験に合格した時期には、蒸気船から汽船への移行もあり、船長の需要は残念ながら減少していた。従って、彼は自らが船長として船を指揮するのではなく、ジャワ行きのハイランド・フォレスト号の一等航海士として契約せねばならなかった。しかしながら、ジムの旦那《ロード・ジム》のように背中に負傷し、インドネシア中部ジャワ州の州都サマランで下船してシンガポールでの入院治療に向かった。そこからはアラブ人が所有するヴィダール号に一等航海士として乗り組み、シンガポールとオランダ領東インドのさまざまな小さな港の間を四度行き来した。この経験もまた、作家としての後年の経歴において大きな重要性を持つこととなる。

一八八八年一月にヴィダール号から下船してシンガポールの海員宿泊所に滞在した時、生涯唯一の船長職となる、オタゴ号を指揮する仕事の話が舞い込んだ。『陰影線』の匿名の船長のように、コンラッドは亡くなった前任の船長と入れ替わるよう求められた。そして、船長として初めての困難な仕事に取り組んだ。シャム湾での長い凪と乗組員の病がその仕事をいっそう困難にした。それにもかかわらず、コンラッドは、船をシドニーやメルボルンまで航行させるだけでなく、トレス海峡を通り抜けてモーリシャスへの危険な周遊を敢行し、さらにオーストラリアの領海で通商を行なってから、一八八九年に突然下船してロンドンに戻った。たった一度きりとはいえ船長としての経験は、モーリシャスを舞台にした物語「運命の微笑」はもちろん、『陰影線』や「秘密の共有者」に題材を提供した。

コンラッドが唯一船長として指揮した船オタゴ号

一八八九年一一月、コンラッドはコンゴ上流貿易ベルギー有限会社（the Société Anonyme Belge pour le Commerce du Haut-Congo）の蒸気船の船長の面接を受けるためにブリュッセルに向かった。一八九〇年前半は、彼にとって人生の転換期だった。アフリカ西海岸に沿ってボマまで航行した後、スタンリー・プール（現マレボ・プール）まで川を遡行したが、この旅の最後では、三七〇キロを徒歩で進まねばならなかった。八月にキンシャサに到着すると、船長として指揮することになっていたフロリダ号がカルリエという名の男に譲渡されていたことが判明する。(18) たちまち代わりにコンゴ上流貿易ベルギー有限会社の別の汽船ロワ・デ・ベルジュ号に乗船して上流に向かう一六〇〇キロの旅に送りだされ、九月にはスタンリー滝（現ボヨマ滝）に到着した。ロワ・デ・ベルジュ号の船長が病気になると、替わってコンラッドが船長として復路の航行を指揮した。この蒸気船には体調の悪いエージェント、ジョルジュ・アントワーヌ・クラインも乗船していた。この人物は復路の途中で亡くなるが、のちに「闇の奥」のクルツとして永遠にその名を残すことになる。

キンシャサに戻ってすぐ、スタンリー滝ですでに赤痢を患っていたコンラッド自身の具合がひどく悪化したのだが、彼は自らのアフリカ体験に幻滅してもいた。コンラッドは、少年時代に読んだヨーロッパの探検の物語――とりわけ、スピーク[19]やバートン[20]によるアフリカ大湖沼の地図作成についての物語――に想像力をかき立てられてアフリカにやって来た。それに、アフリカ奥地への遠征に加わるつもりでもいた（*CLI* 52）。しかし、キンシャサで彼はすぐさま会社の支配人と衝突する。そして「おば」のマルグリット・ポラドフスカ宛ての書簡には、すべてが自分にとってどれほど「不快」であるかを綴っている（*CLI* 62）。一八九〇年の終わりには時間をかけてボマに戻った。容態は深刻だった。二カ月の間に四度発熱し、自分が生きているのか死んでしまったのか「わからないくらい具合が悪かった」と彼は述べている。一八九一年一月にはヨーロッパに戻り、三月の大半をロンドン東部のダルストンにあるドイツ人コミュニティの病院で過ごし、マラリア、リューマチ、神経痛の治療に専念した。

コンラッドは少年時代に冒険に憧れ、ヨーロッパの探検物語に魅了されたが、その夢はコンゴの搾取という「残忍な組織的暴虐」（*CLIII* 97）のトラウマ体験に終わった。この旅は生涯消えることのない傷跡をコンラッドの身体に残したが、心理的にも知的にも大きな影響を彼に与えた。このトラウマ体験は政治的覚醒でもあった。彼は、友人の批評家兼編集者のエドワード・ガーネット[21]に、コンゴで目が覚めるまで、自分は「まったくの動物[22]」だった、と述べている。

コンラッドの青年時代は、ヨーロッパとアフリカの関係の歴史における重要な時期と重なっている。一八六〇年代から七〇年代のコンラッドの少年時代には、アフリカの大部分はまだヨーロッパ人に知られていなかった。成人してアフリカに渡った時に彼が関わったのは、いわゆる大陸の「争奪」戦だった。[23]一八九〇年にスタンリー滝を目指してコンゴ川を遡った時には、自分がヘンリー・モートン・スタンリー[24]と同じ道を進んでいると思ったに違いない。スタンリーが一八七一年に名を成したのは、『ニューヨーク・ヘラルド』誌から資金援助を受け、行方不明の探検家デイヴィッド・リヴィングストーン博士の捜索のために探検隊を率いてアフリカ東海岸から奥地へ向かった時だった。一八七四年にスタンリーは再度ザンジバールを出発してアフリカを東から西へ横断した。しかしながら、スタンリーの遠征には同時代の批判者がいないわけではなかった。スタンリーはアフリカ人の荷物運びたちが倒れるまで働かせたし、その探検のやり方は、言ってみれば「戦闘行為による探検」だった。タンザニアの（ヴィクトリア湖上）バンバー島の島民への報復攻撃は英国で激しい批判を招いた。さらに、反奴隷制度協会は、彼が度を越した暴力をふるい、人夫を奴隷として売り飛ばし、地元の女性を性的に搾取しているとたびたび報告を受けた。それにもかかわらず、スタンリーは一八七七年末マルセイユ到着の際、ベルギー王レオポルド二世から国際アフリカ協会での仕事の依頼を受けている。スタンリーのマルセイユ到着は、コンラッド自身のマルセイユ滞在の最も謎に包まれた時期と一致しているが、おそらくコンラッドは、この有名な探検家のヨーロッパへの凱旋を知っていたに違いない。「鉄道の駅で王たちに出迎えさせたい」（*HOD* 148）というクルツの願望は、マルセイユ駅でレオポルドの使節がスタンリーを出迎えたことを想わせる。

コンラッドのコンゴ体験を理解するためには、レオポルドのコンゴでの狙いをある程度知ることも必要だ。レオポルドは、「文明がいまだ入りこんだことのないこの地球上の唯一の地域を文明に開くことで、進歩という大義に永続的かつ公平無私に（個人的な財政的利益を考えることなく）貢献するという一見高尚な目的を掲げ、一八七六年に国際アフリカ協会を設立した。実際のところ、この協会は、似たような（だがかなり違った）名称の国際コンゴ協会――個人的利益のために経営される民間企業としてレオポルドが一八七九年に設立した――に慈善という隠れみのを提供していた。慈善協会と民間企業は、意図的に混同を誘い、大きな利益を生んだ。レオポルドはスタンリーを雇って道路を建設し、コンゴ川流域に沿って一連の交易基地を配置した。この命令を実行に移すために、スタンリーは、ライフル銃、大砲、機関銃で重武装した小規模の私兵部隊を編成した。彼はこの軍隊を使って、各地域の部族の長と協定を結んだ。それは土地をレオポルドに譲渡し、交易の独占権を与え、労働力を提供することを約束するものだった。

レオポルドはジャワで効果をあげていた「オランダ方式」に感銘を受けていたが、その方式には、土地の部族の首長から搾り取った独占的交易利権と住民に強いられた労働が含まれていた。これこそまさに、レオポルドがコンゴに持ち込んだものだった。こうして、レオポルドは、表向きには科学的な探検と慈善を支持しアフリカの諸民族をアラブ人による奴隷貿易から解放するというレトリックを用いていたが、富と権力をめぐる彼の密かな夢想の根底にあったのは、彼独自の奴隷制を暴力を用いて強いることによって領土の資源を搾取する行為だった。そうした目的に合うように、レオポルドの企業の実務を担った初期の人間《エージェント》は軍の将校たちだった。しかしながら、一八八九年の末に至ると、コンゴ支配を次の段階に進めるためにレオポルドが必要としていたのは、測量技師、鉱山技師、鉄道建設工事業者、蒸気船の船長だった。コンラッドの職探しはちょうどこうした需要に合致したのだった。

　船乗り時代（少なくとも定期客船トーレンス号での最後の航海まで）のコンラッドを瞥見するなら、多くの時間を読書や執筆に費やす、どこかお高く留まった人物像が立ち現れるが、より社交的な人物像も見え隠れする。とりわけ、女性の影響を受けやすく、女性を賛美するようなところはたびたび見られた[26]。これは、コンラッドによるさまざまな女性描写を見れば明らかだが、その証拠はほかのところにも見られる。例えば、『ノストローモ』に寄せた著者の序文において、コンラッドはアントニア・アヴェジャノスのモデルは「初恋の人」だと主張しているのだが、「背の高い学童たちの集団、彼女の兄弟の親友たち」に交じって、自分がその少女を「我々皆が生まれながらにして抱く信仰の旗手として」いかに尊敬していたかと回想している（N xxii）。このモデルはおそらく、ボブロフスキのいとこアントニ・シロジンスキの娘テクラで、彼女の父は、一八六三年の蜂起で殺された人々の孤児のための寄宿学校をルヴフで営んでいた（ここでコンラッドが言及している信仰とはもちろんポーランドの愛国主義である）。彼がこの時期マルセイユ港でどのように過ごしたのかについてはほとんど記録はない。しかしながら、『オールメイヤーの阿房宮』で、語り手はいかにもよく知っているという様子でマカッサル（インドネシア）の「遠洋航海の冒険者から成る群衆たち」に言及しており、彼らが「シャンペンを飲み、賭博に興じ、騒がしい歌を歌い、夜にスンダ・ホテルの広いベランダの庇の下で混血の娘に求愛」していたと描写している（*AF* 7）。知っているからと言って必ずしも、こうした行為に自らが関与したとは言えないものの、クリストファー・サンドマン[27]（一九一七年三月一四日）に宛てた晩年の手紙でコンラッドは、「白人に少し東洋的なところが混じっているととても魅力的だ、少なくとも私にとってはね」と述べてから、からかうように、「とは言っても、純血の東洋人の魅力に負けて正しい道を踏み外したりはしなかったがね。大事には至らなかった――ってことだが」（*CL* VI 45）とつけ加えた。

一八八八年、オタゴ号の船長を務めている間、コンラッドはモーリシャスのポート・ルイスのフランス人コミュニティで二カ月を過ごし、ウージェニー・ルヌフとかなり親しい仲になり、彼女がすでに婚約していることを知らずに求婚するほどだった。一八九〇年二月、コンゴに向けて出発する前に、コンラッドはブリュッセルの遠縁のいとこアレクサンドル・ポラドフスキを訪問した。ポラドフスキは末期的な病状を抱えており、二日後に亡くなった。こうして感情が高ぶった雰囲気の中で、コンラッドはポラドフスキの未亡人マルグリットとの間に生涯続くことになる絆を築いた。コンラッドが述べているように、二人の間には明らかに「深い愛情」（*CLI* 48）があった。二人は親密な書簡を交わしていたし、その後二年間にわたってコンラッドはたびたびパリの彼女のもとを訪れている。一八九五年五月彼はジュネーヴの保養地シャンペル＝レ＝バンに滞在し、「憂鬱の発作」[28]の水治療法を受けることにした。そこでは二十歳のフランス人女性エミリ・ブリケルと親しくなった。二人は一緒に旅行に出かけ、本や作家について語らい合った。コンラッドが署名入りの『オールメイヤーの阿房宮』を贈ると、彼女はそれをフランス語に訳し始め、彼女の兄ポールは『島の流れ者』のエピグラフを書こうと申し出た。おそらくブリケル一家はこの「イングランド人の」作家からの結婚の申し込みを期待していたのだろうが、コンラッドが煮え切らない態度を取っているうちについにエミリは地元ロレーヌの医師と婚約してしまった。[29] すると埋め合わせるかのようにコンラッドの関心は、ロンドンで働く若い女性、ジェシー・ジョージに移った。彼女とは、一八九三年末か一八九四年にG・F・W・ホープ[30]を介して出会っていた。シャンペルから戻るとすぐにコンラッドはロンドンの彼女のもとを訪れ、一八九六年二月にナショナル・ギャラリーの階段で求婚した。一八九六年三月に二人はハノーバー・スクエアのセント・ジョージ登記所で結婚し、それまでの五

1896 年の結婚当時のジェシー・コンラッド

年間コンラッドが住んでいた家のあるギリンガム・ストリートで一晩過ごした後、半年間のブルターニュ旅行に出かけた。

# 第三章▼マレー小説

「希望と恐怖の入り交じった共同体という形でこの地上に住むありとあらゆる人々を結びつける、あの不思議な仲間意識」（コンラッド『個人的記録』(1)）

一八八七年八月から一八八八年一月までコンラッドはヴィダール号の「行商人の巡回」(2)に同行した。その船がシンガポールとボルネオ東海岸のさまざまな小さな港とセレベス島（現スラウェシ島）の西海岸の間を航行した時のことだった。四度往復したものの、そこでは半年も過ごさなかった。しかし、この経験をもとに最初の二つの小説と多くの短編が書かれた。のちにマリス船長――彼も（コンラッドより時期は後だが）ヴィダール号で航行した――の訪問を受けてこの時期の思い出が蘇り、「秘密の共有者」や『勝利』を含む第二のマレー小説群が生み出された。コンラッドの主な立ち寄り先は、ベラウ川沿いのベラウ植民地だった。そこで彼はオランダ系のユーラシア人（ヨーロッパ人とアジア人との混血の人々）、チャールズ・ウィリアム・オールメイヤーと出会ったのだが、この人物は彼の最初の小説の主人公となった。『個人的記録』の中の記述によると、初めて見かけた際、オールメイヤーはボルネオの川を六十五キロ遡ったところにある「おんぼろの小さな波止場に係留された」ヴィダール号に歩み寄っていた。それは「輪郭のぼやけた家屋の塊を背景にした、同じく輪郭のぼやけた、幻影のような姿」で、「(不釣り合いな青地に黄色い花びらの巨大な花の)クレトンさらさの模様のひらひらするパジャマと袖の短い薄い綿のアンダーシャツだけを羽織った」(*APR* 74) 人物が次第にはっきり見えてきたという。コンラッドは、この人物に触発されて『オールメイヤーの阿房宮』を書いたと言っているだけではなく、結果として彼のおかげでそれ以後の作家人生があると述べている――「もし仮にオールメイヤーとお近づきにならなかったとすれば、ほぼ確実に私の言葉は一行も世に出ることはなかっただろう」(*APR* 87)。

『個人的記録』にはまた、作家としての経歴の出発点が記されている。コンラッドは、ロンドンのベスバラ・ガーデンの「家具付きアパートの家の正面側の居間」で、一八八九年秋にオールメイヤーとその妻と娘、「そしてその後その他の海辺の民の御一行」(*APR* 9) の訪問を受けたと記述している。コンラッドによれば、「私のお上品なおかみさんには内緒で、朝食が済むとすぐマレー人、アラブ人、混血の人々を元気よくお出迎えすることが私の日課だった」(*APR* 9)。こうして陸の上で過ごす間、コンラッドはベラウ訪問の思い出に取り憑かれていた。オールメイヤーやニーナの人影が見え、「熱帯林のつぶやき」が聞こえたのだ (*APR* 9)。この「抗いがたい魅力」に反応してコンラッドは書き始めた。一八八九年から一八九〇年の冬の間には最初の三章をかなり早く書き上げた。それからその原稿はコンゴの旅に同行し、帰国後執筆が再開された。そして、一八九一年五月から六月にかけてシャンペルで療養している間もコンラッドにつき添った。その頃までに原稿は六章まで進んでいた。コンラッドはシャンペルで七章を、ロンドンに戻るとすぐ八章を仕上げた。それから、次第に膨れ上がる原稿は、彼がトーレンス号に一等航海士として乗り組んだ時にも同伴した。その船の上で原稿を乗客の一人W・H・ジャックに見せたところ、最後まで書くよう励まされた。一八九三年の終わりにルーアンのアドワ号で冬を過ごしていた時には一〇章まで進んだ。[3] しかし、最後の数章は「死に物狂いで」(*CLI* 151) 仕上げたという。一八九四年の間に書かれたポラドフスカ宛ての手紙からは執筆の過程が難航したことがわかるが、こうして死に物狂いでもがく様子はコンラッドの以後の執筆のパターンとなった。一八九四年四月二四日にやっと小説の完成を発表することができたのだけれども、着手の時と同様にこの完成もまた悪魔祓いの儀式めいている——「突如登場人物の一団がまるごと……亡霊の一団と化し、後ずさりして次第に消えていき、溶けてなくなった」(*CLI* 153-54)。

七月にコンラッドはタイプで打った原稿を、T・フィッシャー・アンウィンのスードニム・ライブラリー・シリーズ[4]の一冊として検討してもらうべく出版社に送った(マレー語で舵《かじ》を意味する「カムディ」というペンネームを使用したいと申し出るつもりだった)。またポラドフスカには『オール

港のボート、シンガポール　1880年代頃

メイヤーの阿房宮』をフランス語に訳して彼女の名前で出版してはどうかと提案した。これらの提案を合わせて考えてみると、コンラッドが作家としてはきわめて地味なデビューをしたことがわかる。(5) だが、アンウィンの最初の原稿閲読係ウィルフリッド・ヒュー・チェソンがこの作品を気に入り、次の閲読係でスードニム・ライブラリーの創始者エドワード・ガーネットに渡した。ガーネットは、「このロマンティックな語りの詩的な『リアリズム』」に惹かれたというが、とりわけサンバー（Sambir）の政治家ババラッチという人物に魅了されたのだった。(6) ガーネットの祖父と父親はそれぞれ大英図書館の副管理者と図書館司書で、ガーネット自身はロセッティやヘファー一家を遊び相手として育った。妻コンスタンスは、マイル・エンド・ロードにあるピープルズ・パレスの副司書であり、(7) 夫妻は初期の社会主義者たちと親しい交流があった。コンスタンスはのちにツルゲーネフ、ドストエフスキー、トルストイの翻訳者として名を成した。ガーネットはガーネッ

トで一八九〇年代初期にT・フィッシャー・アンウィンという新しい出版社に加わったが、彼は単なる出版社の原稿閲読係以上の存在だった。新しい作家を発掘する才能、彼らに対する積極的支援、鋭い書評によって、ガーネットはのちに小説に関して言えば事実上モダニズム文学の助産師となる。[8]またコンラッドにとっては生涯にわたって協力的な友人となる。

『オールメイヤーの阿房宮』は、一八九五年四月に出版されるとたちまち高評価を得た。『スコッツマン』誌はこの作品を「注目すべき書」として賞賛し、『デイリー・ニュース』誌や『クリティック』誌は、それが英語の小説にとって新たな領土を「併合」したとして歓迎した。そして、『スペクテイター』誌はコンラッドを「マレー群島のキプリング」[9]と歓呼して迎えた。当時のこうした評が示しているように、書評家たちは、コンラッド作品を進んで同時代の植民地主義的な小説と同列に扱った。エレイン・ショウォールターは、一八八〇年代におけるロマンスの復活について、「英語小説の王国を男性作家、男性読者、男性の物語のために取り戻そうとする、男性による文学上の革命」[10]と書いている。この革命は、特定の男性概念を奨励し、冒険ロマンスを通して帝国主義を支持することを目指した。南アフリカでの政府の仕事を終えて戻ったばかりのヘンリー・ライダー・ハガードはその先駆的存在となったが、男性らしいヘンリー・カーティス卿を主人公とする小説『ソロモン王の洞窟』(一八八五)は、冒険ロマンスというジャンルの典型的作品である。ラドヤード・キプリングはこのジャンルでおそらく最もよく知られた作家であるが、長編作家というよりは短編小説家で詩人だった。彼は一八八九年の終わり頃にロンドンに戻っており、英国での最初の出版物『三銃士』は一八九〇年に刊行されていた。キプリングの物語は、英国国内の読者に「インドでの隠された生活を垣間見」[11]させると称賛されてきた。コンラッドの第一作に対する書評家たちの反応も、明らかに小説に対する似たような植民地主義的アプローチだ。当然ながら、ライダー・ハガードは、早い時期からキプリングの文学上の友となり、『スコッツ・オブザーバー』誌の編集者ウィリアム・ヘンリーとその帝国主義的な仲間に引き立てられた。

しかしながら、コンラッドのマレー小説は、必ずしもこうした読みに馴染むわけではない。『オールメイヤーの阿房宮』はヨーロッパの植民地支配の失敗の物語である。カスパール・オールメイヤーは、ジャワのバイテンゾルフ(現ボゴール)の植物園で雇われていたオランダ人の下級役人の息子で、小説の冒頭で述べられているように、遠く離れたボルネオの交易所で「二十五年間非常につらい苦労」(*AF* 4)をした男である。彼は、有力な商人リンガード船長の養女でスールー人の娘と結婚したが、リンガードの富を相続して、いずれスールー人の妻を追い出すつもりだった。ところが、交易所の成功がかかっていたサンバーとリンガードが独占的に行なう交易は破綻する。リンガードは破産して行方をくらますと、イングランドに戻ってしまい、今ではアラブ人のアブダラがその地域を支配下に置く商人である。オールメイヤーの「富と権力を手に入れる夢」(*AF* 3)で物語は始まるのだが、ほどなくしてその夢がはかない空想であることが示される。オールメイヤーは、現地の諸民族や外国の所領を支配する英雄的なヨーロッパ人ではなく、むしろアンチ・ヒーロー的な人物である。語りが次第に明らかにするように、力強く優れているどころか、自分の家庭内で起こっていることにすら気づいていないのである。

オールメイヤーの空中楼閣は、見たところ娘のニーナを巡って構築されている。彼は奥地で黄金を発見して娘をアムステルダムに連れて行くことを夢見ている。そこでなら、自分の富が、彼の言う「娘の混血」（*AF* 3）を相殺すると思っているのだ。しかしながら、すぐに明らかになる通り、娘もそう望んでいるというのはオールメイヤーの思い込みである。そればかりか、彼は娘の置かれた状況を考えたことがない。次第に浮かび上がってくる第二の物語は、民族的に分断されたこの小説のコロニアルな世界における、混血児としてのニーナのアイデンティティ探究の物語である。シンガポールで教育を受けた時期に経験したヨーロッパ人からの人種差別のせいで、彼女は母親の文化的遺産のほうに関心を寄せており、同時に自分のために父が思い描く夢には反発を覚えている。だが、この小説は単なる不幸な家族の物語ではない。オールメイヤー一家の物語は、この地域における当時のオランダ、スペイン、英国の歴史を簡単な見取り図として示しながら背景としているが、マレー一帯、スールー王国の政治、アラブの交易ネットワークを他に類を見ないほど深く理解した上で提示してもいる。オランダは現在のインドネシアを獲得していた。スペインはボルネオとミンダナオの間の島々を占領していた旧スールー・スルタン国を支配していた。英国は半島マレーシアを統治し、ボルネオにも利権を保持した。ババラッチを通して、この小説は、英国主導の「海賊撲滅戦争」に対するスールーの怒りを特に記録し、植民地支配を受けた人々に声を与え、オールメイヤーが絡めとられている現地の政治の網の目のような関係性を慎重に図解する。従って、この小説は、英国の書評家たちからは、新たな領土を併合した（⇩註(9)）と賞賛されたが、実のところ反植民地的な意味合いを持っている。そればかりか実際この小説は、その後はるかに批判的な度合いを増していった植民地小説の部類に属すと見なすことができる。(12)

『オールメイヤーの阿房宮』はデビュー作にしては例外的に洗練された小説である。そのことは、この小説の時間の操作にかなりはっきりと見て取れる。小説はオールメイヤーがサンバーにある家のベランダで物思いにふけっている姿で始まり、その後続く数章では彼の人生の回想が記述されている。第五章の終わりで、語りはもう一度冒頭の瞬間に戻る（この時読者はもうオールメイヤーの置かれた状況をずっと詳しく理解している）。第六章から一二章では以後二十四時間の間の出来事がさらにいっそう詳細に描かれるが、そこでは、オールメイヤーとデインの間の申し合わせが少しずつ明らかになり、デインとニーナとオールメイヤー夫人の秘密の計画の全体像が徐々に見えてくる。さらに、隠された策略、つまり、アブダラの息子レシト（Reshid）の陰謀があり、それを軸に語り全体が展開しているといってもいいのだが、このことに目を留めた批評家はほとんどいない。(13)

コンラッドがどれほど真剣にこのデビュー作のことを考えていたかは、彼がその序文を書いたと

オールメイヤーの家があるタンジュン・レデブ（インドネシア）

いう事実にもうかがえる。彼が『オールメイヤーの阿房宮』のお手本にしたのはおそらくギ・ド・モーパッサン（一八五〇―九三）だろう。コンラッドはこの作家を非常に称賛していたのだが、モーパッサンもまた小説『ピエールとジャン』（一八八八）に自ら序文を寄せている。モーパッサンの序文「小説について」（'Le Roman'）は、「芸術家としてそうするのであれば、小説家が好きなように世界を理解し、観察し、想像する(14)自由の擁護で始まっている。それはリアリズムの擁護である。そして同時に、リアリズムの小説家は「写真のように日常生活を切り取った断片ではなく現実そのものよりも完全で、鮮烈で、鋭いヴィジョンを提供する」という主張でもある。とはいえ、この序文の主な目的は、モーパッサンがギュスターヴ・フローベール（一八二一―八〇）から学んだ「客観的描写法」の提唱である。『オールメイヤーの阿房宮』に付されたコンラッドの序文は、アリス・メイネル（一八四七一九二二）によるエッセイ「文明を奪われて」への応答として書かれた。メイネルのこのエッセイは一八九一年一月二四日に『ナショナル・オブザーバー』誌に掲載され、少し前に彼女の『生命のリズム』（一八九三）に再録されたばかりだった。

コンラッドはこれを植民地を舞台とする文学への攻撃と受けとめ、どこにいようと人間は皆同じだと言って反論した。(15)『オールメイヤー』の序文の冒頭で彼は、そうした文学で描かれる「風変りな人々と遠く離れた国々」を、彼には「軽蔑的な嫌悪感による裁断」（*AF* vii）と思えるものから擁護している。それから彼は、「野蛮人」のステレオタイプ（「うれしいことがあるといつも叫び声や戦勝の踊りで表す」）に対する反論として、「ここと同じように彼の地《か》でも、生の描写は同じように入念に描かれる」と主張する。そればかりか、「我々と遥か彼方のあの人々の間には絆」があると力説し、「家だろうが小屋だろうが、霧のかかった通りだろうが、森の中だろうが、どこに住んでいようが、ただの人間に自分は喜んで共感する」（*AF* viii）という個人的信条をはっきりと述べている。これは、『アダム・ビード』（一八五九）第一七章におけるジョージ・エリオットの立場と明らかに通じるものだ。彼女は自らの望みが「ただ人間や事物をそれらが私の心に映じるままに忠実に描くことだけだ」と主張してから、「ネクタイにチョッキを悪趣味に合わせたいでたちで私に砂糖を量り売りするあの下品な市民」を含む「ごくありふれた平凡な仲間」に対して「ささやかな共感」(16)の手を差し伸べねばならないと言っている。エリオットが階級の障壁を横断して共感を広げたいと望んでいるのに対して、コンラッドは互いに遠く離れた文化と民族の間の壁を越える共通の人間性があると強く主張している。しかも、共通の人間性というこの認識は、マレー小説の至る所に見られるのだ。もしこの序文が、コンラッドの意図した通りデビュー作と同時に出版されていれば、そして、これが彼の最初の芸術宣言《マニフェスト》として知られていれば、「闇の奥」の偏った解釈や、コンラッドがいわゆる人種差別主義者だという単純化された不名誉な主張が、二〇世紀の終わりにあれほど強固に定着することもなかっただろう。「人種」に関するヴィクトリア朝末期の議論という観点から見れば、コンラッドはむしろ、共通の人間性を信じる基本的な反人種差別主義の立場を第一作で熱心に述べていたのである。

コンラッドは、『オールメイヤーの阿房宮』が出版される前すでに二番目の小説『島の流れ者』に取り掛かっていた。『島の流れ者』に寄せた著者の序文において彼は、「この本の生みの親」はガーネットだと記した上で、「君は本を一冊書いた。とてもよかった。もう一冊書いたらどうだい?」(*OI* vii-viii)というガーネットの励ましの言葉を懐かしく思い出している。実際、ポラドフスカ宛ての手紙が明らかにしているように、一八九四年八月神経衰弱の水治療のために再びシャンペルに滞在していた時コンラッドはすでに(のちに『島の流れ者』へと拡大する)「二人の放浪者」という短編に着手していた。よくあることだが、自分自身についてコンラッドが言っていることを完全に信用することはできない。もっとも、この場合、ガーネットの激励がまぎれもなく重要だということにはそれなりに真理はあるのだけれども。一八九四年一一月にガーネットと初めて出会ってから、おばのポラドフスカに以前そうしたように、コンラッドはきまって助言や手引きを求めた。「二人の放浪者」に着手した時、コンラッドは海の生活に戻る希望をまだ捨ててはいなかったが、一八九六年三月に『島の流れ者』が出版される頃までには、「文筆業」こそ自分の職業《メティエ》だと自覚するようになっていた。(17)この第二作目の小説を書くことによって作家としての自己アイデンティティを確認したのだ。

『オールメイヤーの阿房宮』は五年にわたる旅の途上で執筆された。その間、船舶士官の任務としてオーストラリアやコンゴ川に赴いたこともあった。『島の流れ者』は主にロンドンのギリンガム・ストリートの下宿で、わずか一年で書き上げられた。比較的早く書き上げられたとはいえ、この小説の執筆過程は楽なものではなかった。執筆を中断して書かれた友人宛ての手紙において、コンラッドはその死に物狂いの奮闘について愚痴をこぼしているが、それはその後いつもの執筆スタイルになる。第二作でコンラッドは第一作の舞台の地域に立ち戻り、事実上前日譚を書いている。『島の流れ者』は、『オールメイヤーの阿房宮』の出来事から遡ること約十五年前のサンバーを舞台にしている。ニーナはまだ子供で、オールメイヤーもまだ地元の川岸での商売を牛耳っている。実際『島の流れ者』の語りは、リンガード船長の秘密の航路がいかにしてアブダラに漏れたのかということと、どのような経緯で第一作におけるオールメイヤーの状況が生じたのかを暴いている。この小説の最初の構想における「二人の放浪者」とは、亡命スールー人のババラッチと若いオランダ人でリンガードの子分《プロテジェ》ピーター・ウィレムズである。この小説は、傲慢なウィレムズが「彼特有の誠実さのまっすぐで狭い道から下りた」(*OI* 3)ところから始まる。ウィレムズは、マカッサルの商人フーディグの「腹心の部下」(*OI* 7)で、オールメイヤーもリンガードに採用される前にフーディグのもとで働いていた。フーディグの投機的事業が法的にはあやしいということは「腹心の部下」というその肩書に示されている。一方、「特有の誠実さ」という表現によって、我々読者は、ウィレムズがさまざまな自己欺瞞的態度をとるだろうと身構えるが、案の定彼は小説世界を進んでいく際にそうした態度を露呈する。多くの点でウィレムズは『ロード・ジム』のジムよりもずっと共感しづらい人物だが、それでも彼はジムの前身である。ウィレムズは、自己の理想像を裏切り、人生を台無しにしてしまうコンラッドの主人公たちの原型なのである。(18) オールメイヤーとともに、ウィレムズは、男性の自己欺瞞に関するコンラッドの多くの考察の筆頭を飾っている。

マカッサルで屈辱を味わった後、ウィレムズはリンガードに救助されてサンバーに同行する。そこでウィレムズは、アラブの商人を川に招き入れることによってオールメイヤーの独占体制に終止符を打とうとするババラッチの計画の中心人物になる。ババラッチの親分オマール・エル・バダディの娘エイサ(Aissa)と関わり合ううちに、ウィレムズは次第にババラッチによって心理的に操作されていく。物語の中でコンラッドが一貫して探究しているのはウィレムズの人種的偏見であり、それはマカッサルにいる妻や家族に対する態度や、エイサの虜になることをめぐる葛藤に表われている。コンラッドの第一作の終わりで、オールメイヤーが娘のために白人としての人種的優越感を捨てることができないように、横領犯ウィレムズは、エイサに魅了されてしまえば、「自分の人生、人種、文明の汚れなき純粋さ」(*OI* 80)と思いこんでいるものを犠牲にすることになると感じている。このことが示すように、コンラッドは、一個人の自己欺瞞を描いているだけでなく、もっと広い意味でヨーロッパ人と東ボルネオの諸民族の間の衝突を分析している。『オールメイヤーの阿房宮』の場合と同じく、ヨーロッパ人の人種的優越感に疑問を投げかけているのである。同時に、彼は現地のさまざまな政治的立場を慎重に扱っており、この第二作でも、ヨーロッパの侵入に対する現地の抵抗を——そればかりかリンガードの父権主義的植民地政策に対するババラッチやアブダラの勝利を——描いているのだ。

『島の流れ者』を書き終えると、コンラッドは三作目の『姉妹』(一九二八)に取り掛かった。この作品は、最初の二作とはかなり違っている。それは、家族と祖国を後にして西ヨーロッパへ旅立つルテニア[19]の若い画家スティーヴンの物語として構想されていた。一八九五年秋から一八九六年春の間に書かれた七章のうちの最後の三章では、タイトルの姉妹である二人のバスクの女性リタとテリーザが紹介されている。この未完稿の最後では、リタがおじと同居するパリの家の中庭にあるアトリエにスティーヴンが間借りしており、明らかにコンラッドの意図としては、二人はいずれ恋に落ちることになっていたに違いない。しかし、ガーネットの助言で小説は中断された。そしてリタとテリーザは、晩年の小説『黄金の矢』で復活するまで待たねばならなかった。コンラッドはガーネットの助言に従い方向転換し、代わりに新しい作品「救助者」に着手した――というよりもむしろ、最初の二作のマレーの世界に戻り、時間軸ではさらに昔の一八六〇年代まで遡った。「救助者」は、若いリンガード船長と、盟友ハシムをスラウェシ島のワジョの王座に再びつかせるための武力闘争にリンガードが関与する物語になる予定だった。時代を遡る三部作を通して次第にリンガード船長の人物像が浮かび上がり、ついにはその最終巻で舞台の中心を占めるにつれて、あたかも作者自身がゆっくりと自らの主題を発見したかのようである。富と権力を手に入れたいと願う（加えて結婚に対する完全に欲得ずくの姿勢の）オールメイヤー、あるいは同じく金銭目当てで利己的な動機を持つウィレムズよりも、トム・リンガードのロマンティックな人物像にコンラッドの関心は向いたのだ。リンガードには、船への愛、さまざまなプロテジェ（子分）の面倒を見ようとする情の脆さ、行動規範、それも自己責任という行動規範があった。リンガードの父権的態度、感傷的理想主義、物事を秩序正しく整理しておきたいという欲望の限界を著者は『島の流れ者』ですでに見極めつつあった。この初期の小説において早くもリンガードは、ロマンティックな夢想家として暴露されている。自分は優れているというイメージを支えるために「利他的な」行動を取らねばならない夢想家だ。「救助者」は、個人の責任というリンガードの行動規範をさらに探究するための一つの機会だったのである。

「救助者」のマレー世界に「ヨットの民」が突然やって来た時、再びこの物語は難局を迎える。そのヨットは、リンガードの移り気な現地部族連合が集結する川岸の沖の砂州で座礁する。クリストファー・ゴグウィルトが示すように、こうして対立し合う集団の間にある「不安定な均衡」は、マレー群島の「民族的に多様な住民」の「島間《しまま》の政治」を見事に記録している。しかしながら、こうした「政治的視座」は小説が展開するにつれて失われる。[20] 座礁したヨットという装置は、大衆的海洋小説には決まって登場する。というのも、それは、ホモソーシャル[21]で男性的な船という実社会からの多少の息抜きと、異性愛を規範とするロマンスを可能にするからだ。コンラッドは、「救助者」でこの装置を用いて、植民地でのリンガードの冒険の中心に都会的な文化（とそこでのさまざまな衝突）を配置している。従って、リンガードと政治家トラヴァースの最初の出会いは、大都会の社会における階級間の軋轢を際立たせるが、リンガードとトラヴァース夫人との出会いこそが、語りの両方により重要な影響を与えている。退屈した社交界の華《はな》トラヴァース夫人にとって、リンガードは冒険に満ち、見たところ無垢な生き方が持つ魅力を体現している。リンガードにとって彼女は、ブギス族の同盟者たちに対する自らの献身を疑う衝動を発見するきっかけとなる。コンラッドは、トラヴァース夫人に対するリンガードのエロティックな愛をある程度まで深く掘り下げると、この作品の執筆に苦労し、最終的には一八九九年初めに中断した。このリンガード三部作は、一九二九年まで未完のまま放置されることになる。

「救助者」の執筆はなかなか進まなかったが、その間コンラッドは多くの短編を完成させることができた。一八九六年五月には、ブルターニュの農夫の生活の陰鬱で冷笑的な物語をモーパッサン風の筆致で表現する「白痴」を書いた。それは、先天的な知的障害についての物語であり、結末で（夫がセックスを求めて近づいた時に）妻は夫を刺殺し、その後自殺する。一見するとこの物語は、コンラッド一家がイル＝グランデ島で出会った現地の一家をモデルにしているようなのだが、実際にコンラッドがハネムーンのさなかにこの物語を書いたということから、あらゆる種類の憶測を呼んでいる。物語はセックスと結婚生活の不安を暗示しているが、同時にそれ以上に説得力を持つのは、物語が子供への遺伝に関する不安を暗示してもいるという説である。コンラッドは、子供の頃、偏頭痛、神経性の発作やてんかんの症状に苦しんだ。マーティン・ボックが指摘するように、成人してからコンラッドが患っていた神経衰弱は「より深刻な形の精神の退化」への「入り口となる疾患」と見なされていた（同時にボックが強調しているのは、フロイト以前の精神医学が、こうした神経症状を、犯罪傾向や才能とともに、退化に関する同時代の人類学的パラダイムの中に位置づけたということである）[22]。こうした文脈で考えると、コンラッドは自分の神経症の症状が遺伝することを心配していたのかもしれない。

ブルターニュ滞在中にコンラッドは、もう一つのアフリカの物語「進歩の前哨地」を七月に、マレーの物語「潟」を八月に仕上げた。彼は後者を「使い古したコンラッド風文体が随所に」(*CLI* 301)見られる、と否定的に記述しているが、それは匿名のヨーロッパ人がマレー人の「友」アルサットの物語の聞き手となっている入れ子式の物語である。アルサットの物語は裏切りの物語だ。それは、愛する女性を救うために自分が兄弟を置き去りにして死なせた経緯を語る。そこでは女性への愛が男性から勇気を奪うものとして描かれている。つまり、アルサットの物語は性愛恐怖症的な物語であり、その要素は『島の流れ者』にも見てとれる。だが、彼の物語は同時に、ヨーロッパ人に対するマレー人の見方を大いに活用しており、枠の物語は一方マレー人に対するヨーロッパ人の恩着せがましい態度を記録している。そして、オリエンタリズムの裏返しの形で、個人としてのヨーロッパ人をステレオタイプ化している。つまり、「自民族の不安」(*TU* 193)を代表している、と解釈しているのだ。

もう一つのマレー物語「カレイン――ある思い出」は、コンラッド一家がイングランドに戻った後一八九七年四月に脱稿された。それは、これらの初期の物語の中で最も強い印象を与える物語である。「潟」と同様に枠物語(あるいはむしろ、枠と枠物語の連続)であるが、ここでは外の枠物語により重要性と意味がある。物語は、語り手がロンドンで「東洋の群島における現地民による反乱」(*TU* 3)に関する新聞記事を読んでいる姿で始まる。この記事は語り手自身の「東洋」の思い出、とりわけ、カレインの思い出を呼び覚ます。続けて読んでいくとわかるように、明らかに語り手はカレインがこうした動乱に関与しているのか否かと考えている。語り手は、以前自らが銃の密輸業者だったことを明かす。かつてスペインの植民地当局をものともせず、カレインによく武器を売っていたのだ。カレインはブギス族の首長で、オランダ人によってスラウェシ島から追われ、今ではスペイン支配下のミンダナオの片隅で暮らしている。ロンドンの枠物語に代わって、語り手の枠物語が始まるが、それは、語り手とカレインの面会の記憶に基づいている。しかし、今度はこの物語の中に、カレイン自身の思い出から成るもう一つの枠物語が埋め込まれている。カレインの語りは、ワジョ王国の継承問題へのオランダの介入についての短い説明で始まる。それから、語りは、彼の友人の妹とオランダ商人の駆け落ちと、二人を追い詰めて殺す意図で彼と友人が群島のあちこちで行なう「復讐のための暗い放浪の旅《オデュッセイ》」(*TU* 40)に焦点を当てる。この語りは、群島(とオランダ人)をブギス族の視点から提示し、その土地の文化のさまざまな側面に対する暗黙の理解をもとに、オランダ商人の野蛮な行動を強調している(「彼[オランダ商人]は道化のように大声で笑い、礼儀正しいものの言い方をまったく知らなかった」[*TU* 229])。

結果としてカレインの物語は、エロティックな妄想と友人に対する裏切りの物語になっているが、それはまた、罪の意識と亡霊の物語でもある。その伏線は語り手の物語のクライマックスの瞬間に向けて張られている。クライマックスでカレインは、死んだ友人の「咎《とが》めるような亡霊」(*TU* 43)

から自分を守る魔除けの護符を欲しがる。この瞬間を際立たせているのはヨーロッパ人とカレインの平等性であるが、「ある思い出」という副題がその曖昧さをすでに特徴づけている。まず第一に、語り手は、カレインの人生は「ヨーロッパ人の人生が、我々皆のうちのどんな聖人、哲学者、あるいは愚か者にとってもそうであるのと同じくらいリアルで非の打ち所がなさそうだ」（*TU* 44）という驚きの発見をしたと言う。それから、カレインの同僚のホリスは、民族の違いを越えた男性同士の絆の根拠を発見する（「我々は皆一人残らずある女に取り憑かれてきたということを君も認めるだろう」［*TU* 47］）。そして、この平等の感覚を裏づけるのは、ホリス自身のお守り、つまり、イングランドに残してきたその女性にゆかりのあるさまざまな小さな品で彼がカレインのために作った護符である。同時に重要視されているのは、二つの文化の異なる現実、つまり、カレインの考えるイスラム教とヨーロッパ人の「不信」である。そうした「白人の生命力は強い。外側の暗闇[23]（地獄）の縁《ふち》で否応なしに苦しみもがきながら進んでいく」（*TU* 26）。語り手の物語の結末で、語り手はロンドンに戻り、武器密輸の別の仲間ジャクソンとストランド街の銃器店の外で会う。しかし、この帰還は終わりや枠物語の包摂を意味するわけではない。それどころか、厄介な問題を突きつける。ストランド街の騒音や人混みとごちゃごちゃした都会の看板の真っただ中で、ジャクソンはどうしても「白人の強い生命力」を意識してしまうのだが、同時にカレインの世界の非常に異なった現実とその信念体系を忘れることができないでいる。キプリングは、例えば「ドレイ・ワラ・ヨーディー」

のような物語でこうしたさまざまな現実を扱っているが、パシュトゥーン人の語り手をヨーロッパ的な考え方に従属させ、彼を正気でないと決めつける。それに対してコンラッドは「白人の強い生命力」と、ヨーロッパ人の知と経験を越えたところにあるあの闇の領域との対立に決着をつけずにおくのである。[24]

短編小説への方向転換は、執筆を困難で苦痛だと思う人間にとっては賢明な手段だった。経済的な意味でもそうだ。短編小説を欲しがる雑誌は掃いて捨てるほどあったばかりか、短編小説は長編小説よりも実入りがよかった。T・フィッシャー・アンウィンは『オールメイヤーの阿房宮』の報酬としてコンラッドに二十ポンド(印税は含まない)、『島の流れ者』には五十ポンドを(十一%の印税とともに)支払った。[25]因みに、『コスモポリス』誌は、「進歩の前哨地」に二十五ポンド、『ブラックウッズ・エディンバラ・マガジン』は「カレイン」に四十ポンド支払った。『コーンヒル・マガジン』は六千語の物語「潟」にたったの十二ポンドほど(五百語につき一ギニーの割合で)しか出そうとしなかったが、コンラッドは、退廃的な『サヴォイ』誌ならページにつき二ギニーというより割のよい額を「白痴」に出すであろうと信じて疑わなかった。[26]さらに、これらの短編が『不安の物語』に収められ一八九八年三月に出版されると、再び支払いを受けた。アンウィンは、最初の二千部に十%の印税と五十ポンドの前金、二千部を越えると十二・五%、四千部を越えると十五%の印税を支払うと申し出た。[27] のちの作家人生においてコンラッドは各短編を、英国の雑誌に発表する際と米国の雑誌に発表する際、英国での単行本発行と米国の単行本発行時の四度にわたって売ることになる。

短編小説は、コンラッドにとって作家としての経歴の原点でもあった。『オールメイヤーの阿房宮』（一八九五）は最初に出版された作品であり、作者自身が自己神話化してそれを最も早い時期に小説に挑んだ冒険的試みと呼んでいるけれども、のちに「黒髪の航海士」として出版された物語が当初一八八〇年代に書かれていた、というキース・キャラバインの説には説得力がある。[28] 確かにキャラバインが言うように、コンラッドは大衆消費市場向けの週刊誌『ティット・ビッツ』の「懸賞に応募するために」（*CLVII* 408）この短編を一八八六年に書いたと代理人J・B・ピンカーに言ったらしい。[29] キャラバインは、意外な結末を持つこの取るに足らない物語が『ティット・ビッツ』誌に掲載されていたとしても場違いではなかっただろうと述べ、執筆の動機となった可能性のある「懸賞」を特定してもいる。それは、「船員としての私の経験」という題の最優秀作品に賞金二十ギニーが与えられる「船員特別賞」というもので、一八八六年五月に初めてその広告が出ている。船長試験の準備をする間、一八八六年六月か七月にコンラッドはロンドンでこの作品の第一稿を書いていたかもしれない。しかし、それが賞を獲得することはなかった。『ティット・ビッツ』誌に掲載されることもなかった。そして、コンラッドは、自分の作品が出版されるのを目にするまであと九年待たねばならなかった。

# 第四章▼コンラッドと文学市場

「文筆業で……食べていくしかないのだ」(*CLI* 266)

一八九六年の終わりに至ると、コンラッドは妻帯者となり、エセックス州スタンフォード＝ル＝ホープのヴィクトリア・ロードの二軒長屋式《セミ・ディタッチト》の庭付き一戸建て《ヴィラ》住宅に住んでいた。伯父のタデウシュ・ボブロフスキは、一人娘が早世したあと実の息子のようにコンラッドの面倒を見ていたが、その伯父も一八九四年二月に亡くなっていた。コンラッドは、父の死後ボブロフスキが援助してくれていることは意識していたので、伯父の死の知らせを受け取った時自分の中で「すべてが終わった」(*CLI* 148)ように感じた。一八九四年四月にボブロフスキからの遺産の最初の取り分を受け取っていたが、それによって、『ナーシサス号の黒人』と『島の流れ者』を完成させる間ある程度の財政的安定を得られたに違いない。しかし、一八九六年六月に、南アフリカの金鉱に投資したことでコンラッドはあり金をすべて失う。こうして彼は、収入源を完全に執筆に頼らねばならなくなった。

初めの二作の評判は概してよかったものの、『姉妹』を断念せざるを得なかったうえに、三月以来「救助者」の執筆に苦戦していた。八月に「救助者」を中断すると、手がけていた新しい作品に対してアンウィンが提示した条件にコンラッドは不満を抱くようになっていた。このような状況の中で、一〇月にガーネットはビジネス・ディナー（仕事上の夕食会）を計画し、他の出版社ロングマンとハイネマンの代表にコンラッドを紹介した。ガーネットは一一月に新しいタイプの代理人A・P・ワットにコンラッドを紹介するべく手配し、一二月にはハイネマン社の共同経営者、S・S・ポーリングとの昼食会を企画した。[1] 初めの食事会からは何も生まれなかったが、ポーリングは『ニュー・レヴュー』誌に連載してもらえるよう『ナーシサス号の黒人』の初めの二章をW・E・ヘンリーに見せてもいいと言った。このことからわかるように、ガーネットを通じてコンラッドは、後期ヴィクトリア朝ロンドンのプロの作家の世界に加わりつつあったのだ。

1895 年頃のエドワード・ガーネット

コンラッドが作家として出発した時、出版の世界は大きな転換点にさしかかっていた。一方では、「スリー・デッカー」と呼ばれる三巻本のヴィクトリア小説に代わって、単行本小説が出始めた。ムーディの貸本屋が一八四二年から一八九四年までヴィクトリア朝の出版に及ぼしていた影響力は、公立図書館の拡大によって次第に弱まり、とりわけ鉄道小説の台頭によって決定打を受けた。(2) ヴィクトリア朝時代のかなりの期間ムーディの貸本屋はその時代の小説を意のままに操っていた。ムーディの貸本屋は、三巻本小説を作家たちに求めることによって本の体裁を決定し、その経済力にものを言わせて出版物の評判を形成すると同時にその検閲を行なう立場にあった。それは会員制の貸文庫であり、年間購読の場合、契約者は無制限に本を借りる資格を有していたが、一度に借りられるのは一巻だった。ムーディの貸本屋は本を大量に購入したが、印刷部数のすべてを買い取ることもあった。こうして書籍の値段を故意に吊り上げたので、読者は本を買って自分のものにする気になれなかった。ムーディの見方からすれば、これは好循環だった。だが、公立図書館が次第に貸本屋の独占体制を侵食し、鉄道輸送の拡大によって、旅の間に読むための単行本小説の新たな需要が生み出された。こうした旅する読者層の要望に応えるために、一八五〇年にW・H・スミスは主要な鉄道駅に売店を開き、十年後には独自の貸本屋を始めた。インドでは、キプリングの最初の出版物はA・H・ウィーラー社のインディアン・レイルウェイ・ライブラリー・シリーズに入っていた。(3) 一八九四年にムーディの貸本屋は三巻本をやめて単行本の作品を扱うようになった。この変化に伴い、一八八二年にアンウィン、一八八九年にメスーエン、一八九〇年にハイネマンという新しい出版社が設立された。

定期刊行の雑誌においても変化が起こりつつあった。一九世紀の初期、もっとも名高い雑誌は『クオータリー・レヴュー』（一八〇九年創業）、『ブラックウッズ・エディンバラ・マガジン』（一八一七年創業）に『フレイザーズ・マガジン』（一八三〇年創業）だった。これらは基本的に紳士の雑誌で、中・上流階級の家族を読者層にしており、主として予約購読の形で販売された。印刷技術が発展したせいもあって、一九世紀末にはこれまでとはかなり趣の異なる雑誌が現れた。その対象は中流階級だったが、予約購読よりは店頭販売によって成り立っていた。これらの雑誌は安価で、事業計画の一環としてより多くの広告を載せていた。『ブラックウッズ』のような雑誌が権威と安定の象徴として毎年同じ表紙を維持したのに対して、新しい雑誌は注目を集めて売り上げを伸ばすために毎号表紙を変える傾向があった。アメリカでも同じような展開があった。『ハーパーズ』、『センチュリー』、『アトランティック』といったお上品《リスペクタブル》な主要雑誌は、基本的に英国紳士的な趣味をお手本にしていた（『アトランティック』は、毎月の社説が読者に「編集長より」呼びかける、紳士クラブのような雰囲気を目指していた）が、『マンシーズ・マガジン』（一八八九年創業）や『マックルーアズ・マガジン』（一八九三年創業）のような新しい雑誌に挑戦状を突きつけられた。これらは大衆消費市場を対象とする雑誌であり、一般読者向けで安価だった（『マックルーアズ・マガジン』が一八九三年に十五セントで刊行された時、『マンシーズ』は二十五セントから十セントに値下げし、一八九五年までに売り上げを月五〇万部まで伸ばした）。リチャード・オーマンが述べているように、こうした事業家たちが思いついたのは、「文化的なものを渇望する……大きな読者層を見極め、彼らが欲しがるものを与えよ。大きな流通範囲を構築してそれに見合った値段で多くの広告スペースを売れ。生産コストを下回る値段で雑誌を販売し、広告で儲けよ[4]」というすっきりとして明快な原則だった。こうした雑誌はいつでも寄稿者へ十分な原稿料を支払う用意もあったので、コンラッドの財源の重要な部分を占めることとなった。

一八九六年六月にコンラッドはナーシサス号での航海をもとにした短編に取りかかった。この短編はみるみるうちに中編『ナーシサス号の黒人』へと拡大した。そして、一八九七年一月には完成して同年八月から一二月にかけて『ニュー・レヴュー』誌に掲載された。それはヘンリー・ジェイムズの『メイジーの知ったこと』の連載が終わった後に始まった[5]。コンラッドのこの中編はボンベイからロンドンまでのナーシサス号の旅を描いているが、その航海で目立つのは二つの危機である。嵐の中で船は難破しかけ、乗組員は暴動を起こしそうになる。語りの中心にいるのは西インド諸島出身の船乗りジェイムズ・ウェイトである。乗船した瞬間から彼は語りを支配する。点呼の際に彼が自分の姓「ウェイト」(Wait)とはっきり発音すると、権威に挑むような「待て」という命令に聞こえるのだ。のちにコンラッドは、「乗組員が直面しているのは、海上の問題ではなく、単純に船上で起こった問題なのだが、船上では、陸上のあらゆる厄介な事柄から完全に切り離された状態にあることからその問題が独特の強度と色合いで際立つ」(一九二四年四月七日のヘンリー・S・キャンビー宛ての書簡［*CLVIII* 339］）と述べている。アメリカ版の『ナーシサス号の黒人』にコンラッドが寄せた序文「アメリカの読者へ」はこのことをよりはっきりさせている。その中で作者は、ウェイトが「船の集団心理の中心[(6)]」だと述べている。

ウェイトは死にかけている。そして、そのことが死（と死に対する恐怖）を物語の中心的問題にしている。コンラッドがウェイトを用いて探ろうとするのは、自らの死を直接意識することを避けるために人がとる防衛本能と、いかにこうした無意識の恐怖によって人は操作されるがままになるのかということである。この中編小説においてウェイトは死に対する乗組員の無意識の恐怖に終始訴えかける。しかも、例の冒頭の瞬間のように、彼は両義性という手段を使ってそれをやってのける。物語の前半でウェイトは、自分が病気だと主張することによって乗組員を思い通りに操るが、同時に彼が仕事をさぼるために仮病を使っているかもしれないと疑う余地も残されている。物語の後半で彼は明らかに死にそうなのだが、今度は自分が働けるほど十分元気だと主張する。信念ではなく疑念を――結果としてそれに付随する乗組員の両義的な反応を――利用してウェイトは乗組員を操る。第五章の冒頭で、語り手はこう述べている――「他人の苦しみに対する同情の底には、実はひそかに利己主義《エゴイズム》が隠れていて、それが、ジミーの死ぬのを見たくないという不安な心理へと高まっていったのだった」（*NN* 138）[(7)]。より抽象度が低い表現で、語り手はウェイトが「徐々に人の心をくじき、迷いを与えていった」と結論づける――「彼のせいで、われわれは非常にやさしく人情味を持つようになったが、同時にまた複雑に、そして非常に退廃的になっていった」（*NN* 139）。差し迫った自らの死を否定する戦略の結果として、ウェイトは航海に第二の危機をもたらす。それはほとんど暴動と言えるものだが、本当のところその根底にあるのは乗組員の自己憐憫である。コンラッドはこの挿話を通して、ウェイトに対する乗組員の複雑な共感が生む、まがいものの利己的な連帯と、自己を超えたものへの義務を伴う本物の連帯を対比している。船の最初の危機である嵐のさなかに乗組員が見せたあの連帯である。[8]

フォード・マドックス・フォードによれば、コンラッドは船乗り時代にさまざまな本を読んだという。とりわけ「フロベールやモーパッサンは大いに崇拝しながら読み、そこまで崇拝していないものの、ドーデ[9]やゴーチエ、[10]崇拝とはほど遠いがピエール・ロティを読んだ」[11]らしい。ロティはコンラッドとほぼ同時代人であり、この中では非常に関連性が高い。というのも、ロティは小説家であるばかりでなく海軍将校であり、船員としての個人的体験に依拠して小説を書いたからだ。例えば、彼の小説『私の兄弟イヴ』（一八八三）は、フランス海軍将校とブルトン人の船乗りの間の友情を描いている。アルフォンス・ドーデに捧げられた献辞においてロティは「海の生活の大いなる単調さ」を表現すると誓っており、その語りは長い航海——何もさえぎるもののない水平線や果てしなくどこまでも広がる海——を描写し、ブルターニュの海岸での生活にしばし戻る。[12]ロティの小説『アイスランドの漁夫《ぎょふ》』（一八八六）は、アイスランドのタラ漁場における、ブルターニュの漁

帆船ナーシサス号

師の夏の間の経験を記録している。『私の兄弟イヴ』のように、この小説も労働に勤しむ庶民の生活を中心としてブルターニュの文化に対する人類学的な関心を示しているが、いずれの場合もこうした点は、曖昧な境界線、限界状態、名状しがたいものの表現に幾度となく立ち戻る印象主義的な自然描写と結びつけられている。

『ナーシサス号の黒人』を執筆中の一八九六年八月に、コンラッドは自らの作品の出版元であるT・フィッシャー・アンウィンから出た二冊の新刊本を読んでいる。ルイス・ベッケの短編集『珊瑚礁と椰子の木の島（*By Reef and Palm*）』（一八九四）と、ベッケとウォルター・ジェフリー[13]によって書かれた『最初の植民船団の一家』（一八九六）である。ベッケは太平洋を活躍の場とするオーストラリア人の船員兼商人だった。『珊瑚礁と椰子の木の島』はそのタイトルに反して海洋小説ではなく、むしろ、太平洋におけるヨーロッパの商人と現地人女性との関係についてのキプリング風の短編小説を集めたものである。ペンブルック伯爵[14]による序文は、とりわけコンラッドの注意を引いたかもしれない。『オールメイヤーの阿房宮』に付された未発表の序文のコンラッドと同様、ペンブルックも「文明を奪われた」文学についてのアリス・メイネルのエッセイを取り上げている。しかしながら、ペンブルックは、太平洋の島での生活と「メイネル夫人のような人がその真っ只中で活躍し存在するような、何世紀も続く文明において蓄積されてきた文化[15]」との間には「大きな隔たり」があるという考えを受け入れている。彼は「牧場、峡谷、草原や牧草地、熱帯林やサンゴ礁の島、そして自然を前に、あるいは未開人の間で、野生をつくり上げる助けとなるすべてのもの」を称賛し、「苦心してつくりあげられた文明の人工的な状態」を貶めている。その人工的な状態に「いらいらして息が詰まりそうな[16]」感じがするのだ。ペンブルックが力説するのは未開と文明の間の紋切り型の対立であるが、自分は前者を好むと率直に主張している。こうした「原始主義《プリミティヴィズム》」の奨励、つまり、「原始的」と見なされた異文化に対する称賛は、共通の人間の絆に関するコンラッドの主張とは大きく異なる。重要なことに、「南洋の島の生活の関心や情熱は多岐にわたるものでも複雑でもない」というペンブルックの考えをベッケの次の物語は裏切っている。「かごいっぱいのパンの実」('A Basket of Bread-fruit') あるいは「真に偉大な男」('A Truly Great Man') のような物語はむしろ現地の諸文化の複雑さを示している。

コンラッドは海を舞台にした「お手軽な文学《ライト・リテラチャー》（大衆娯楽文学）」もよく読んでいた。彼は、海洋小説の作家としての名声を確実なものにするために、一八九八年六月キャプテン・マリアットやジェイムズ・フェニモア・クーパーの海洋小説に関する短いエッセイ「海の物語」(*NLL* 53-57)を世に問うた。このエッセイは、『アウトルック』誌上で発表された。『アウトルック』は一八九八年二月にヘンリーの『ニュー・レヴュー』誌の後を引き継いで創刊された週刊誌である。『ニュー・レヴュー』誌は『ナーシサス号の黒人』が完結した一二月号を最後に廃刊になっていた。その編集者はパーシー・ハードという熱烈な帝国主義者で、彼はのちに保守党の政治家になった。コンラッドはその雑誌のポリシーを「便宜主義で薄められた帝国主義」(*CLII* 34)[17]と呼んでいる。エッセイの中でコンラッドは、マリアットの作品を「勇ましい伝統の原点であり具現」(*NLl* 53)として称賛し、マリアットを海洋小説というジャンルの創始者かつ商船隊の伝統の体現者として称えた。マリアットの小説で我々読者がいかに「日常生活を垣間見るのかということと同時に、燦然と輝く記念碑を祖国のために建てる方法を知っている大勢の名もなき男たちを突き動かす精神を理解する」(*NLL* 54)ことができるのかについてコンラッドはしみじみと述べている。また彼は、「船乗りとしての技術がそうだったように、マリアットのペンも祖国に貢献している」(*NLL* 54)と二重の意味でマリアットを「貢献《サービス》・海軍の作家」として褒め称えている。ここでコンラッドは『ナーシサス号の黒人』において非常に重要な義務の観念を前景化しているが、(『個人的記録』でさらに十分に発展させることになる)船乗りの規範への忠誠と作家の仕事がさまざまに関連し合っているという考えをここで初めて打ち出してもいる。クーパーはマリアットとはかなり異なるタイプの小説家である。コンラッドは、クーパーの海洋小説に関する記述において、(マリアットの「芸術家らしからぬ性質」と比較して)クーパーの「本物の芸術家としての直観」を称賛し、「色とりどりの夕焼け、穏やかな星の光、さまざまな様相を呈する凪と嵐、海上の大いなる孤独、注意深く見守るような海岸の静けさ」(*NLL* 55-56)といった描写をその例として挙げている。コンラッドの主張によれば、クーパーは「船乗りを知り、海を知っている」(*NLL* 56)が、マリアットは海という環境にはそれほど敏感に反応しているわけではないという。結局コンラッドは双方ともに「多くの人間の人生」――もちろんコンラッド自身の人生も含む――に影響を与え、商船隊を職業として選ぶよう導いたと認めてエッセイを締めくくっている。従って、コンラッドは、作品の「若々しい魅力、まっしぐらに突き進むエネルギー」によって「若者を虜にする作家」(*NLL* 53)とマリアットを描写する一方で、クーパーが提供するのは、より成熟した彼の作品が見せてくれる「深い共感、芸術的明察」を経由した喜びだと述べる(*NLL* 57)。前者は我々の中の「ロード・ジム」に語りかけ、後者はおそらく「マーロウ」に語りかける、ということだろう。

『ナーシサス号の黒人』は概して好評だった。一八九八年一月七日コンラッドはガーネットへの報告として、「書評は二十三あった。どうでもよさそうなのが一つ(『スタンダード』誌)と、酷評が一つ(『アカデミー』誌)。言いにくそうに口ごもったようなのが地方紙に二、三。残りは予想外に褒めてくれている」(*CLII* 8-9)と記している。初期の書評は、「海という題材の、自信に満ちているが、知識をひけらかすわけではない扱い方」と「力強い描写や人間の性格に対する洞察」[18]を称賛した。例えば、W・L・コートニーは、『デイリー・テレグラフ』誌上で、コンラッドのこの中編をスティーヴン・クレインが南北戦争の戦場を印象主義的に描写する『勇気の赤い勲章』になぞらえ、ナーシサス号が赤道を越える際の描写は「ピエール・ロティが書いたといってもよいくらいの」[19]一節だと述べている。後者のこの比較をコンラッドが喜んだかどうかはこの際おいておくが、他の書評はもっと批判的だった。多くの書評は、「プロットがなければ悪者もおらず、英雄もいない。それに、嵐や死や水葬を除けば何も起こらない」[20]と、プロットが見当たらないことに不満をもらした。似たような批判として、「ペチコート(俗語で、「女性」を暗示)はちらりとも出てこない」[21]という評に見られるように、女性登場人物が欠けていることをあげつらった。また別の批判は、船乗りたちの言葉づかいに向けられた。つまり、「登場人物たちは船乗り言葉を使って」おり、コンラッドは「船首楼の会話をあまりにリアルに描きすぎている」[22]というのだ。こうした不満からは、同時代の書評家たちが何を期待していたのかということや、写実小説にどういう制約があったのかということがよくわかる。それでも、多くの書評家たちは、『ナーシサス号の黒人』の力強い文体を褒めた。例えば、一八九八年一月に『スピーカー』誌は、クレインが始めた新しいタイプの叙景的小説の部類に加えるに値する作品としてコンラッドのこの中編を歓迎した。『スピーカー』誌のこの書評家は、

「海の上の嵐はこれまで何度も描写されてきたが、この小説の描写に及ぶものはない」[23]と述べ、とりわけ嵐の場面を褒めた。コンラッドにとってより重要だったのは、ヘンリー・ジェイムズがこの中編を「我々の言語が持つ海と海の生活の描写の中で最も繊細で強烈であり、まさに超一級の傑作だ」[24]と称したことだった。

確かに、『ナーシサス号の黒人』が描く海の生活の印象は際立っている。冒頭の乗組員の点呼から、シングルトンによる錨鎖の調節を経て、船がボンベイを出発して最後にロンドンの海運事務所で給料を払って乗組員を解雇するまで、コンラッドは船乗りの生活を正確かつ具体的に喚起し、直接観察したことと然るべき海事の技術的詳細を、深い思索や鮮やかな比喩表現と結びつけている。さらに、大きな見せ場もある。嵐の劇的な描写と第三章におけるジェイムズ・ウェイトの救助、それに第五章における水葬の場面である。だが、『ナーシサス号の黒人』は、その語りの手法も印象的だ。ピーター・マクドナルドが言うように、この中編は、大衆小説のしきたりである「ジャンル特有の予測可能な効果のパターン」を踏襲するよりもむしろ、「テーマ上関連づけられた印象主義的な挿話の連続」[25]として構成されている。これまで見てきた通り、こうした点が原因で、「プロット」構成について伝統的な考えを持つ同時代の書評家たちはさまざまな不満を漏らしたのだった。より後の批評にとってとりわけ厄介な問題だったのは、語り手の立場が流動的であることだ。この中編の副題は、「船首楼の物語」であり、語りの主たる関心は、ナーシサス号の多国籍の乗組員を構成する、健康で丈夫な三等水夫たちである。[26] 語り手は大部分においてこうした三等水夫の乗組員たちの視点を取っている。しかし、ジェレミー・ホーソーンが述べているように、語り手は時にどちらかと言えば士官（おそらく三等航海士）のような口ぶりで話し、たまに登場人物の心の中を覗く特権を持ち、登場人物兼語り手なら目撃できるはずのない（船長と航海士あるいはドンキンやウェイトの間の）個人的な会話について論評することが可能な全知の語り手になっている。[27] この全知の声の変奏の一つが、非個人的で権威ある内省的な声であり、それは第二章と第四章を語り起こすが時々語りを中断する。加えて、こうした流動的な立場が最も明白に表れているのが、乗組員に言及する際に「我々」と「彼ら」の間で代名詞がたえず揺れ動いている点である。ヤーコブ・ローテが言うように、個人的な語り手と、（嵐のあと乗組員たちが半狂乱になってウェイトを救出しようとする場面で）代名詞「我々」を用いることによって、出来事がより力強く、臨場感をもって劇化されている。同時に、こうして語り手が乗組員と一体化することにより、連帯や集団や労働倫理へのこの小説の関心が具現的に提示されている。[28]「彼ら」を使用することで語り手は他の乗組員に距離を置くことができるわけで、その最も顕著な例があの暴動未遂事件である。同様に、この中編のまさに最後において、乗組員の解散を強調するかのように、語り手は集団的な「我々」の使用を止め、自らを初めて「私」と呼んでいる。

コンラッドは、どうしてもヘンリーに『ナーシサス号の黒人』を『ニュー・レヴュー』誌に掲載してほしかった（*CLI* 319）。しかも、この物語は「ヘンリーを念頭に置いて」（*CLIII* 115）書かれたとさえのちに主張している。なぜそこまで自分の作品が『ニュー・レヴュー』に掲載されることに執着したのか、その答えは難しい。ただし、作家としての経歴のこの段階において、コンラッドが明らかに「しかるべき人々」（*CLI* 405）に認められることを熱望していたとするなら話は別である。事実、コンラッドは、「帰還」を掲載したいという『ピアソンズ・マガジン』(29)の要求ははねつけたが、アーサー・サイモンズのいかがわしい『サヴォイ』、ジョン・ストレイチーのまじめな『コーンヒル』、あるいはヘンリーの保守的で反退廃的な『ニュー・レヴュー』のいずれの雑誌に掲載されても同じように満足したに違いない。ヘンリーは非常に影響力のある編集者かつ批評家で、以前はロバート・ルイス・スティーヴンソンの熱烈な支持者だった。アンウィンへの手紙でコンラッドは、ヘンリーが『ナーシサス号の黒人』の掲載を承諾したと知らせている。彼はその時、この物語に対する自信が「大変に名高い権威に後押しされて」（*CLI* 329）お墨つきをもらったように思えた、と表現している。コンラッドにとって『ニュー・レヴュー』誌に掲載されることは、すなわち、英国の文芸文化の中で認められることだった。初期の頃に商船隊で受けねばならなかった数々の試験が正式な試験だとすれば、『ニュー・レヴュー』誌に載るかどうかは非公式の試験のようなものだった。

『ナーシサス号の黒人』がヘンリーを「念頭に置いて」書かれたのだとすれば、そのことはこの中編のいくつかの特徴の説明にもなるだろう。その中でも最も目立つ特徴は、ドンキンの人物造型である。[30] 一八八九年のロンドン・ドック・ストライキが起こった時コンラッドはイングランドにおり、マーク・トウェインを読み、第一作に着手していた。このストライキは、八月一四日に始まり、九月一六日まで続いたが、労働者側の勝利に終わり、港湾労働者のための強力な労働組合が設立された。コンラッドはこのストライキに直接影響されたわけではないが、フェンチャーチ・ストリートにあるロンドン船長協会の部屋でしばらく過ごしており、おそらくそこでの会話を耳にしたに違いない。マクドナルドが述べているように、ドンキンは、「ヘンリーの仲間に憑《と》りついたイデオロギーの悪魔の権化」[31]である。ドンキンは極端に卑屈な人物として初登場する――「彼はさんざん殴られ、蹴とばされ、泥の中をころがされ、かきむしられ、唾をはきかけられ、言いようもないほどの罵詈《ばり》讒謗《ざんぼう》をあびせられてきたかのようだった」(NN 9)。力強い過去分詞が並ぶこの描写が思い出させるのは、『大いなる遺産』(一八六〇―六一)でマグウィッチが初登場する場面の、「水につかり、泥にまみれ、岩場で足をくじき、石で怪我をし、イラクサに刺され、イバラで服を引き裂かれた男」[32]という描写である。ドンキンが「アメリカ船から」(NN 10)逃げ出したという事実は、言わずと知れたアメリカ商船の残酷さを証明していると見なすこともできるだろう(『ナーシサス号の黒人』の中でその残酷さは一度ならず言及されている)。

しかしながら、アメリカ船の労働状況の暴露の一環としてこんなふうにこの人物を使うことがコンラッドの意図だったわけではない。コンラッドの語り手は、すぐさま別の反応を促そうとして、「こうした男にかぎって、舵も取れなければ、ロープを繋ぐこともできないし、暗い夜には仕事をさぼ」ると述べる。ドンキンは「貧民窟の、下劣なる自由の申し子」であり、「自分の権利となると何から何まで心得ている感心な奴だが、勇気や忍耐や信義感や、船の仲間同士を一つにつないでいるあの暗黙のうちの忠誠心となると、全然わかっていない」のである（*NN* 10-11）。当然この男は、「博愛主義者のお気に入りであり、利己主義にこりかたまった山出し水夫《ランドラバー》」（*NN* 11）でもある。ドンキンという人物を総括するこうした過激な長い説明によって、語り手の価値観が冒頭からはっきりと打ち出されるのだが、その価値観は船乗りの行動規範や「船の仲間同士を一つにつないでいるあの暗黙のうちの忠誠心」を超えて、『ニュー・レヴュー』のイデオロギー上のさまざまな敵、つまり、労働基本権、労働組合員、社会主義者、自由主義者、博愛主義者を取り込んでしまう。『ナーシサス号の黒人』は、コンラッドが言う（*CLVIII* 339）ほど「陸上のあらゆる厄介な事柄から」自由ではない。

　より目立たないけれども、ヘンリーが最初の二章を採用したことで生まれたかもしれないのが、『ナーシサス号の黒人』の結末である。コンラッドはダンケルクで実際のナーシサス号から下船した。さながら「巨船の高い舷側《げんそく》」のようにイングランドの海岸が「真直に黒々と拡が」る様子を思い浮かべつつ英仏海峡を横断する旅（*NN* 162）、という表現は、他の航海の思い出をもとにつけ足された虚構である。こうした空想に対する語り手の「諸国の船隊と諸方の国民との母船《おやぶね》！　民族の偉大なる旗艦！」（*NN* 163）といった大げさな反応は、ヘンリーの帝国主義的国粋主義に訴える。ところが、このようなイングランド愛国的賛美には、「屑と宝石を積んだ船は……尊い伝統や口にされぬ苦悩を守り、光栄ある記憶や卑しい忘却を保護していた」（*NN* 162）といったコンラッド特有の曖昧さが伴っていないわけではない。ロンドンに到着するとこうした大げさな表現はさらに抑制されている――「汚らしい壁がやたらとごちゃごちゃに入り乱れているのが、煙霧の中にぼんやりと現れてきた。さながら大災害のように、混乱と痛ましさを感じさせる」（*NN* 164）。一旦陸に上がると、乗組員たちは「見放され、孤独で、忘れられ、特殊な運命を背負わされて」（*NN* 172）、ボードレール[33]のアホウドリのようにぎこちない。そして、乗組員たちがパブ黒馬亭の方向へ消えていく頃にはもう語り手は文法的に独立した個人として距離を置き、一人寂しく仲間から離れたところに立ち尽くす。

友人スティーヴン・クレインについてのエッセイにおいて、コンラッドは、『ナーシサス号の黒人』を「人間の敵ではなく、男たち自身の仕事の諸条件に対する忠誠を試す敵対的環境との闘いにおいて、忠誠心と困惑を共有することによって一致団結した集団を描こうとする試み」（*LE* 137）と呼んでいる。『ナーシサス号の黒人』はこの目的を非常に上手く成し遂げている。ところが、ジェレミー・ホーソーンが論じたように、流動的な視点は、一貫性というさらにいっそう深刻な問題と関係しているのだが、コンラッドはその問題に正面から向き合わずに避けている。ホーソーンによれば、「乗組員に関する意見となると、あるいはウェイトの人種問題となると」、読者は、「そうした考えが乗組員のものなのか、あるいはその価値観に自分たちが共感することを期待されている語り手のものなのか」[34]わからなくなる。それどころか、乗組員の描写は矛盾している。彼らは「健康で幸せそうで」ありながら同時に「めそめそ愚痴を言う」傾向がある。シングルトンはと言えば、まったくもって思考力がないと同時に海事の知恵の権化でもある。ウェイトは洗練されていると同時に原始的でもある。同様に、この物語は、船長をほとんど神のごとき人物として階層の重要性を強調する一方で、語り手が述べるように、「商船の場合、規律は堅苦しいものではない。こういう船では、人々の間に上下関係の意識が乏しく、広大無辺の冷淡なる海ときびしい作業の要請の前では、皆が平等だと思っている」（NN 16）。こうした曖昧さは、一つには『ナーシサス号の黒人』がコンラッドの最初の二作よりもはるかに野心的な作品であることに起因するが、同時に、矛盾を抱え込んだ作品をどのようにして生み出すべきかコンラッドがまだよくわかっていなかったからだとジェレミー・ホーソーンは言う。マーロウを発見したことで、そのような対立や矛盾は、肉体を持つ語り手に引き受けられ、語り手の考え方の「イデオロギーの土台」が表出され分析される、[35]というわけだ。この中編におけるコンラッドの矛盾した価値観も、部分的にはヘンリーを「念頭に」置いた結果生じたのかもしれない。いずれにしても、『ナーシサス号の黒人』が直面した問題を、コンラッドは続く作品で解決する。

一八九七年一二月に『ナーシサス号の黒人』が連載の最終回を迎えると、『ニュー・レヴュー』誌はコンラッドによる作者のノートを掲載した。コンラッドの計画ではそれは、一八九八年にハイネマン社から出版される単行本の序文になるはずだったが、ハイネマンには断わられた。この作者のノートは別に小冊子として一九〇二年に出版されたが、イングランドで再版されたのはハイネマンが一九二一年に全集を出した時だった。この序文は、このようにその出版の経緯がやや行き当たりばったりで、比較的初期の作品とともに出版される予定だったにもかかわらず、一八九〇年代の産物としてではなく、それ以後のコンラッド全作品のためのマニフェストとして批評家たちには理解されてきた。

その序文の冒頭でコンラッドは、小説は芸術の一形態であると主張している。それは、ジェイムズがエッセイ「小説の技法」(一八八四)においてそうしたのと同じだ。そして、ジェイムズ同様、他の形態の知的生産物と小説とを比較するという手法を用いている。コンラッドの定義では、芸術は「見える世界を最大限実物どおりに再現しようとするひたむきな試み」(*NN* vii)であり、芸術家は哲学者や科学者に等しいという。その時コンラッドが考えねばならないのは、どのような種類の「真実」を小説が形にしようとするのかということだ。哲学者は「思考に踏み込」み、科学者は「事実」の領域に踏み込み、芸術家は(「見える世界」への言及の後では意外に思えるだろうが)「自らの内面に降りて」いき、自分に訴えかける表現を見出す(*NN* vii-viii)。哲学者や科学者が「威厳のある態度で話」せば「敬意を持って耳を傾けられる」が、「何世代も続くうちに人々は思想を捨て去り、事実に疑いの目を向ける」。それとは対照的に、芸術作品は生き残る。なぜなら芸術作品は「我々が喜び、驚く力に語りかけ、我々の人生を取り囲む神秘を理解しようとする力に」語りかけるからだ。とりわけ、「万物との潜在的な連帯感」に語りかけ、「全人類を結びつける……連帯に対する不屈の信念」（*NN* viii）に語りかけるからである。執筆されながら当初公表されなかった『オールメイヤーの阿房宮』の序文[36]の場合と同じように、コンラッドが再びはっきりと主張するのは、「全人類」との連帯であり、「輝かしい場所であれ、奥まった暗い片隅であれ、驚きや哀れみのふとした一瞥にすぎないにしても、振り返って見る価値もないような場所はこの地球上に一つとしてない」（*NN* viii）という信念である。

『ナーシサス号の黒人』に付された序文の後半で、コンラッドは外的な世界が個人の意識に与える感覚的印象からすべてが始まるという考えに基づく美学を展開している。彼はギ・ド・モーパッサンやエミール・ゾラの志を受け継ぎながら、個々の芸術家の「気質」の重要性を強く主張する。それは、「つかの間の出来事にその本当の意味を与える」（*NN* ix）気質である。次に彼は、こうした意味がどのようにして読者に伝わるのかという問題に触れ、以下のように再び感覚を前面に押し出す。「（一方の気質からもう一方の気質に）そのような呼びかけが届くためには印象が感覚を通して伝えられねばならない」。作家にとって、「絶え間なく、決してくじけることなく文の形式や響きを気にかけることによってのみ、可塑性や色への接近が可能であり、魔法のように暗示的な光がつかの間の瞬間に言葉の平凡な表層の上にたゆたうのである」（NN ix）。作家が文の音やリズムに注目することで、散文は音楽や彫刻や絵画の状態に達し得るのだ。それから、「目先の利益」を求めるような読者、「教化されたり、慰められたり、楽しませて」欲しいとねだる読者、「即座に改善されたり、励まされたりあるいは怖がらせたり、びっくりさせたり」して欲しいとねだる読者をものともせず、コンラッドは次のようにあの有名な主張をする。「私の仕事……は書かれた言葉の力で読者に聞かせ、感じせしめること――何よりも見せることなのだ！」（NN x）まず芸術家は「容赦なく押し寄せる時間から移りゆく人生の相を思いきって一瞬のうちにつかみ取ら」ねばならない。それから次に「その救い出された断片を、誠実な気分の光のもとで、あらゆる人の目の前にためらうことなく掲げねばならない」（NN x）。「誠実な気分」でいると、芸術家の気質は、移ろいゆく特定の事物からより広い意味を救い出す。ここでコンラッドは、少し前に読んでいたウォルター・ペイターの『享楽主義者マリウス』（一八八五）について気づいたことを敷衍《ふえん》しているのだが、『マリウス』の中で主人公は「我々が経験する現実的なものはすべてひと続きのはかない印象に過ぎない」と断言している。

イアン・ワットが述べるように、コンラッドの序文が印象主義的だとしても、「それが芸術家の知覚を鮮やかで喚起力のある言葉に翻訳することをかなり強く力説している」[37]という意味に限定される。「印象主義」という言葉は、一八七四年のアンデパンダン展（the Salon des Indépendants）を揶揄した呼称で、それ以来広く使用されるようになったのだが、その展覧会でモネは《印象、日の出》を展示した。視覚芸術においてそれは、「特定の時間と場所における、特定の個人の視覚」に芸術家が集中することを意味した。[38] それ故に、印象派の画家たちは、雪の上の光の効果に注目したのだし、モネはルーアン大聖堂をさまざまな状態の光のもとで繰り返し描いたのである。また、『勇気の赤い勲章』で主観的経験が注目されていることから、印象主義という言葉は文学批評の用語として使用されるようになった。しかしながら、書評家たちが『ナーシサス号の黒人』をクレインの作品と関連づける一方で、コンラッドは一八九七年のガーネット宛ての書簡において、クレインを「唯一の印象主義者でただの印象主義者」（*CLI* 146）と評し、自分自身の作品にその用語を用いることを断固として受け入れなかった。

# 第五章▼マーロウと『ブラックウッズ・マガジン』

「『ブラックウッズ』は私が本当に寄稿したいと思う……唯一の雑誌である。」（*CLII* 182）

『ニュー・レヴュー』誌は一八九七年一二月号で廃刊となったが、コンラッドはすでに自分の作品を採用してくれる新たな雑誌を見つけていた。一八九七年一一月に「カレイン――ある思い出」を『ブラックウッズ・エディンバラ・マガジン』で発表していたが、それは出版社との重要な関係性の始まりを告げていた。ウィリアム・ブラックウッドはお抱えの作家たちと直接交流することを大切にしていたのだが、ブラックウッズからの採用通知に対する一八九七年八月の返信において、コンラッドはブラックウッドの「親しみのこもった調子」（*CLI* 376）に対する謝意を早くも示している。「カレイン」を採用することによってコンラッドと幅広い仕事上の関係が始まることになるだろうという考えをブラックウッドははっきり示した。お返しにコンラッドは、連載を検討してもらうべく非常に詳細な構想（*CLI* 380-83）とともに「救助者」の前半部分を送った。こうして、この二人の男性の五年に及ぶ書簡の往復が始まったのだが、そこではビジネスと友人としてのやりとりが分かちがたく結びついていた。実際ブラックウッドは繰り返しコンラッドに前金を払っただけでなく、保険料の保証人でもあった。コンラッドが認めているように、ブラックウッドは「物質的援助」だけでなく、コンラッドが作品を生み出すことができる環境を提供した（*CLII* 281）。

一八九七年三月にコンラッド一家はエセックス州スタンフォード＝ル＝ホープから少し離れたアイヴィ・ウォールズ邸に引っ越した。一八九九年一〇月にケントに引っ越すまで、ここが一家の住まいとなった。一八九七年の初めにジェシーは夫婦の最初の子供アルフレッド・ボリス・レオを身ごもり、コンラッドはロンドンの古い友人アドルフ・クリーガー[(1)]から多額の借金をした。青年時代の浪費癖が治らないまま成人したことと、家族が頻繁に医療費を必要としたことから、深刻な借金がコンラッドの以後二十年の人生に暗い影を落とすこととなった。それから五年間にわたってコンラッドは、クリーガーに加えて、トーレンス号上で出会ったジョン・ゴルズワージー、フォード・マドックス・フォードその他の友人に借金をしている。十月に再び「救助者」に取りかかった。一八九七年六月にハイネマン社のＳ・Ｓ・ポーリングが英国での版権を獲得し、一八九八年三月にはアメリカの雑誌の連載権に対して『マックルーアズ・マガジン』が二五〇ポンド支払うことになった。これによって経済事情は楽にはなったが、その代償として「救助者」を完成させねばならないという重圧が増し、心理的負荷がさらに大きくなった。一八九八年を通して彼は「救助者」と格闘し続けたが、執筆はそれほど進まなかった。それどころか、五月に二本の短編「青春」と「ロード・ジム――素描」を書き始めた。

「青春」は一八九八年七月に完成し、九月には『ブラックウッズ』誌に掲載されたが、この短編ではマーロウが語り手として初登場する。物語を始めるにあたってコンラッドがまず設定する場面はこうだ。五人の男性がマホガニーのテーブルを囲み、一本の赤ワイン《クラレット》のボトルを一緒に飲んでいる。「闇の奥」と同じように、この五人の男性とは、「会社の重役、会計士、弁護士、マーロウ」と匿名の語り手であり、「皆もともと商船隊の一員で」、今でも「海の強い絆」と「船乗りの連帯感」を共有している（Y3）。こうした共感的な聞き手に囲まれ、マーロウは自らの体験談を語る。「東洋」への初航海の物語だ。それは、次の通り、まるで事故の一覧表のようである。ヤーマス停泊地で暴風に遭い、タイン川で一カ月足止めをくらい、英仏海峡で再度暴風に襲われ、修理のためにファルマスへ戻り、その後航海は悲痛なまでに遅々として進まず、インド洋で積み荷が自然発火し、乗組員は船を捨てて退去せねばならなかった。若いマーロウにとってそれは「ひどい冒険」（Y12）だった。だが物語は、若いマーロウの熱意と、語り手である中年のマーロウの落ち着いた思慮深い雰囲気を対比しながら進んでいく。このように、外枠の物語と、枠の中に埋め込まれた物語は互いに拮抗する対照的な二つの観点を提示しており、コンラッドは読者にその二つの観点を比較考量させる。

この地点まで、コンラッドは小説や短編を通してさまざまな語りの手法を探究してきた。肉体化された語り手としてのマーロウと、対話し合う埋め込まれた語りと外枠の語りという装置を用いることによって、コンラッドは特定の登場人物の制限された視野に視点を置き、同じ一つの経験に対する別の解釈を提示する方法を見出した。コンラッドは、続く二作において、より巧みなマーロウの活用と『ナーシサス』における形式上の実験――その中には、テーマで関連づけられた諸要素の並置を原動力として探究を進める手法が含まれる――を組み合わせ、自らの懐疑的かつ探究的で内省的な心的傾向に適した形式を発見したのだった。

この時期にコンラッドはアフリカでの個人的体験をもとにした物語を二篇執筆した。一つ目の「進歩の前哨地」は一八九七年の六月から七月にかけて『コスモポリス』誌に掲載された。その物語でコンラッドは一人称ではなく全知の三人称の語りを用いている。「進歩の前哨地」は、モーパッサン風の文体で書かれた、アフリカに適応できない二人のヨーロッパ人を冷笑的に描いた物語として一般的には読まれてきた。(コンラッドがコンゴで実際に会った二人の男に因んで名づけられたカルリエとカイヤールは、その名前からあきらかにベルギーの二つの言語社会を代表している。もっともベルギーそのものは決して名指しはされていない。彼らは「愚かさと怠惰な気質においてはお仲間として」うまくやっている「二人のまったくもって取るに足りない、無能な人間」(*TU* 89, 92) だという語り手の描写には、曖昧なところはない。二人の人間のこの表象は、「我々の植民地の拡大」という二人が発見する記事の内容と対比されている。この記事は、「文明化の仕事と神聖さ」と「地球上の暗黒の地に光と信仰と商業をもたらす仕事に取り組む人々の功績」（*TU* 94）といった大げさな言葉で書かれている。表向きのプロパガンダと、コンラッド自身が描く交易所の生活や「文明化の使命」に関わる人間の姿の間の隔たりを通して、物語は紛れもなく反植民地主義的なメッセージを伝えている。しかしながら、こういう読みは間違いではないものの、以下のようないくつかの重要な物語要素を見落としている。それは、この物語が提示する複雑なアフリカのイメージ、ヘンリー・プライスの中心的な役割、コンラッドが意図的にシエラレオネをプライスの故郷として選んでいるという事実である。

まず第一に、コンラッドの語りが際立っている点は、アフリカの諸民族や諸文化を慎重に区別していることである。この点において、コンラッドはマレー小説群で見せたのと同じ注意を現地のさまざまな文化に対して示している。カイヤールとカルリエが食料を全面的に依存している現地の村民に加えて、（故郷からあまりにも遠く離れていることを不満に思い、米を食する文化の出身ではないという理由で弱っている）交易所の人間が二人と、「青い縁取りが施された服」を着て「パーカッション・ロック式マスケット銃」を肩に担いだ、恐ろしい「ルアンダの商人」[2]（*TU* 101, 97）もいる（ルアンダには長い奴隷貿易の歴史があり、大西洋を横断する奴隷貿易にとってそこは主要な奴隷供給地だった）。奴隷商人の集団が交易所に到着すると、語りに危機が生じる。そして、その集団を操る方法を知っているのが、ヘンリー・プライスである。実際、プライスが物語の中心的存在であることは初めから明らかにされている。語り手は物語の冒頭でプライスを紹介し、彼の技術について概要を述べる。プライスは英語とフランス語を話し、「字が美し」く、簿記がわかる（*TU* 86）。武装した危険な商人たちが沿岸地方からやって来ると、プライスと（ルアンダ出身の）彼の妻は交渉を引き継ぎ、安全を確保するために例の二人の役立たずのヨーロッパ人を排除する。ヨーロッパ文化とアフリカ文化の間を行き来しながら使用言語を切り替えるプライスの技能が物語の核心にある。この点においてコンラッドは自らのコード・スイッチング（使用言語の切り替え）の経験と、シエラレオネについての自らの知識に依拠している。

シエラレオネには独特の歴史がある。一七八七年に英国人は「ロンドンの貧しい黒人」のためにそこに入植地を築いた。彼らは大部分が、アメリカ独立戦争の際に（自由と引き換えに）英国側について戦ったアフリカ系アメリカ人で、英国が敗れた時イングランドに移った。この最初の植民者たちはほとんど死に絶えたが、一七九二年にシエラレオネ会社は、独立戦争終結時（一七八三年）にもともとノヴァ・スコシアに入植させられていたアフリカ系アメリカ人の忠誠派《ロイヤリスト》をさらに三千人連行した。一八〇七年に奴隷貿易が廃止されると、違法な奴隷船から逃れてきた何千もの'recaptives'と呼ばれる西アフリカの奴隷が到着してフリータウンの人口はさらに膨れ上がった。西欧化された アメリカの解放奴隷は、その多くがメソジストであったが、いまやこれらの西アフリカの解放奴隷と混ざり合いシエラレオネ特有のクリオ（クレオール）文化を形成した。続く何十年にわたりシエラレオネは、アフリカでのヨーロッパ人による教育の中心地へと変化することになる。一八二七年に（現在では西アフリカで最も古い大学）フォーアー・ベイ大学が英国聖公会宣教協会によって創立され、教育を受けたクリオ人たちが植民地の管理者側の地位に就き始める。こうして、一九世紀の終わりまでシエラレオネでは、体制側であり、かつ西欧化された黒人中産階級が存在していた。しかしながら、ベルリン会議(3)に基づいて英国が一八九六年にその領土をシエラレオネ保護領として併合すると、クリオ人はその地位から押しのけられ、英国人の被雇用者が彼らに取って代わった。こうして教育のあるシエラレオネ人は西アフリカの他の国々へ四散することになった。ヘンリー・プライスはこうしたディアスポラの初期の典型なのである。

一八九八年末になるとコンラッド一家は、ケント州のペント・ファーム邸の「みすぼらしく粗末な田舎の自由奔放な生活」（*CLII* 124）に慣れていたが、コンラッドは依然として「救助者」と格闘しており、『イラストレイティド・ロンドン・ニューズ』誌の連載の締め切りは一八九九年四月まで延長された。だが、この時点でコンラッドはまたしても「救助者」を中断して「金銭《シェケル》のために」（*CLII* 132）「闇の奥」に取りかかった。この中編は二月に完成されると、'The Heart of Darkness' として『ブラックウッズ』誌に二月から四月まで連載された（単行本として刊行する際に定冠詞［the］を取ることによって、コンラッドはタイトルをより曖昧にし、アフリカ奥地への旅とクルツの心理の奥への探究の両方に注目させようとしている)。デント版全集に付された著者の序文《ノート》において、コンラッドは「闇の奥」を「少し(それもほんのごくわずかだけ)出来事の本当の事実から逸脱した経験」(Y vii)の物語と呼んでいる。語りは明らかに十年前の彼自身のアフリカの旅を基にしているが、ナーシサス号の旅を活用した際と同じように、「事実」を補うのは他の素材である。「闇の奥」の場合、マーロウのコンゴ川遡行の旅に関するコンラッドの記述に影響を与えているのは、他の探究の語り(マクリントックによるサー・ジョン・フランクリン[4]の捜索、スタンレーによるエミン・パシャ[5]の捜索)であり、そこに幾重にも重なり合うのは、次のさまざまなインターテクストのパターンである。それは、古典のカタバシス(katabasis「冥界下り」)の伝統、とりわけ、ダンテの「地獄篇」、ゲーテの『ファウスト』の特に「ヴァルプルギスの夜(Walpurgisnacht)」の記述である(その神話的手法は部分的にコンラッドがH・G・ウェルズの最新作『タイム・マシーン』から取り入れたものである)。さらに、手稿からタイプ原稿を経て出版された連載のテクストへと進む過程でさまざまな加筆や削除がなされると、物語は自伝から離れ、植民地的邂逅の言葉や比喩を自意識的に探求するためのテクスト空間が生まれた。

　語りに加えられた最も重要な点は、自らの創り出したマーロウという人物を再び登場させ、このアフリカの物語を語らせようというコンラッドの決断だった。「闇の奥」のマーロウは、「金はかからないし、見た目ほど不快でもないらしいという理由でヨーロッパ大陸に住んでいる親戚がたくさんいる」（Y 53）英国人の船長として描かれている。このことが示すように、マーロウは当時の英国人高級船員の価値観と偏見を持っている。そして、マーロウのこうした初期の言葉にうかがえるのは、大陸ヨーロッパと外国人への英国的態度に対するコンラッドの冷笑的認識である。このようにマーロウは、保守的な『ブラックウッズ』誌のコンラッドの読者との間をうまく仲立ちする存在だった。これらの作品の執筆時、コンラッドは自分の一番の読者層を把握していた。それ故、ヘンリーの『ニュー・レヴュー』の場合と同じように、そうした読者を念頭に置いて書いていたに違いない。

マーロウが提供した方法はほかにもある。その方法によって、コンラッドはトラウマ的体験だったものに心理的に距離を置き、語りの行為の真理主張[6]から審美的にも距離を置くことができるのである。当時コンラッドは、初期作品の中のマレー人とその文化の表象を植民地の行政官ヒュー・クリフォードに批判されていた。[7] クリフォードは、植民地勤務時代の同僚フランク・スウェットナム[8]のように、自分には「本当のマレー」[9]についての知識があると言っていた。一八九八年一二月一三日のブラックウッド宛ての書簡で、コンラッドはクリフォードの書評に触れ、その批判にこう答えた。「私はマレーシアの権威だと自認したことは一度もない」（*CLII* 130）。コンラッドを弁護するならば、彼の知識はシンガポールやボルネオの交易生活に限られるのに対して、クリフォードの領域はマレー群島における行政界だった、と言うことはできるだろう。より重要なことに、コンラッドのマレー小説群と「進歩の前哨地」において、全知の三人称の語り手はマレー人とアフリカ人の登場人物に話をさせている。全知の三人称の語り手は彼らに声を与えたのだが、そうすることで同時に自分が最高位の支配権を有すると主張してもいる。しかしながら、「カレイン」では、すでに見た通り、コンラッドは一連の肉体を持つ主観的な語り手を使って、彼ら自身の物語を語らせ解釈させていた。今回「闇の奥」でマーロウを登用することで、コンラッドは、初期小説の三人称の語り手による権威の主張から離れ、個人の語り手による語りを実演している。その実演によって、物語を語り聞かせる行為そのものが読者の分析の対象として提示されるのである。

「闇の奥」は、匿名の語り手が、テムズ河口で潮の変わり目を待つ小さな帆船ネリー号上の男性の集団を描写するところから始まる。[10]「青春」と同じようにこの語り手は、(会社の重役、弁護士、会計士という)その職業の名称がロンドンの経済界を指し示す男性の集団と、もちろんマーロウも紹介する。[11]匿名の語り手は、「テムズ川の下流域を眺めて偉大なる過去の精神」(Y 47)を思い起こさせるが、それはつまりイングランドの歴史を帝国主義の立場から雄弁に称揚しているのであり、まずこの罠に読者はかかってしまう。よく知られたこの美辞麗句は、当時の『ブラックウッズ』の読者に安心感を与えただろうが、『ナーシサス号の黒人』の似たような一節の場合と同様に、複雑な自己破壊と二重声[12]を含んでいる。例えば、サー・フランシス・ドレイクやサー・ジョン・フランクリンへの言及は見かけほど単純ではない。北西航路開拓のためのフランクリンの遠征は大失敗に終

コンラッドが船長を務めることになっていた
コンゴ川の蒸気船ロワ・デ・ベルジュ号

わり、乗組員の間での人肉食《カニバリズム》が報告された。コンラッドはこうしてヨーロッパ人による生存のための人肉食を語りの冒頭に置いているのであり、この中編小説の始めの部分にはフランクリン遠征隊の運命が暗い影を落としている。語り手の大げさな演説が最高潮に達してイングランドの交易と探検を称揚する「黄金を漁る者も名声を追う者もみな、剣を身につけ、しばしばたいまつを掲げて、あの流れに乗って出かけて行った。奥地へ力を伝える者として」（Y 47）というくだりも、注意して読むとまた別の意味が浮かび上がってくる。こうした探検家たちの動機は富や名声だ――ということの言葉も、アフリカにおけるヨーロッパ人の動機が自己中心的であることを先回りして告げている。文明の「たいまつ」という表現も同様に、意図的に選ばれた言葉である。「たいまつ」はいつもではないにしても「しばしば」掲げられるもので、剣の「力」に従うものだ。マーローウが後で「騎士」という言葉を受けて「騎士だって?」と言って語りを再開する時、我々が気づくのは、これが報告された言葉であって、読者としての我々に直接向けられたものではないということであり、テクストと我々自身の関係がこうして問題にされているということである。

突然マーロウは、「そしてここもまた……地上の暗黒地帯の一つだった」(Y 48)と言うと、ローマ帝国によるブリテン島の植民地化について長々と思索を始める。その思索の中心は、「砂州、沼、森に蛮人」以外にはなにもない「まさに世界の果て」にあるテムズ川流域を行くガレー船の指揮官の「気持ち」(Y 49)である。入植者の「気持ち」に寄り添うことで、彼らが侵略した国に押しつけられた恐ろしいイメージ(「野蛮、それも完全なる野蛮が彼を取り囲んだ」)を見極めようとする。このことが示唆するように、入植者が生み出す知は客観的でも正確でもなく、こうした慣れない環境にある彼ら自身の不安に影響される。「野蛮人」や「蛮行」は強く訴えかける言葉である。コンラッドは、はるか昔の時代、つまり、英国人がブリテン島にやってくる前、ローマ軍の北アフリカ人たちが土着のケルト人と対決していた時代に我々を連れ戻すだけでなく、イングランドの読者に、野蛮と文明という帝国主義的言説の向こう側に自分たちを置いて考えるよう促す。そしてその結果、帝国主義的言説を揺るがすのだ。

続いてマーロウは、ローマ人の入植と英国人の入植の間に線引きしようとする。しかしながら、一旦ローマ人の入植を「暴力的な強奪、激化した大量殺りく」（Y 50）と定義すると、我々の「効率」という観点から入植を正当化しようとする試みはとん挫する。「それ（地上の征服）を贖《あがな》うのは何であれ観念だけだ」という第二の試みも、「掲げたり、その前にひれ伏したりそれに犠牲をささげたりしうるもの」（Y 51）と言ってその観念について詳述しようとすると難問にぶち当たる。贖いとなる観念があるかもしれないという可能性に引きずられて、当時の初期の読者たち（とのちの多くの読者）はマーロウの経験が次第に影を帯びていくその後の語りに最後までつき合う。だが、これは読者にとって第二の罠である。思い出さねばならないのは、語り手としてのマーロウは物語の結末を知っているということだ。彼は自分が用いたイメージの含意に気づくと、例の「観念」を説明しようとするのを急に止めてしまう。ここで彼が我々にちらりと見せるのは、例の「口にするのも恐ろしい儀式」である。クルツは、ひとたび自分が「ひれ伏したり犠牲をささげたり」する対象に成りすますと、信奉者たちにその儀式を執り行なうよう強要した。このぞっとするような記憶こそが実際マーロウを駆り立て、語りの現在において物語を語らしめているのだ。

マーロウの枠物語が記録するのは、彼が「大陸の会社」（Y 53）の「河川蒸気船の船長」の仕事を手に入れた経緯である。西アフリカ海岸を下る旅に次いで、蒸気船で上流へ遡る旅、それから三〇〇キロ以上に及ぶ中央交易所までの陸路の旅をマーロウは描写する。この時点までに彼はすでに「ここのもの一切の慈善事業的な見せかけ」（Y 78）に気づいている。「文明化の使命」という表向きの美辞麗句とは対照的に、彼が出くわしたアフリカ人たちは奴隷として酷使され、飢え、死ぬまで働かされているが、一方で仲間のヨーロッパ人たちの唯一の関心事は昇進や金儲けである。このような環境で耳にする「あの人は哀れみと科学と進歩の使者だ」（Y79）というクルツの噂は、マーロウがすがることのできる希望を多少は与えてくれる。何か月もの遅延の後、蒸気船はやっとクルツのいる奥地営業所を目指して上流へと出発する。帝国主義のプロパガンダとその実践の間の大きな隔たりを暴露したコンラッドは、次にそのレトリックを真に受けた人物を考察するのだが、彼が暴くのは、そうして神のごとくふるまう行為にうかがえる権力への意志である。「我々は自分の意志をただ働かせるだけで、ほとんど無限の善のために力を行使することができる」（Y118）という、「蛮習の抑圧」に関するクルツの報告書の冒頭の言葉は、マーロウが言うように、あとの情報に照らしてみれば確かに「不吉」である。語り始める際にマーロウが言及していたように、少年時代に見たアフリカの地図の「空白の箇所」は、もう「川や湖やさまざまな名称」で埋められていたが、その過程でその白い部分は「暗黒の地」（Y52）になってしまった。表向きのレトリックでは闇を照らす文明の光という言い方がされていたが、コンラッドの語りが見せてくれるのは、いかにヨーロッパ人たちがコンゴで正反対の効果を生んだのかということだ。「闇の奥」とは結局地図上の場所ではなく、ヨーロッパ人の金銭欲や権力への意志だったのだ。

マーロウの語りはまた、二重のカルチャー・ショック、つまり、アフリカ体験時のカルチャー・

ショックと、帰国してヨーロッパを改めて見た時の逆カルチャー・ショックの記録でもある。このような二重のカルチャー・ショックの古典的な例は、『ガリヴァー旅行記』でフウイヌム国への四度目の旅から帰還した後のガリヴァーである。物語を語る際に、マーロウはまた、文化人類学者がフィールド・ワーク（実地調査）から戻った時に直面する問題に立ち向かう。つまり、ある文化を、その文化についてまったく知識を持たない人々に向かって、他者の文化の言語でどのようにして説明すべきか、という問題である。従って、マーロウと聞き手の関係は、「青春」の場合とはかなり違っている。「青春」のマーロウと聞き手の間には共感があり、青春と老いという共通の体験についての話を聞き手は共感しつつ支持しているのに対して、「闇の奥」のマーロウが明かしているのは今までとは違うこと、つまり、自分の体験は曲がりなりにも聞き手に伝わっているのかという疑念であり、時に彼は聞き手と対立している。

こうした問題に加えて、コンラッドはもう一つ別の問題に直面した。マーロウは、語りの過程で二度、自分はいかなる「企業秘密」も絶対に漏らしていないと聞き手に言っている。彼は入社する際にそういう趣旨の書類に署名するよう求められたという。ここにうかがえるのは、コンラッドもまた、そのような書類に署名しなければならなかったかもしれず、ある種の制約があってはっきりとものが言えないと感じていたかもしれない、ということである。コンラッドが「墓のような都市」を名指ししておらず、意図的にアフリカの地名を曖昧にしていることには深い意味がある。エドワード・ガーネットは、「闇の奥」の書評において、「ヨーロッパ的な抑制から解き放たれ、『被征服民族』から交易の利益を搾り取るために完全武装した『光の使者』として熱帯に入植させられた白人の士気」の表象について論じているが、同じくらい慎重に皮肉めかして「ある偉大なヨーロッパの商社の文明化の方法」[13]に言及している。これには立派な理由があった。レオポルド王には、コンゴでの彼の所行に対するどんな批判もいつでも抑え込むことができる弁護士と、王の言いなりのジャーナリストたちがいた。[14]コンゴの暴力を暴いたのはリヴァプールの船会社エルダー・デムスターの会計士E・D・モレルだった。モレルは、武器がコンゴに送られると、それと引き換えにゴムや象牙が送り返されてくる「貿易不均衡」を隠蔽する「職務上の守秘義務」の正当性に異議を唱えた。[15]一九〇〇年、モレルは、コンゴで起こっていた「暴力的な強奪、激化した大量殺戮」（Y 50）を暴露しようと、専門紙に記事を発表し始め、一九〇三年には自らの週刊紙『ウェスト・アフリカン・メイル』を発行した。それは編集者が彼の記事に押しつけてくる制約から逃れるためだった。そして一九〇四年にはロジャー・ケイスメントとヘンリー・グラタン・ギネスとともにコンゴ改革協会を設立し、コンゴにおける暴力を暴こうとした。こうした運動の結果、一九〇八年にコンゴはレオポルドの絶対的な支配から抜け出し、ベルギー政府に併合された。

一方、コンラッドは一八九八年に『ロード・ジム』を執筆し始めていた。当初この物語は二万語の短編「ジムの旦那」（'Tuan Jim'）[16]として構想されていた。けれども、彼はその短編を中断して「闇の奥」を書き始め、一年後にやっとその短編に再び取りかかった。彼は、この第三のマーロウ物語が「青春」や「闇の奥」と同じ単行本に収録されるように、一八九九年の秋までに仕上げたいと思っていたが、原稿が仕上がったのは一九〇〇年七月だった。彼の手元でこの物語はどんどん膨らんでいった。そのうちに、一八九九年一〇月に『ブラックウッズ』誌上で『ロード・ジム』の連載が始まり、重圧が増すばかりだった。一九〇〇年一〇月、ちょうどその連載もようやく終わろうとしていた頃、『ロード・ジム』は単行本として上梓される。献辞はG・F・W・ホープとその妻に捧げられていた。

『ロード・ジム』の最初の四章を語るのは三人称の語り手である。この語り手はジムが牧師館に生まれたと説明し、「お手軽な休暇用の冒険物語を一通り読み終わった」ところでジムが「船乗りという天職」を見出したこと、「商船隊の高級船員養成のための練習船」で訓練を受けたこと、それから、船員としての彼の初期の経歴（*LJ* 5）について述べる。この語り手はジムを男性版フロベールのボヴァリー夫人、つまり、「お手軽な文学」を読んで自分のアイデンティティを構築した男として描く。「ジムは沈みかけた船から人々を救いだし、暴風雨の中でマストを切り倒し、命綱を巻き荒波の中を泳ぐ自分を想像した……大海に漂うボートの上で絶望する人々の気力を奮い立たせた――つねに義務への献身の鑑《かがみ》であり、書物の中の主人公のように不屈だった」（*LJ* 6）。ここでコンラッドは大衆的な海洋小説の常套句《クリシェ》を並べているが、彼の小説自体は意識的にそうした常套句を避けてきた。確かに『ロード・ジム』はこうした冒険ロマンスのいくつかの設定を逆転させた状況を意図的に描いているが、沈みかけた船や外洋に浮かぶ小さなボートについてのちにジムが経験するのは、ロマンティックな夢想とは正反対の状況である。従って、コンラッドの語り手は、冒頭からそのような虚構と海の上の生活のさまざまな現実の間の違いを強調しているのである。このように、ジムが訓練の後ようやく「想像の中ではすでにおなじみの領域」に入り込んだ時、そこには「冒険など奇妙なほどまったくない」ことを発見する。海のロマンスの代わりに彼が見出すのは、「日々の仕事の散文的な厳しさだけだ。それは生活の糧は与えてくれる。だが、その唯一の報酬は完全に仕事が好きになることだけだった」（*LJ* 10）。

語り手が注意を促しているもう一つの問題は、まさにジムがつくりあげた自己の理想像そのものである。練習船の上での事故の際、ジムは救助に加わることができなかったのだが、この事件は二重の意味で示唆に富む。まず第一に、行動要請が出された時、ジムは恐怖で固まってしまう。次に、彼はこの失敗に対処するのに一連の心理的操作を用いるのだが、その操作によってその恐怖を否定し、英雄的自己像を再び主張する。「みながたじろぐ時、その時こそ——そう彼は確信した——自分だけが風や波の見せかけの脅威に打ち勝つことができるのだ」（*LJ* 9）。この出来事はパトナ号事件とその結果を予見している。そして、恐れ知らずの「怯まない」英雄という、あの冒険物語の理想像に対して真っ向から疑問を突きつけるのは、真に英雄的なフランス人中尉だ。中尉の勇気の根底には恐怖の自覚があるのだが、それは恐怖をものともせずに義務を遂行する自制心なのだ。

この小説の前半の焦点は、インド洋上に浮かぶ物体と衝突した後のパトナ号の物語である。船はイスラム教徒の巡礼者を乗せている。マーロウは、尋問を傍聴するという設定で第五章から語り手として登場する。彼はジムに興味を抱くが、その理由の一つは、彼の風貌や行動が例外的だからだ。マーロウは法廷におけるジムの第一印象をこう記録する。「すらりとしたからだつきで、すっきりとした顔をして、足元もしっかりしており、この世に生まれたどの若者よりも有望といった様子だった」(*LJ* 40)。それから彼は、次のように本職の船乗りの判断にジムの存在が突きつける疑問をはっきりと示すが、それこそがジムに興味を持った基本的な動機なのである。「この若者を一目見ただけでその外見から判断し、甲板を任せただろう……そしてそれは、いやはや、安全ではなかったのだ」(*LJ* 45)。ここで思い出さねばならないのは、最初の四章から我々読者が知りえたことをマーロウはまったく知らないということである。とりわけ、彼はジムの理想化された自己像や、その根底に大衆文学があることを知らない。尋問の観点からすればジムの罪は明らかだが、マーロウにとって衝撃的だったのは、実はジムが罪よりも恥を気にかけていることだ。判決が下された後、マーロウはジムを助けようとするだけでなく、ジムが突きつける謎を理解しようとして独自の私的な尋問を実際に始める。語りのこの部分を構成するのは、ジムに対するさまざまな見方を提供する証人たち

――パトナ号の機関長、ジム本人、パトナ号を港まで曳航《えいこう》したフランス人中尉、太平洋の商人チェスター船長、そして最後にシュタイン――との一連の出会いである。シュタインは冒険家であり、影響力のある商人、博物学者、「一八四八年の革命運動」（*LJ* 205）で追放となった亡命者でもあるが、ジムを「ロマンティック」だと喝破した人物だ。

この小説の前半で、ジムの英雄的な自己イメージはまず海の生活の散文的な現実と対比され、次いでその行動は海の規範に照らして判断され、その規準に満たないことが判明する。後半はパトゥーサンという人里離れた川沿いの植民地を舞台に展開するが、そこでジムは海の規範から自由である。(17) 彼はいつも自分を「本（冒険小説）の主人公」と同一視してきたが、後半では違った種類の冒険ロマンスの主人公、つまり、植民地という舞台における白人を演じている。ロマンスの要素（例えば、指輪や銃のモチーフといった、ジムがシュタインから受け取る象徴的な事物）はあるけれども、パトゥーサンは標準的なロマンスの場ではない。そこは初期のマレー小説の場合と同じくらい現地の文化や政治に注意を払いながら描かれている。ジムは、この小説の写実的に表現された東南アジア世界においてロマンスの主人公の役柄を演じているのだ。こうしたさまざまな状況において、ジムには自らがそうなることを夢見てきた「不屈の」英雄的な人物になる機会が与えられている。しかし、この小説の最後の一節でコンラッドは唐突に別の視点を持ち込み、ジムの野望の価値を問う。次の通り、ジムの野望と恋人の現地女性ジュエルに対する誠実さとを対比することによってそうするのだ。「彼（ジム）

は現に存在する生身の女を捨てて、影のように実体のない理想的な行動との無慈悲な結婚の祝宴に向かうのだ」（*LJ* 416）。ここで海の行動規範と個人の行動理念へのマーロウの関心に対置されているまた別の差し迫った問題は、男女の愛である。

　この章はウィレムズを、理想化された自己像を裏切る、自己欺瞞的なコンラッドの主人公たちの原型として説明した。明らかに、ジムの英雄的な自己イメージは、自分は利口で優れているというウィレムズの人種差別的な自己イメージよりは魅力的である。それでも、ジムの自己イメージは、彼が実のところは感じている恐怖に対する否定の上に構築されており、そのような否認の危険な影響を、コンラッドは『ナーシサス号の黒人』の記述においてすでに探求していた。本章はまた、海の規範に関するコンラッドの考察について論じた。海の規範の表象とは、理想化された自己像に個人的に固執することで感じる孤独からの集団的逃避だった。『ロード・ジム』でコンラッドは、行動規範に対するジムの関係と、理想化された自己イメージに対するジムの執着とのもつれをほぐさねばならなかった。それを実現するために、物語の舞台をパトナ号からパトゥーサンに移動させた。続く小説群でコンラッドは、新植民地主義《ネオコロニアリズム》、グローバリゼーション、大都市の生活というコンテクストの中でこうした複雑な探求をもとに物語を展開していく。

# 第六章▼二つのアメリカ、ナショナリズム、帝国

「パナマのアメリカ人征服者《ヤンキー・コンキスタドール》のことをどう思う?」

カニンガム・グレアム宛ての書簡一九〇三年一二月二六日(*CLIII* 102)

コンラッドがフォード・マドックス・ヘファー(のちのフォード・マドックス・フォード)に初めて出会ったのは、おそらく一八九八年二月にアメリカ人のジャーナリストで作家のスティーヴン・クレインが手配した夕食会の席だろう。その年の九月にフォードに会っていることは確かで、当時コンラッドとジェシーはサリー州リンプスフィールドにあるエドワード・ガーネットの邸宅「サーン荘」に滞在していた。フォードは子供時代ラファエル前派に囲まれて育った。彼は画家フォード・マドックス・ブラウンの孫であり、クリスティーナ・ロセッティとダンテ・ゲイブリエル・ロセッティは叔母と叔父にあたる。コンラッドと出会った時フォードは二十四歳だったが、子供向けのおとぎ話をすでに三篇、一冊の詩集、フォード・マドックス・ブラウンの伝記、小説『ゆらめく炎』

（一八九二）を出版していた。九月末までに、コンラッドはフォードからペント・ファーム邸をまた借りするための手はずについて彼に手紙を書き送っていた（*CLII* 93-4）。ペント・ファームはサウス・ダウンズ[1]のふもとにある一八世紀の邸宅で、ハイズから約八キロの距離にあり、以前は芸術家ウォルター・クレイン[2]が住んでいた。コンラッドは、一〇月に一家でそこに引っ越すと、サンドゲイトのH・G・ウェルズ、ライのヘンリー・ジェイムズ、ブリードのクレインといった、ロムニー・マーシュ[3]に住む作家集団の一員となった。『サタデー・レヴュー』誌にウェルズによる『島の流れ者』の書評（一八九六）が掲載されて以来、コンラッドはウェルズと交流しており、彼の小説に親しんでいた。ジェイムズの小説も長年読んでいた。彼のことは「最も洗練された現代作家」（*CLII* 174）と見なしており、手紙では尊敬を込めて「我が師（Cher Maître）」と呼んでいた。

ペントに引っ越したことで、コンラッドはウェルズ、ジェイムズ、クレインとより親しく交流できるようになったが、それはまたフォードとの共同執筆期の始まりでもあった。当時フォードは近隣のウィンチェルシーに住んでいた。フォードもコンラッドも、ともに喉から手が出るほどまとまった金を必要としていた。そして、ロバート・ルイス・スティーヴンソンが小説『宝島』（一八八三）で人気を集めたことにあやかろうとして、二人は冒険ロマンスを共同で執筆することに決めた。フォードは、船乗りエアロン・スミスの自伝をもとにした小説「セラフィーナ」に取り組んでいた。フォードはその自伝を大英博物館の閲覧室で読んだことがあった。スミスは一八二三年に海賊行為

1904年頃の
フォード・マドックス・フォード

の罪で裁かれたが、ディケンズは自らの雑誌『一年中』でこの事件についてのエッセイ「キューバの海賊——ある本当の物語」[4]を発表していた。フォードはこの物語をリチャード・ガーネットという学者に勧められていた。そして、彼は、ケントの密輸入者とカリブの海賊をめぐるこの物語を扱った自作をコンラッドに見せた。結局、フォードが第一部すべてと第二部の大半を執筆し、コンラッドは第三部の六割と第四部の大半を執筆した。それからフォードが短い最終部分を書いた。にもかかわらず、二人は二作目の合作『相続人』にも取りかかっていた。それは、政治的な実話小説《ロマン・ア・クレ》で、事実上フォードが「闇の奥」をウェルズ風の科学小説の形で書き直したものである。[5]一八九九年の夏にフォードは『相続人』を書き始めるが、同時期には「闇の奥」が『ブラックウッズ』誌に連載されていた。『相続人』は、二人による合作が生んだ最初の成果で、出版までこぎつけた。コンラッドは主として編集者や改訂者の役割を果たしただけで、主にフォードが執筆した『相続人』の完成原稿は、一九〇〇年三月にハイネマン社に送られ、一九〇一年六月に出版された。三作目の合作、『犯罪の本質』は、ほぼ完全にフォードの手による作品だったようだ。それが書かれたのは一九〇六年五月だが、同時期コンラッドは『シークレット・エージェント』を執筆中だった。『犯罪の本質』は三年後に匿名でフォードの雑誌『イングリッシュ・レヴュー』に初めて掲載された。それは、匿名の語り手が自殺を考えながら人妻に宛てて書いた、一続きの恋文の形態を取っている。[6] 主題、言葉づかい、調子のどれをとっても完全にフォード風の作品である。[7]

のちに『ロマンス』と改名された「セラフィーナ」は、一九〇二年に完成し、一九〇三年一〇月にスミス・エルダー社[8]から出版された。『相続者』がカンタベリーのなじみの世界で始まり、当時の人類と彼らにとって代わる「四次元の住人」の間の衝突へと展開していくように、『ロマンス』も、ロムニーとハイズという慣れ親しんだケント州の環境で始まり、主人公ジョン・ケンプはボウ・ストリート・ランナーズ[9]と小競り合いを起こしてカリブに逃亡せざるをえなくなる。ケンプはジムのように純朴な若い紳士で、「ロマンスの主人公」（*ROM 30*）になりたがっている。過去を回想して語ることによって彼は、ケントの農夫や密輸入者たちの小さな世界を出て、ジャマイカやキューバで珍しい経験をする。より具体的には、キューバの海賊や西インド諸島当局と衝突するのだ。最後のクライマックスの場面でケンプは、ジムのように法廷で身の証を立てねばならない。正義よりも自分たちの金銭的かつ政治的利益で頭が一杯の西インド諸島の商人たちで構成される判事席の前で、彼は死罪に問われる。

この小説は一八二〇年代を舞台にしており、その時期の政治が物語の展開に幾重にも重ねられている。英国における奴隷制度廃止運動をきっかけに、ジャマイカの入植者たちは英国からの分離について議論し、依然として奴隷制が合法である合衆国からの「保護を要求」した。ケンプのジャマイカでも分離独立の気運が高まっている。(10) 同様に、キューバでは、一八二三年にフェルナンド七世が絶対王政を復活させた後、キューバ・ナショナリズムが高まりを見せた。一方、奴隷蜂起と、奴隷制を終結させようとする英国からの政治的圧力が同時に発生したことで、多くのクレオールが合衆国による併合を支持するようになった。ジャマイカの大農園主のように、クレオールたちは合衆国が奴隷所有に対してより賛意を示していると感じていた。米国は米国で、すでにキューバに目をつけていた。一八二三年一二月ジェイムズ・モンロー大統領は「アメリカ人のためのアメリカ」というモンロー主義を宣言してヨーロッパによるアメリカの植民地化に反対し、旧世界と新世界は「別々の領域」であるという考えをうまく定着させた。キューバの政治は『ロマンス』にそれほど関係しないが、キューバの「独立」はフォードとコンラッドが共作を始めた時にまたしても時宜を得た問題だった。一八九八年一月合衆国がスペインからキューバを「解放する」ために宣戦布告すると、一八九九年一月米西戦争終結時にスペインはしぶしぶキューバに主権を譲渡し、合衆国軍によるキューバの占領が認められた。数年もしないうちにキューバの経済は合衆国資本によって支配された。キューバの小規模生産者たちはアメリカの大規模砂糖経営に、鉱石の輸出やタバコ工場はアメリカの業者に乗っ取られた。おそらくこうしたことは、このロムニー・マーシュの仲間うちで話題になっていただろう。もっとも、クレインの短編「オープン・ボート」のもととなった体験が、一八九七年一月にフロリダ沿岸沖で蒸気船コモドア号（この船にクレインは従軍記者として乗船しキューバに赴いた）が沈没した時のものだとすればの話ではあるが。

『ロマンス』でコンラッドが担当した部分は、ジャマイカのリエーゴ邸での出来事、メキシコ湾のボートの旅、ラアバナ（ハバナ）への到着を取り上げている。それらの出来事は、ケンプとセラフィーナ・リエーゴの間で発展する愛の記録でもある。物語にはまた、一連の閉ざされた空間——ボート、ケンプとセラフィーナがリオ・メディオを脱出する手段としての船、そして特に二人が避難する洞窟——に事実上監禁されるような経験が含まれている。そこで二人は極度の飢えと渇き、つまり、コンラッドの小説のいたるところで出現する類いの道徳的かつ心理的試練を経験する。[11] この小説の場合、試練は死との対峙として描かれており、ケンプとセラフィーナは、「墓場から新たに蘇った二人の人間」（*ROM* 417）のように死の淵から立ち現れる。このように苦労して復活すると同時にケンプは自然界の「無関心」、つまり、「物質の無意識」（*ROM* 419）を意識させられ、不意にある「同族関係」に気づく。つまり、二人を追うマニュエルとの「人間の連帯」を死に際に認識するのだ（マニュエルもまたケンプの分身であり、セラフィーナへのケンプの愛のパロディになっている）。この第四部はこの小説の最も成功した部分であり、細部が正確かつ具体的に描かれ、語りの進み具合も安定している。コンラッドがJ・B・ピンカー宛ての手紙の中で示したように、彼の意図は「場面や出来事や人物を厳密に写実的に描写する」ことだったが、「ロマンス」を探し求める主人公は、「ロマンス」を「生き抜くことはかなり困難で難しいこと」（*CLIII* 366）だと思い知らされる。

　コンラッドもフォードも十年間に及ぶこの合作から多くを学んだ。コンラッドの死後に執筆された回顧録の中で共作の過程と同時にフォードが思い起こしているのは、フロベールやモーパッサンに対する共通の愛着、田園地方での四輪馬車の旅（二人は周囲の田園風景の特徴を表現するのにフランス語と英語で「適切な表現《ル・モ・ジュスト》」を見つけ出そうとした）、それに、二人が考案した印象主義という小説の詩学である。ただ陳述する（state）というよりはむしろ描く（render）こと、タイムシフト（時間を前後させる物語の技法）、リズムや文体、そして、「プログレシオン・デフェ（*progression d'effet*）」という、進むにつれて増す語りの勢いである。しかしながら、共作の意義は、ともに生み出した作品そのものというよりはむしろ、それぞれがその後個々にしようとしたことに見出せる。マックス・ソンダースが論じるように、合作を通してフォードは「人生における確固たる目的」を手に入れ、「自分の才能を用いて偉大な小説を生み出す方法[12]」を学んだ。レイモンド・ブレバッハが示したように、中でも合作は、フォードにとって「語りの正確さと直截さ[13]」を稽古する機会だった。結果的に以後二十年にわたって『五番目の王妃』、『善き兵士』、『パレードの終わり』というフォードの主要作品群が生み出された。コンラッドはと言えば、すぐさま続けて『ノストローモ』という現代英文学の最も重要な政治小説に着手した。田園地方への馬車の旅や合作の実践から得たものに加えてコンラッドが学んだことは、外部の素材をもとに創作する方法だった。ここまでコンラッドは自分の個人的な体験を出発点として小説を書いていた。『ロマンス』の執筆を通して、彼は自分自身の直接的体験に距離を置いて小説を書く方法も学んだのだった。

この時期に知り合ったもう一人の新しい重要な友人で『ノストローモ』誕生に一役買った人物は、ロバート・カニンガム・グレアムというスコットランドのナショナリストであり社会主義者である。彼は一八八六年から一八九二年まで北西ラナークシャーの自由党議員だったが、一八九二年には離党してケア・ハーディとともにスコットランド労働党を結成した。グレアムは急進的な政治家で、マッチ工場で働く少女たちのストライキ（一八八八）やドック労働者のストライキ（一八八九）を積極的に支援し、一八八七年トラファルガー広場における「血の日曜日」の集会に参加したかどで

1890年頃の
ロバート・カニンガム・グレアム

投獄された。またエッセイ、伝記、旅行記、短編の作家でもあり、熱心な反帝国主義者でもあった。グレアムが初めてコンラッドに連絡したのは一八九七年八月で、「進歩の前哨地」への賛辞を伝えるつもりだった。この短編は当時キプリングの「ランプの奴隷たち」とともに『コスモポリス』誌上に掲載された。セドリック・ワッツが述べているように、この二つの物語が対照的だったために、グレアムはコンラッドに手紙を書こうと思い立ったのだった。こうして、キプリングをめぐる議論がきっかけで始まった交流は、のちに重要な書簡のやり取りと生涯の友情に発展することになる。[14]

二人が初めて会った時、『サタデー・レヴュー』誌掲載のグレアムのエッセイや小品をコンラッドはすでによく読んでいたに違いない。それらはスコットランドや南米での経験をもとにした作品だった。その後コンラッドは、グレアムの旅行記『モグレブ・エル・アクサ』が一八九八年に出版されると目を通し、短編集『イパネ』(一八九九)や『十三の物語』(一九〇〇)、非常に重要な『消えたアルカディア』(一九〇一)――『ミッション』として一九八六年に映画化された――そして『エルナンド・デ・ソト』(一九〇三)も読んだ。このうち最後の二作はスペインによるアメリカ征服の歴史であり、『ノストローモ』執筆準備のための読書でもあった。グレアムは牧場主かつ旅行者であり、(少なくとも伝説では)中南米の革命闘士とさえ言われていた人物で、南米とその政治に対するコンラッドの理解は、彼との交友関係によって形成された。二人の交友が始まったばかりの時期はまた、一八九八年の米西戦争と重なっており、この戦争によって合衆国はキューバの支配権と、グアム、プエルトリコ、フィリピン諸島の所有権を手に入れた。コンラッドもグレアムも、合衆国の膨張政策や、コンラッドが言うところの「パナマのアメリカ人《ヤンキー》征服者《コンキスタドール》」（*CLIII* 102）に対して非常に批判的だった。

『ノストローモ』執筆に大きな影響を与えた人物がもう一人いる。グレアムの友人のサンティアゴ・ペレス・トリアナである。彼はコロンビアの前大統領の息子にして自身もコロンビアの駐米大使であり、のちにロンドン及びマドリード常駐の特命全権大使となった。[15]トリアナは、コンラッドと懇意にしていた時期、特に合衆国によるパナマの奪取に関わっていた。一九〇三年一月にヘイ・エルラン条約[16]に合衆国が調印し、運河の建設のための租借権が合衆国に与えられた。しかしながら、コロンビアはこの条約の批准を拒否した。代わりに一九〇三年一一月にパナマで反政府運動が起こり、コロンビアからパナマが分離独立することが宣言された。合衆国の軍艦はその三日前に到着しており、パナマの分離独立を阻止しようとするコロンビア軍の動きを妨げた。パナマ新政府は合衆国によっていち早く認められたのだが、三日後パナマ運河地帯を永久に管理運営する権限を合衆国に与える条約に調印した。ワッツが示すように、『ノストローモ』は、「中南米で当時起こっていた特定の出来事に対する（コンラッドの）認識」から発生したように見えるが、単なる「時事問題に対する論評」を超えている。コンラッドは、二〇世紀を特徴づけることになるアメリカの帝国主義を取り上げているばかりでなく、二一世紀初頭に支配的になるグローバリゼーションの諸力を描く小説を生み出したのである。

コンラッドは、『ノストローモ』に付された作者の覚書《ノート》において、この小説のもとになったテクストの存在を認めるようなふりをしている。彼によると、自分には（一八七五年か一八七六年にメキシコ湾沿いの土地に何度か「束の間」近づいた程度の）最小限の南米経験しかなく、この小説の起源は、艀《はしけ》に積まれた銀塊の盗人にまつわる当時の噂話で、後になって古本屋で再発見したのだという。それから、メタテクスト[17]的な身振りで彼が主な情報源だと主張するのは、作中人物の一人であるドン・ホセ・アベジャノスによって書かれた『コスタグアナ史』である。それは、小説の後半でわかる通り、戦闘のさなかにその綴じられていないページが吹き飛ばされて広場に散らばったために、「いまだかつて出版されたことのない」（N 235）作品である。実際コンラッドは南米に関する多くの資料を読み、この小説を書くために植民地化と独立闘争の歴史を参考にしている。また、当然のことながら、国民性や国民の形成といった問題を扱う上で、ヨーロッパの歴史に関する書物も読み漁った。[18]例えば、ジョルジョ・ヴィオラは南米の独立闘争とイタリア統一という大義の両方においてガリバルディとともに戦った人物として表象されており（N 30）、一方ペドリート・モンテロは、フランス第二帝政に関する「軽い歴史物」（N 387）を手本としてコスタグアナのヴィジョンを描いている。

この小説の中心人物は名目上ジャン・バティスタ・フィダンザ、つまり、陸に上がったイタリア人の船乗り「ノストローモ」である。甲板長あるいは下士官を意味するイタリア語であるこの名前には、ミッチェル船長が「我々の部下」(*nostr'uomo*) と言おうとして誤った発音が刻まれてもいる。船を下りて陸に上がった船乗りとして、ノストローモは、海の行動規範を陸に応用する試みを象徴している。一方で、*nostr'uomo* が暗示するのは、個人対個人の闘争という観点で組織された社会の行動規範にコミットすることが、いかに自分自身の搾取に加担することになるのかという問題である。この問題こそ、ノストローモがスラコから銀塊を運び出す作業に従事した後で気づいたことだった。その時彼は、その利益を守るために忠実に仕えてきた「旦那衆《オンブレス・フィノス》」(*N* xlv) が自分を裏切ったことに気づき、生まれ変わるのである。ノストローモは、まるでじらすかのごとく小説の第一部を縫うように通り抜け(しばしばちらりと見えるが、ほとんど「銀灰色の牝馬にまたがった幻影のような一人の男」(*N* 95) に過ぎない)、ついに第一部の終わりで、衆人環視の中、大胆に気前のよさを演じるあの有名な姿をさらけ出す。みなの前で恋人が彼に食ってかかった後、彼女に上衣の銀のボタンを切って取らせるようなこのロマンティックな身振りの描写は、語りが進む中で彼に貼られてきた数々のレッテル――「堂々たる沖仲士頭、かけがえのない男、信頼できる頼もしいノストローモ、陸に上がった地中海の船乗り」(*N* 130) ――を一つずつ点検するかのように終わる。ここでコンラッドは『ロマンス』で試した修辞的技巧を用いている。ケンプとセラフィーナが隠れている洞窟の入り口にマニュエルが現れた時、ケンプは彼を「深遠なる政治家、芸術家、いつも疑いの目を向けられる沖仲士頭、才能と力量を備えた男」(*ROM* 411)と呼ぶ。『ロマンス』では、こうしたさまざまな表向きのアイデンティティは、マニュエルが一人でいる時に垣間見せる悲しみ、落胆、もろさと対比されている。『ノストローモ』でも読者は同じようにノストローモのさまざまな表向きのアイデンティティに対して警戒を怠らないのだけれども、それはノストローモがこうした他者志向のアイデンティティとどこまで一体化しているのかを探るためでもある。ノストローモは、銀を運搬したあと身を隠さねばならなくなると同時に、観衆を失い、コスタグアナでの自らの行動やアイデンティティの基盤は一体何なのかを考えさせられるのだ。

「作者の覚書《ノート》」においてコンラッドは、この小説のもう一人の中心人物は鉱山の所有者で、「物質的利益の理想主義的創造者」(*N* xliv)のチャールズ・グールドだと述べている。イングランド出身の移民第三世代であるグールドは、コスタグアナの支配者の掌中にある鉱山を、国の中心的な力(であると同時に腐敗の中心)に変容させる。語りは、地方政治への直接的な介入を含む、「グールド特許鉱山のはかり知れない不思議な力」(*N* 117)を暴く。鉱山は先の革命の資金を調達したが、その革命によってドン・ビンセンテ・リビエラがコスタグアナの独裁者として権力の座につく。そしてオクシデンタル地方の分離後、鉱山を象徴する緑と白がしかるべく新国家の旗の色となる。グールドは「物質的利益」、現代の言葉で言うところの「市場原理」の唱道者である。彼にとっては、一旦「物質的利益」が「しっかりとした足場」を確保すれば、法と秩序と安全が保証される。「そうやってここでは無法と無秩序を前にして金儲けが正当化される」(N84)のだ。しかしながら、グールド自身はアメリカ人の資本家ホルロイドに依存している。この小説のモチーフの一つは他人を所有することである。それは征服者《コンキスタドール》の奴隷として鉱山で働かされるさまざまな先住民(N52)から、ヨーロッパ人資本家のリビエラ像(「ヨーロッパ人自身の創造物」(N38))にまで窺えるし、グールドに関しては「一人の男を動かす」(N81)ことにホルロイドが見出す喜びにも窺える。実際ホルロイドの喜びはまた、アメリカの膨張政策に関する彼のヴィジョンとも結びついている。ヨーロッパは「この大陸から締め出され」(N78)ねばならないばかりか、合衆国が「産業、貿易、法律、ジャーナリズム、芸術、政治に宗教といったすべての点で命令し」、「世界が好むか否かにかかわらず世界の事業を経営する」(N77)ことになるのだ。

　コンラッドは複合的な国家を創造し、まずスペインの征服者《コンキスタドール》から始めているが、焦点はその子孫のクレオールたち、「スラコの特権階級の人々《オリガーチ》」、つまりスラコの支配階級の人々に当てている。この物語に直接的な歴史背景を提供しているのは、南米をスペインの支配から解放するための一九世紀の戦争である。これらの戦争を率いたのはスペインの入植者の子孫であり、それは、ドイツやイタリアの統一を結果としてもたらした同時代のヨーロッパのナショナリズムの波に対する反応として起こった戦争だった。この小説でこうして解放闘争が背景になっていることは、ボリバルやガリバルディへの言及に示されている。「古い人道主義的な革命の理想主義者」（*N* xliv）ヴィオラが体現するのは、武装革命闘争に対する私利私欲のない傾倒であるが、その闘争が「失われた」大義（*N* 31）だということは初めからわかっている。この失われた大義にはもう一つの大義が暗い影を落としている。「作者の覚書《ノート》」においてコンラッドは「妥協を知らない清教徒的な愛国者」アントニア・アベジャノスを、ポーランド時代の知り合いの若い女性、つまり、学友の二人兄弟の姉になぞらえている（*N* xlvii）。

ほかのいくつかの点でもポーランドはこの物語に取りついている。五月三日《トレス・デ・マヨ》のコーヒー（*N* 479）とは、独立闘争を記念するスラコの行事であるが、ポーランドの歴史で重要な日、五月三日憲法（一七九一年）の記念日を思い出させる。スラコの地形もクラクフの旧市街に似ている。しかしながら、語りは、そうしたナショナリスト的な闘争と新しい種類の植民地化を並置している。そして、新しい種類の植民地化を担うのは、国家ではなく国際資本である。この小説の中でそれはインフラへの投資として表されている。要するに、英国による帆船、鉄道、電信の所有である。これらの事業は現代性を測る尺度として提示されているが、国家を越えた統一的ネットワークの一部として、空間や労働に対する支配を外へと拡大する。[19] コンラッドは語りの中で国際資本の作用を見せようとする。そして同時にその作用には繰り返しあるモチーフが伴っている。例えば、「財宝を探しあてながらもその呪いをあび……亡霊のごとく生き続けながら」アスエラ半島に取りついている、宝探しにやってきた二人の「彷徨える船乗り」の物語で始まる冒頭から、亡霊性は、資本の呪いをかけられた人々のあり方として示されている。この二人の船乗りは、ノストローモとグールドを先取りしている。ノストローモもグールドも、それぞれ違ったふうに、成功という「致命的な呪い」をかけられて苦しむ。コスタグアナの政治経済に最も影響力がある銀山を所有し、その権化でありながら、次第に自己疎外感を抱くようになるにつれて、グールドの人間性は空洞化する。一方、ノストローモは最終的にプラシド湾に取りつく亡霊として表象されている。

この時期のもう一つの重要な展開は、ロンドン初の著作権代理人の一人J・B・ピンカーとコンラッドの関係が始まったことだ。ピンカーはジャーナリスト兼（直近では『ピアソンズ・マガジン』の）編集者で、一八九六年に出版の代理業を始めていた。彼の顧客にはアーノルド・ベネット、スティーヴン・クレイン、ヘンリー・ジェイムズ、H・G・ウェルズがいた。一九〇〇年一〇月にコンラッドとフォードは連れ立ってロンドンのピンカーに会いに行っている。そして、この出会いをきっかけとして、一九二二年のピンカーの死まで続くことになる親密な関係が始まった。ピンカーが亡くなると、彼の息子がコンラッドの代理人になった。

二人の関係の長さを考えれば当然だが、そこには多くの紆余曲折があった。まず、コンラッドは前金を受け取っていたので、ハイネマン社と『ブラックウッズ』との当時の約束を守り、マックルーア社との契約は解消せねばならなかった。その残務を片づけようとして、コンラッドはいつも十二時間から十八時間、徹夜で執筆作業をすることもあった。ピンカーがコンラッドの代理人になった途端に起こった思いも寄らない出来事は、ウィリアム・ブラックウッドとの間にあった友好的かつ協力的な関係を失ったことだった。[20] ブラックウッドは個人的な関係を基盤とする古いタイプの出版人だった。ピンカーはコンラッドを後押しして新しい文学市場へとしっかりと送り出した。しかし、例えばベネットとは違い、コンラッドにはこうした新しい状況は不向きだった。まず第一に、執筆はコンラッドにとって常に死に物狂いの苦闘だった。結果として彼は締め切りを守ることができず、「救助者」執筆時に経験したような不調に陥った。そして、実入りのよい短編が、利益の点ではそれほどでもない長編へと拡大しがちだったことで、辛抱強い代理人との間にもさすがに軋轢が絶えなかった。第二に、コンラッドがその熱意を傾けていたのは、芸術としての小説という考えだった。つまり、芸術作品には「一行一行にその存在理由がなければならない」(*NN* vii) という審美的な問題だ。これは必然的に、形式上の実験に専念し、言葉の正確さ、リズム、口調に絶えず注意を払う姿勢を伴った。コンラッドとピンカーの関係が実演していたのは、芸術の自律性を謳うモダニズム小説を美的に発展させることと、文学生産の市場主義に関与することの間の明らかな矛盾だった。

そうこうするうちに、コンラッドは、膨れ上がる借金を前にして、執筆に集中するための精神的余裕を見つける必要性を感じていた。二人が見出した解決策として、ピンカーは将来もうけが見込めなくてもコンラッドに前金を払うことになり、コンラッドもまた市場の状況に応じたさまざまな形態の執筆を引き受けることになった。一九〇四年から一九一〇年の間、二人の関係はとりわけ難しい局面を迎えた。ピンカーは、自分がコンラッドを厳しく管理しているという噂（*CLIII* 153）に追い詰められるように感じ、一方コンラッドはコンラッドでピンカーに言い訳をしなければならないことに憤りを覚えた。[21] その間もピンカーに対する借金は毎年増え続けた。この代理人がコンラッドの医療費や家計費を支払っていたからだ。

# 第七章▼ アナキストとスパイたち

「マドリードの爆弾テロとシカゴの食肉――どちらがより罪深いのだろうか？」（*CLIII* 333）[1]

『ノストローモ』の連載は一九〇四年一〇月七日に終わりを迎える。そして、一週間後にこの小説は単行本として英国とアメリカで出版されている。（『タイムズ・リテラリー・サプリメント』や『ペル・メル・ガゼット』誌上の）初期の書評は好意的ではなかった。[2] コンラッドは、『ノストローモ』が批評家たちに「歓迎されなかった」（*CLIII* 187）と感じ、大衆も「きっとこの小説に背を向ける」（*CLIII* 176）だろうと思った。意気消沈しているところに追い打ちをかけるように、息子ボリスは健康を害し、ジェシーは（派手に転んだことから）相変わらず膝が悪く、コンラッド自身は痛風と息切れを抱えていた。[3] 当然こうした家族の健康問題は、すでに抱えていた財政難を悪化させ、同じ状態が以後長年にわたって続く。『ノストローモ』を仕上げた後、コンラッドは自分が「一つの事柄に集中するようなどんな思考」にも「不向き」だと思い、喉から手が出るほど欲しい金をもたらす短編、

「とにかく売れるもの」（*CLIII* 184）に集中した。そして『ノース・アメリカン・レヴュー』誌にヘンリー・ジェイムズに関するエッセイ、個人的回想『海の鏡』のセクションをさらに三つ、海賊ヴィセンテ・ベナヴィデス(4)に着想を得た一続きの物語(5)の一部として計画されていた短編の初稿を書き上げた。このうち三篇の「ベナビデス」物語はのちに改訂され「ガスパール・ルイス」として出版された。スペインの支配から逃れるための独立戦争時のチリを舞台にしたこの物語は、コンラッドの南米調査の副産物だった。『ノストローモ』ではグローバリゼーションの問題を取り上げたばかりでなく、小説の終盤で労働組合や革命家といった、グローバリゼーションに対するさまざまな形態の抵抗にも触れている。『ノストローモ』の直後に執筆した小説群でも、ナショナリズム、革命闘争、労働と資本の関係が繰り返しテーマになっている。

　一九〇五年一月にコンラッド一家はカプリに出かけ四か月滞在している。そこでコンラッドは、日露間の当時の紛争への応答としてエッセイ「専制政治と戦争」を仕上げ、やがて長編『チャンス』となる短編「爆薬」を執筆し始めた。「専制政治と戦争」の中でコンラッドはロシアが日本に敗北したことやその後ロシアで起こった蜂起の意義を評価している。「ロシアの力という亡霊」が戦いを挑まれ鎮められたが、皇帝《ツァー》の独裁政権には順応する力がない以上、唯一可能な結果は革命による変化しかなかった（*NLL* 86, 96）と彼は言う。コンラッドの的確な予見通り、一九〇五年の蜂起は一九一七年のロシア革命のための予行練習だった。だがそれ以上に、彼はヨーロッパのナショナリズムの競合が将来戦争に発展するのではないかと心配していた。というのも、「物質的利益が膨張していく時、この地上に平和は見出せない」(*NLL* 113) からだ。そのような戦争を回避する唯一の方法は、「国境なき」(*NLL* 103) ヨーロッパ統一体しかない、とコンラッドは見ていた。彼自身の将来の見通しは暗かった。イングランドに戻った後、痛風とうつ病で苦しみ、そのために「追い詰められたネズミ」(*CLIII* 287) のような気分でいた。息子ボリスはしょう紅熱を起こし、妻ジェシーは第二子を妊娠して医者に診てもらわねばならなかった。

度重なる病気とそれに伴うストレスにもかかわらず、その年の終わりまでにコンラッドは『海の鏡』のセクションをさらに書き足し、改訂版「ガスパール・ルイス」を書き終えたが、『チャンス』の執筆は遅々として進まなかった。より期待の持てる話としては、一二月に「アナキスト」と「密告者」というアナキストに関する物語を二篇何とか書き上げた。前者は、南米のとある川の河口にある肉エキスの会社が所有する小さな島を舞台にした物語である。チョウを専門とする昆虫学者である語り手が示唆するように、この島は、「有罪の判決を受けた畜生どもの流刑地のようなもの」(*SS* 137) として機能している。物語は、語り手が会社の汽艇で働いている時に出会った若いフランス人ポールについての二つの物語を並置している。一つ目の物語は、不動産管理人によって流布されたもので、それによるとポールは「バルセロナ出身の市民アナキスト」(*SS* 139) ということになっている。管理人がこんな話を広めたのは、ポールが地所から逃げられないようにするためだった。

というのも、スペインのアナキストによる爆弾闘争に関する記事が新聞で報道されていたからだ。二つ目はポール自身が語る物語であり、二十五歳の誕生日を祝っているうちに泥酔し、それから「世の不正」を思い描いて苦しみ、アナキスト的なスローガン（SS 147）を叫ぶに至った経緯が語られる。たった一度のこの行動が彼を破滅させる。逮捕されて有罪判決を受けた後、仕事に就くことができなかったのだ――「警察は彼に目をつけており、彼にチャンスを与えようとする雇用者にはことごとく間髪入れずに警告するだろう」（SS 148）。アナキストたちもポールを監視した。そして間もなく彼は、失敗に終わるもののアナキストによる銀行強盗に関与させられる。物語のこの部分は一八九四年一〇月にフランス領ギアナのサン・ジョゼフ島で実際に起こった囚人の反乱に基づいているが、それを報道したのは、『トーチ』のようなアナキストの雑誌だった。[6] コンラッドの物語が並置するのは、株式会社の営利本位の姿勢（資本の生産的利用、ブランド戦略や広告、ポールを奴隷の身分に貶めることを正当化するような人件費の出し惜しみ）とアナキストが批判する「社会の腐敗状態」であり、その社会では、「少数の人間が馬車に乗るというただそれだけのために、多数の貧しい哀れな人々が奴隷のようにあくせく働く」（SS 147, 146）。この物語はアナキストを個人としても集団としても批判しているけれども、会社の地所にいる「奴隷のようなアナキスト」の最後のイメージ（SS 161）からうかがえるのは、「自分で認める以上にアナキスト的なところがある」のはポールだけではないということだ（SS 160）。

コンラッドの第二のアナキスト物語「密告者」の語り手は、中国の青銅器や磁器の収集家である。ある友人が彼を別の収集家X氏に紹介するが、このX氏もまた、「その容赦ない皮肉で、最もお上品な団体の腐敗さえも暴いてきた革命派の作家」(SS 74)である。[7] 語り手はX氏に自分の収集物を見せたあと定期的にX氏に会うようになり、夕食を共にする。語り手は、この「破壊的な時事評論家」にして陰謀家(SS 76)と同席することに心地よいスリルを感じるが、同時にX氏が自分に似ていることにやや困惑する。そして、ある時X氏が何気なく「テロと暴力」を擁護すると、語り手は、「きらめくレストランの陽気な賑わいとおしゃべりをかき消すように、飢えた不穏な群衆のつぶやき」(SS 77)が聞こえたような印象を受ける。それからX氏は、あるアナキストの集団と、そこに紛れ込んでいる裏切り者を暴く策略についての物語を語り手に語る。その物語は、イングランドの上流階級とその「気取った様子と身ぶり」(SS 78)に対する批判という見地から語られている。とりわけそのターゲットにされているのが「素人アナキストの貴婦人」(SS 84)と、アナキスト集団に対する彼女の支援であるが、「感情的な素人」に対する批判は同時にX氏の聞き手に——そして読者にも——向けられている。コンラッドの物語の終わりで語り手の友人がX氏は「ちょっとした冗談を言うのがお好き」だと言うのだが、語り手は、どのあたりに冗談が「入り込んでいる」(SS 102)のかがわからない。「アナキスト」の語り手は、X氏は「だまされやすい人ではない」と繰り返し主張するが、同じことはこの語り手には当てはまらない。X氏はボムという名の人物を紹介してからデザートに「ボンブ・グラッセ［砲弾に似た球形のアイスクリーム］」を注文している（*SS* 82）というのに、語り手は、ラディカルな刺激を自ら進んで得ようと、X氏の物語を鵜呑みにする。最後のこのひとひねりによって、X氏の語る物語がどこまで聞き手をからかおうとしているのだろうかと我々読者は考えさせられる。さらに、物語には（一箱六個入りの）「ストーン・インスタント・スープ」の缶に爆薬を隠しているアナキストたちが登場しているので、（アナキストの物語が収められている）コンラッドの『六つの物語』という書物も爆薬のように破壊的な内容《マター》の印刷物の入れ物なのではないかと勘ぐってしまいたくなる。

一九〇六年二月にコンラッド一家はモンペリエに出かけ、二か月滞在した。[8] そこでコンラッドは、もう一つの短編「ヴァーロック」に取りかかった。編集中のアナキスト短編集に加えるためだった。しかしながら、三月に一家がモンペリエをあとにするまでに、「ヴァーロック」が初めに想定していたよりも「やっかいな仕事」（*CL III* 326）だということははっきりしていた。この時期のコンラッドがアナキストや革命家に寄せていた明らかな関心は、今や次の小説『シークレット・エージェント』の前身となる作品で最大限に表現されようとしていた。イングランドに戻った後、依然として続くボリスの体調不良や、二人目の息子ジョンの誕生を経て、コンラッドはその小説に取り組み続けた。より単純にしてよりメロドラマ的なゾラ風の初稿は年内に完成し、一九〇六年一〇月から一九〇七年一月までアメリカの雑誌『リッジウェイズ』で連載された。連載用の原稿を完成させた後にコンラッドが経験したうつ状態を抑えるために、一九〇七年一月、一家は再びモンペリエに赴く。だが、そこで再びボリスの具合が悪化する。扁桃腺炎の後はしかにかかり、その後肺感染症、百日咳を患った。一方コンラッド自身は痛風と「神経衰弱」（*CLIII* 435）で寝たきりだった。[(9)] 一家はよりよい気候と水治療法を求めて五月にジュネーヴに移ったが、病は次から次へと襲ってきた。ジョンは兄の百日咳をもらい、ボリスは今度リウマチ熱にかかっていた。六月六日の書簡でゴルズワージーに言っているように、コンラッドは「延々と続く音のない悪夢のようなものを見ながら」（*CLIII* 448）執筆していた。それにもかかわらず彼は、息子たちの危険な健康状態を心配しながら見守る一方で、単行本として出版するために約三万語を書き足して『シークレット・エージェント』を大幅に改変した（*CLIII* 458）。七月に一家がイングランドに戻ると、九月に『シークレット・エージェント』は上梓される。

『シークレット・エージェント』に付された「作者のノート」の中で、コンラッドは振り返ってこの小説の情報源を二つ挙げている。まず一つ目は、彼が「アナキストについて、というよりアナキストの活動についての何気ない会話」（*SA* ix）と呼ぶものである。二つ目の情報源は、彼が言うところの「ロンドン警視庁警視監の略述回顧録とでもいったもの」（*SA* xi）だ。コンラッドが会話を交わした「友人」とはフォード・マドックス・フォードだった。『ジョウゼフ・コンラッド——個人的回想』の中でフォードは、自分が「コンラッドにアナキストの文献や回顧録を提供し、『シークレット・エージェント』に登場するアナキストの若いご婦人を少なくとも一人は紹介した」(231)と記録している。フォードには、アナキストたちやさまざまな形の革命運動との広範囲に及ぶ接点があった。彼のいとこのオリーヴ、アーサー、ヘレン・ロセッティはアナキストの雑誌『トーチ』を一八九一年に創刊し、以後五年にわたってアナキストによる「標語のプロパガンダ」に積極的に関わった。ヘレンの記憶では、一九〇二年から一九〇六年の間に二度コンラッドに会ったことがあるらしく、「素人アナキストの貴婦人」(SS 84)のモデルはおそらく彼女だろう。[10] 彼女はまたオリーヴと共同で『アナキストの中の少女』という小説を執筆し、一九〇三年にイザベル・メレディスというペンネームで出版した。それはちょうどコンラッドとフォードが合作『ロマンス』の執筆に最も熱心に取り組んでいた時だった。『アナキストの中の少女』は、一八九〇年代のロンドンのアナキスト仲間とロセッティ一家の関わりを少しばかり虚構を交えて記述したものである。中でもとりわけこの物語には「勤勉な労働者」である若いイタリア人アナキストの描写があり、その男はアナキストたちとつき合ううちに「過ちを犯してしまった男」(122)のように見えてくる。この人物はおそらく短編「アナキスト」のポールのモデルだろう。より重要なのは、この小説でも、『シークレット・エージェント』では中心に据えられている一八九四年のグリニッジ天文台爆破事件が簡潔に記述されていることだ。イザベルは「あるアナキストの死」を報じる新聞広告を目にして、新聞が「共犯者がいることをほのめかし、いつもの「広く知れわたった陰謀」を取り上げていることに気づく。だが同時にアナキストたちは「まったく違った「陰謀」のことを話題にしており…… 「スパイ」や「警察の策略」が皆の噂になっていた」(40-41)とも述べている。

コンラッドが認めている二つ目の情報源は、ロバート・アンダーソン卿の『自治獲得運動への測光』であるが、この書物は一九〇六年五月、コンラッドがモンペリエから戻った直後に出版されている。アンダーソンは一八八八年にロンドン警視庁警視監に就任したが、それまで諜報機関で長年経験を積んでおり、初めはダブリン城、その後は内務省に勤めた。彼はフェニアンによるクラークンウェル刑務所の爆破事件を理由に一八六七年にロンドンにやって来ると、アイルランド問題の顧問にとどまり、役職柄さまざまな密告者やスパイ、秘密諜報員を操る立場にいた。[11] アイルランドの「自治」獲得のための政治(とテロ)活動は、爆弾やスパイや監視とともに、『シークレット・エージェント』の隠されたサブテクスト[12]である。これらの二つの情報源は、ともにこの小説の中心的な関心事へと我々を導く。それはつまり、一方ではアナキストと亡命者であり、他方では治安維持、監視に密告者や工作員《アジャン・プロヴォカトゥール》(*agents provocateurs*)である。さらに、エミリー・ダルガルノが示したように、コンラッドがフランスで執筆したアナキストと警察に関する最初の三章に続いて、執筆の過程でヴァーロック一家の家庭劇が浮上し、この小説の複雑さと豊かさが増している。[13]

フェニアンによる一八八〇年代の激しい爆破テロとは対照的に、グリニッジ・パークでの爆発は、

グリニッジ天文台の外の爆発現場と、関連するアナキスト施設
(『イラストレイテッド・ロンドン・ニューズ』1894年2月24日より)

アナキズム関連では英国で唯一の事件だった。[14] コンラッドの小説の場合と同じように、アナキストたちは英国を避難所として利用しつつ他の国で活動する際も本拠地にしていた。ところが、グリニッジ爆破が起こった背景は、ヨーロッパ本土、特にイタリア、フランス、スペインのアナキストによる他の事件だった。[15] 一八九二年四月にフランスのアナキスト、ラバショルはフランス司法組織のメンバー二人の家とレストランに爆弾を仕掛けたかどで有罪判決を受けた。彼の処刑に対する報復として、オーギュスト・ヴェイヤンは一八九三年一二月にフランス代議院に爆弾攻撃を行なった。ヴェイヤンの処刑に対する報復として、今度はエミール・アンリという男がパリのサン＝ラザール駅のカフェ・テルミナスに爆弾を投げた。三日後、自ら運んでいた爆弾がグリニッジ・パークで爆発し、別のフランス人アナキスト、マシアル・ブルダンが亡くなる。当局が煽動する見方では、（コンラッドの小説の場合と同じように）それはグリニッジ天文台への未遂攻撃だとされていたが、ブルダンが意図的にそうしたとは到底考えられない。そんなことをしても、爆弾は天文台に損害を与えることはなかっただろうし、コンラッドのアナキストたちと同じように、ブルダンも、英国との関係をこじらせたくはなかっただろうからだ。英国の新聞は、この事件を警鐘、つまりアナキストによる爆破運動の開始ととらえたが、すでに見た通り、アナキストたち自身の主張によると、これはアナキストによる爆破ではなく、世論が彼らを批判するよう仕向ける企てだった。『シークレット・エージェント』はこの事件の記憶を鮮明に蘇らせている。そしてこの物語が語るのは、当局が発表する事件というよりはむしろ、アナキスト側の見た事件である。コンラッドが政治的には保守だという評判(とさまざまなアナキスト一人一人に対するかなり批判的な描写)にもかかわらず、『シークレット・エージェント』は、政府側の公式の物語に対して懐疑的な姿勢を取っている。

『シークレット・エージェント』の冒頭の数章は、ヴァーロックの家庭の状況と(「虚弱な弟」スティーヴィーに対する溺愛を含む)彼の妻ウィニーの素性を巧みに写し出している。第一章では、ソーホーにあるヴァーロックの文房具店が、そこでこっそりと売られているポルノ写真や「性玩具」とともに紹介される。この店が実は、ヴァーロックのアナキスト活動の隠れ蓑なのである。その裏で彼は警察の情報提供者かつ大使館のスパイとして働いている、ということを読者は知る。冒頭の章はまた、深刻な不平等と大きな財政格差の都市としてヴィクトリア朝のロンドンを過不足なく描き出している。ヴァーロックは歩いてウェスト・エンドを抜けてハイド・パークのそばの紳士クラブをいくつか通り過ぎ、ロットン・ロウで散歩をする人たちや馬に乗る人々とすれ違う。驚くべきことに、上流階級の人々が自由に時間を過ごす光景に対するヴァーロックの反応は是認である。「この人たちはみな護らなければならない……かれらが健康的な怠惰を満喫するのに都合のいい社会秩序は、不健康な暮らしを送る労働者たちの浅はかな羨望から護らねばならない」(*SA* 12)。ヴァーロックのこの言葉で思い出すのは、短編「アナキスト」の不動産管理人である。彼は「良心を持っている人々の良心」(*SS* 144)を守るために必要だからと言ってポールを搾取することを正当化した。ただし、「健康的な怠惰」と「不健康な労働」とを含みのあるやり方で対比しているのは、ヴァーロックというよりはコンラッドの冷笑的な語り手である。裕福な人々の怠惰を強調することはヴァーロックのイデオロギーとは無縁である。実際ヴァーロックは「密告者」のおとり捜査官セヴリンと似ている。セヴリンはアナキストのグループに潜入し、「信念のため」(*SS* 97) 彼らを裏切った。アナキストや革命家へのコンラッドの関心は、彼らにとって不利に作用するさまざまな要因 (**agents**) に彼が向ける注意とつり合っている。

革命やアナキズムほど本格的にではないが、『シークレット・エージェント』にはロンドンの貧困も書き込まれている。この場合、ヴァーロック一家のソーホーの店は比較的お上品《リスペクタブル》だということになる。一家の掃除婦であるニール夫人が暗示するのは、子供の貧困と両親のアルコール依存症というどん底の生活である。彼女がいつもスティーヴィーに聞かせるのは、彼女なりに理解した不公平な世の中であり、そこは労働者と「紳士然として何もしなくてよい」(*SA* 184) 人々に分かれている。語り手はここまで「不健康な労働」と、裕福な人々の「健康的な怠惰」を皮肉をこめて対比していたが、その対比が変調して床磨きのニール夫人の絵が生まれている。彼女はごみ箱と床掃除の汚水に住みついた「両棲類」(*SA* 184) か何かの状態にまで落ちぶれている。ウィニーの母親を馬車でロンドン南部の救貧院まで運ぶ御者もまた、こうした社会経済的なエピファニー(突然の精神的開示)の瞬間をもたらす。彼が「夜専門の御者」としての作業環境を簡潔に説明すると、スティー

ロンドンのアナキズム――オトノミー・クラブの強制捜査
（『ザ・グラフィック』1894年2月24日より）

ヴィーは、「ある不幸な存在が別の不幸な存在に苦痛を味わわせることによって生きていくしかないということ」（*SA* 171）を自分なりに想像し、短いが含蓄のある言い方でそれを「哀れな人たちにとってひどい世界なんだ」（*SA* 171）と表現する。スティーヴィーとウィニーは、こうした経験をきっかけに「富の分配の問題」（*SA* 173）やその場合の警察の役割を議論する。警察は「何も持っていない人たちが持っている人たちから何かを取ったりしないようにするために」いる、というウィニーの説明と、「何も持っていない人がお腹をすかしていてもそうなの？」というスティーヴィーの無垢で慈悲深い反応は、この小説のアナキスト的ヴィジョンを支えるが、デイヴィッド・マルリーが言うように、そのヴィジョンによれば「政府はほとんど排他的な紳士クラブに過ぎ」ず、警察の捜査を突き動かすのは捜査官の私利私欲なのである。[16] 従って、ヒート警部は、彼の情報提供者ヴァーロックから捜査の目をそらすためにしきりと爆破事件とミハエリスを結びつけようとするが、一方警視総監は、ミハエリスが妻の親友の秘蔵っ子《プロテジェ》なので、ミハエリスが事件に関与していないことにしようと躍起になっている。実際の事件では、アナキストたちはブルダンの義理の弟H・B・サミュエルズを二重スパイ及び工作員《アジャン・プロヴォカトゥール》として非難した。サミュエルズは爆破事件の朝ブルダンと散歩に出かけたことを正式に認めているが、警察の取り調べを受けたことは一度もなかった。代わりに警察は、ロンドンのオトノミー・クラブ[17]で派手な強制捜査を行ない、そこにいたさまざまなアナキストを逮捕した。このように捜査が見世物のごとく劇場化されていることと、サミュエルズに事情聴取ができなかったことからは、警察がこの爆破事件をそれほど深く捜査したがっていなかったことがうかがえる。

コンラッドは知っていただろうが、一八九〇年代のロンドンは一時ヨーロッパのアナキズムの中心だった。一九世紀の英国は、政治的亡命者を受け入れてきた長い伝統を依然として誇っていた。ロシアに抵抗するコシチウシュコの蜂起が失敗に終わると、一七九七年にタデウシュ・コシチウシュコを迎え入れ、一八四一年、一八四七年、そして再び一八五八年には、イタリア統一運動の革命的推進者ジュゼッペ・マッツィーニを、そして、一八五〇年にはカール・マルクスを受け入れた。もう少し後になると、アナキズムの先導者エリコ・マラテスタやピョートル・クロポトキン、そしてウクライナの革命家セルゲイ・ステプニャクに避難所を提供した。エルミア・オリバーが指摘しているように、「他国があらゆる種類の社会主義者を閉め出していく中で、ロンドンだけが唯一の「開かれた都市」だった」[18]。フランス、ドイツ、イタリアのアナキストや社会主義者に革命家たちはみなロンドンを目指してやって来た。

『シークレット・エージェント』の「アナキストたち」は、こうした政治的亡命者が持っていたある種の考え方をいくらか反映している。「仮釈放中の使徒」ミハエリスは、歴史は「道具と生産によって、つまりは経済的諸条件の力によって」(*SA* 41)決定され、私有財産(と資本主義全体)はそれ自身が抱える内的な矛盾によって自滅する運命にあると信じているが、彼の原点はピエール・ジョゼフ・プルードンと、マルクスの科学主義である。「テロリスト」カール・ユントは、ミハイル・バクーニン型の「行動によるプロパガンダ」を支持するアナキストであり、「手段を選ぶにあたって一切のうしろめたさを捨てる決意を揺るぎなく固めた人間の集団」(*SA* 42)が理想だと公言してはばからない。元医学生のオシポンもまた、革命について科学的な考え方を持っている。彼にとって重要なのは、「大衆がどのような感情を抱いているか」(*SA* 50)だけであり、こうした関心には、二一世紀の政治を先取りする先見の明がある。しかしながら、彼が主として傾倒しているのは、チェーザレ・ロンブローゾの犯罪人類学である。ロンブローゾの骨相学に基づいた「犯罪者の類型」論は当時非常に影響力があった。それは、現代の心理的かつ人種的「プロファイリング」の前身だった。

オシポンのロンブローゾ信仰は、ほかのアナキストたちにからかわれ、コンラッドによっても根底から覆されていて、作者によるオシポンの描写は、ロンブローゾによる退化の基準と一致している。同時にコンラッドは、ロンブローゾの退化論を用いてウィニー・ヴァーロックと彼女の弟を描写してもいる。[19] プロフェッサーは完全なニヒリストである。彼は短編「密告者」で「新型起爆剤の完成」に没頭する「元理科学生」としてすでに登場しており、その仕事に対するひたむきで献身的な姿勢によって「急進的革命家魂の持主」と見なされていた（*SS* 88）。

セドリック・ワッツは、コンラッドが描くアナキストの別の側面に注意を喚起している。ワッツは、アドルフ・ヴァーロックはフランス人の父親を持ち、フランスからロンドンに移ってきたが、名はフランス式に綴られていないため、おそらくユダヤ人の姓なのではないか、と述べている。[20] そのことを裏づける証拠として、ヴァーロックが「世界中の人間の集まる貧民窟を知っている」（*SA* 24-25）ことを挙げることができるかもしれない。カール・ユントという名はドイツ語のように聞こえる――その起源はヴェストファーレン[21]にある――が、『ユダヤ人名目録』にも収録されている。「オシポン」という名前の由来は 'Osip' で、「ジョウゼフ」を意味する。ワッツはこれらの名前を当時の歴史的文脈に置いて説明する際に、一八八〇年代中盤から一九一四年までの間、ロンドン東部のユダヤ人移民が「英国民の中で最もアナキスト運動に新たな加入者を提供した」[22]というジョージ・ウッドコックの発見に言及している。さらに歴史的文脈を考慮せねばならない点は、この時期に帝政ロシアのポグロム（ユダヤ人への集団的暴力）を逃れたユダヤ人亡命者たちが英国に殺到したことである。一八八一年三月に皇帝アレクサンドル二世が暗殺されると、ロシアのユダヤ人に対するテロ攻撃が波のように襲来し、次いで「五月勅令」が制定されると、ロシアにおけるユダヤ人の経済生活の本拠地が打撃を受けた。反ユダヤ的残虐行為と厳しい反ユダヤ的法規制が結びついたために、ユダヤ人は集団でロシアを脱出《エクソダス》せねばならなかった。一九〇一年までに英国への移民の三分の一はロシア系かポーランド系のユダヤ人で、その大多数がロンドンのイースト・エンドに落ち着いた。[23]

こうして亡命者が殺到したことに対する一つの反応は、「反外国人」運動だったが、それは一八八六年二月に始まった。その頃、『ペル・メル・ガゼット』誌は「厄介者かつ脅威的存在になりつつある……外国から来たユダヤ人たち」に対して警告を発した。一八八六年から一九〇六年までの間移民問題はさまざまな保守政治家たちの選挙公約の中で提起されていた。[24] 一八九一年にはロンドンの『イヴニング・ニューズ』誌は、彼らの言う「外国人の洪水《フォーリン・フラッド》」対する反対運動を開始した。この運動の結果、一九〇二年に移民王立委員会が設立された。そして、その委員会は、「外国人」が数の上でかなり少数で、大部分はロンドン東部に限定されるということを発見したにもかかわらず、移民の制限を提案した。結果として一九〇五年に制定された外国人法は、二〇世紀後半を通じて移民の規制を確固たるものにし、その優先事項を、事実上亡命者の保護から国境の保護へと移した。[25] こうした背景は、『シークレット・エージェント』における時間の矛盾という興味深い点を解明してくれるかもしれない。セドリック・ワッツが初めて指摘した通り、この小説は明らかに一八九四年のグリニッジ爆破事件に言及しているけれども、ヴァーロック夫妻が結婚した日に従うなら、小説の出来事は一八八六年から一八八七年でなければならない。一八八六年という年は、コンラッドが帰化して英国臣民となった年だ。そして、この小説の外国大使館の部分が依拠しているのは、この時期コンラッドがロシア帝国臣民という法律上の身分から解放されるためにロシア大使館を何度も訪問した時の記憶である。従って、コンラッドは、『シークレット・エージェント』を書く上で三つの時期を接合していることになる。まず、一八八六年直前の時期、つまり、彼自身のロシア大使館訪問と、フェニアンによるロンドンの爆破運動の終結が重なる時期。そしてグリニッジ爆破事件が起こった一八九四年。さらに、この作品の執筆中で、「反外国人」運動が移民に対する英国の法を変えた一九〇五年一二月から一九〇七年五月までの時期である。この三つの時期を結ぶのは、移民問題と政治的亡命希望者の待遇の問題である。自らが移住者であることと、グリニッジ爆破事件の新聞報道、そして少し後の移民反対運動とがこうしてひそかに結びついているならば、グリニッジ爆破事件の当局による公式見解に対してコンラッドが懐疑的であったとしても、説明がつくだろう。フォードは、回顧録『あれはナイチンゲールだった』（一九三四）で彼なりにこの時期を描写している。この作品で彼は、ドイツにおけるナチの政権獲得を背景にして執筆しながら、

「ロシアのポグロム（ユダヤ人の虐殺）を逃れた何百というユダヤ人亡命者たち」がティルベリー（ロンドンの外港）に到着するのを目撃し、「イングランドの最も輝かしい記憶」を思い出してこう述べている――「イングランドに他の国々と肩を並べる資格を与えてきたのは、政治的亡命者や殉教者だった」[26]。

# 第八章▼裏切りと神経衰弱

「不誠実だという非難は、決して軽々しく口にすべきではない」(『個人的記録』p. 35)

一八九九年三月ポーランドの哲学者で作家のヴィンツェンティ・ルトスワフスキはポーランドの週刊誌『クライ』(一二号、一八九九年三月二六日)に「才能の流出」という記事を発表した。その中で彼は、才能あるポーランド人、つまり、「科学者、古典文学研究者、芸術家、作家といった有能な人々」には、自国では手に入らない機会を利用するために「移住して外国で働く権利」がある。したがって、そういう人々を「不実」だと言って責めるべきではない、という議論を展開した。[1] 彼は、持論を裏づけるために一例を挙げている。ジョウゼフ・コンラッドだ。ルトスワフスキは一八九七年にコンラッド宅を短時間訪問したことがあるが、コンラッドの状況について不正確で誤解を招くような描写をしている。コンラッドは「イングランド文学において卓越した位置」を占め、「ロンドンに近い田舎の邸宅」[2] に住んでいると表現したのだ。(実際のところ、コンラッドは批評家の間では評価されていたが、大衆的人気を博しているとは少しも言えなかった。それに、彼の「田舎の邸宅」、つまり、「アイヴィ・ウォールズ」というじめじめした農場の家屋はイングランドで彼が住んだすべての家と同じように賃貸だった。ルトスワフスキは、こうした誤ったイメージを根拠にして、他のポーランド人もコンラッドの例に倣って移住し、英語で執筆するよう奨励した。編集者たちは、『クライ』(「国」の意)の同じ号にタデウシュ・ジュク゠スカルシェフスキによる反論を掲載し、翌月には同じ見出しで二つ目の記事を発表した(一六号、一八九九年四月二三日)。その筆者は、自由主義の大義に傾倒し、ロシア政府からグロドノ(現ベラルーシのフロドナ)という地方都市での生活を強いられていた著名な小説家にして随筆家のエリザ・オジェシュコヴァだった。[3] 彼女はルトスワフスキの議論に強く反対した。彼女にとって、ポーランドに留まって祖国の文化的生活に貢献することは、「最も有能な者にとっても最も能力に恵まれない者にとっても」義務だった。コンラッドに関しては、「実入りのいい大衆小説を英語で執筆するこの紳士のせいで神経衰弱になりそうだった」と述べている。[4] ルトスワフスキの議論をきっかけにして、彼女はコンラッドを、金銭のために祖国と自らの言語を裏切った恥知らずな出世第一主義者と称した。

ズヂスワフ・ナイデルが言うように、この議論の知らせはすぐにコンラッドの耳に届いた。おそらくルトスワフスキが記事を何部かコンラッドに送ったのだろう。確かにコンラッドは、一九〇一年二月一四日に、クラクフのヤギェウォ図書館の管理人で同名のユゼフ・コジェニョフスキに宛てて次のように書き送っている――「それにどうか次のように補足させてください（というのも、いまだに私についてあれやこれや噂をお耳にするでしょうから）、私は成功するために私の国籍やあなたと同じ名前を否定したことは決してありません」（*CLII* 322-23）。間違いなくコンラッドはオジェシュコヴァの記事に深く傷ついていた。彼女の非難を考えると皮肉なことだが、コンラッドにとって今すぐ必要なのはお金だった。『ロード・ジム』の売り上げでブラックウッドからの前借り金を返済することができなかったので、五年の融資の担保として二つの生命保険に加入し、抱えていた借金のいくらかを清算しようとした。一九〇一年、今度は『相続人』も期待したほど売れず、コンラッドはフォードからの借金を完済するために、再び生命保険と引き換えに融資を受けた。ナイデルが記録している通り、一九〇一年の間コンラッドは六五〇ポンド以上もの額を（主に借金で）工面し、そのことによって高所得者の仲間入りを果たしたが、その大部分は借金の利息の支払いに充てられた。一方で、ヴィクトリア朝の社会規範に従って、社会的地位を失わないようにするためにある程度の生活水準を維持する必要があった。[5] こうして借金したにもかかわらず、一九〇一年と一九〇二年の間に何度も無一文になったことがあった。[6]

のちに『海の鏡』となるエッセイの執筆が始まったのは、こういう状況を抱えている時だった。一九〇二年一月に、ブラックウッドの文芸顧問だったデイヴィッド・メルドラムに宛てた手紙の中でコンラッドは、「船と船長と多少の冒険についての何か自伝的なもの」（*CLII* 368）を書くつもりだと言っている。しかしながら、大衆読者層向けのこの一連のエッセイを出版することができたのは一九〇四年から一九〇五年になってからのことだった。そこにはフォードの助けがあった。彼がコンラッドの口述を書き取ったのだ（これらのエッセイは『デイリー・メール』誌やさまざまな一般誌に発表されたが、海洋物語の作家というコンラッドに対する世間のイメージと合致しており、そのイメージを利用すると同時に強化してもいた。ただし、コンラッドは内心そのようなイメージから脱却したくてたまらなかった）。

『個人的記録』に収められたのちのエッセイは、かなり違った起源と読者層を持っていた。それらはもともと、一九〇八年九月にフォードの新しい文芸誌『イングリッシュ・レヴュー』に寄稿するためのエッセイとして書かれた。コンラッドは、この雑誌に「ごく個人的な自伝的エッセイ」（*CLIV* 125）を何本か執筆するつもりだった。さらに重要なことに、これらのエッセイによって、「ポーランド的生をイングランドの文学に入り込ませ」（*CLIV* 138）ようと意図していた。オジェシュコヴァの批判と、その少し後のロバート・リンド[(7)]（一九〇八年八月の『六つの物語』の書評でコンラッドを「国も母語も持たない」「宿無し」と称した）による批判に苦しめられたコンラッドがこれらの自伝的エッセイを書いた目的は、船乗りとしての人生と作家としての人生の連続性を主張するためであり、ポーランドから逃げ出したという非難には反論し、ポーランドと英国の両方に対して自分が「複雑な忠誠心」を持っていることを主張するためだった（*CLIV* 107-08）。

一九〇七年一二月、コンラッドはポーランド的過去との対決をすでに始めていた。[8] 五十歳の誕生日の翌日、ピンカーに宛てた手紙の中で彼は、「自らの爆弾で吹き飛ばされる革命家について」の短編で、『六つの物語』に収められる予定のもう一つのアナキストの物語「ラズーモフ」の執筆を開始したことに触れている（*CLIII* 513）。ひと月経つとこの物語の構想はさらに膨らんだ。ピンカーに宛てた一月七日の手紙には、「ラズーモフ」は「まさにロシア的なものの真髄」に対峙する試みだと書いているが、同時にこの物語が（すでに「ガスパール・ルイス」と「決闘」が収録されている）『六つの物語』という短編集に収めるには長すぎるものになるかもしれないと予想している。またジョン・ゴルズワージー宛ての手紙には、のちに『西欧の目の下に』となるこの物語の筋の概略をこうつけ加えている。「最初の展開」の舞台はサンクトペテルブルクで、ラズーモフはハルディンを裏切って帝政ロシア当局に引き渡す。第二の舞台はジュネーヴで、ラズーモフはハルディンの妹と恋に落ちる（*CLIV* 9）。以後二年に渡ってコンラッドは、技巧的にも精神的にも試練となる小説と格闘するのだが、一方ピンカーは彼が締め切りを守らないことに徐々に苛立ちを募らせていた。この二年の間にコンラッドは、フォードが『イングリッシュ・レヴュー』の創刊号を編集する作業を手伝い、ルートンのサマリーから、ハイズのそばのオールディントンにある肉屋の上階の小さい部屋が四つあるフラットに引っ越し、ヴァイオレット・ハントとの情事に起因するフォードの結婚生活における乱気流のような感情の動揺にも巻き込まれた。そして、自分自身は痛風、うつ、不安を含むさまざまな健康上の問題と戦った。

コンラッドはゴルズワージー宛ての手紙の中で『西欧の目の下に』の出発点となる「政治的犯罪」に言及している。一九〇四年七月一五日に起こったロシアの内務大臣ド・プレーヴェの暗殺である。ド・プレーヴェは、検閲や監視を含むロシアの国内政策全般の責任者であり、ロシア皇帝の指折りの大臣だった。彼の暗殺は皇帝にとって大きな損失を意味したが、同時にそれは、一九〇四年に日露戦争でロシアが日本に敗北したことと相まって、ロシアの政治的雰囲気の転換点となった。そうすると、コンラッドがピンカーに言ったように、『西欧の目の下に』は明らかにロシアの同時代的な出来事を扱う作品として構想されていた、ということになる（これは非常に重要な時期だったので、コンラッドの全集が出版される頃には、ロシアの出来事次第では『西欧の目の下に』は「過去を扱う一種の歴史小説」[9]にされてしまいかねなかった）。ところが、同じ手紙の中でコンラッドは、この小説は自分に「長い間取りついて離れなかった」（*CLIV* 14）主題に取り組んだ作品だとも記述している。ジョルジュ・ジャン＝オーブリ[10]によれば、当時コンラッドはジュネーヴに滞在した。この滞在はそこを初めて訪問した一八九五年に「見知らぬ人と交わした何気ない会話」を彼に思い出させた。それが「ラズーモフ」着想のきっかけだった。[11]しかし、「取りついて離れなかった」（'haunted'）という言葉の使用は、ふと蘇った記憶以上の何かを暗示している。一九〇七年一〇月、「ラズーモフ」を書き始める直前、コンラッドはロバート・カニンガム・グレアムに宛てた手紙の中で、記憶とともに生きるという「酷な仕事」や「二重生活」に言及している。「そのうちの一つは亡霊に囲まれていて年月が経つにつれて次第に尊いものになっていく」(*CLIII* 491)。「ラズーモフ」で計画していた「ロシア的性格の読解」に着手するならば、コンラッドはどうしても「自分自身の「二重生活」の奥底まで探りを入れてそれを再読し、ポーランドの遺産と向き合わ」ねばならないはずだ。[12]

『西欧の目の下に』の第一部の語り手は、ロシア生まれの英国人でジュネーヴ在住の語学教師である。彼はラズーモフの日記を所有しているが、単にその日記を翻訳しているだけではない。彼は、ラズーモフが私生児であること、教授になってアイデンティティを確立するという計画を立てていること、暗殺後にハルディンがラズーモフの部屋にやって来たことでその計画がとん挫したことを自分の言葉で語る。こうしてコンラッドは、一八九五年に『姉妹』で失敗に終わって以来久しぶりに東欧について書こうとしたのだった。英国人の「西欧の目」は、コンラッドが自身の文化的過去に取り組む際に、フィルターと必要な距離を提供する。サンクトペテルブルクは父が大学に通った場所だったが、コンラッド自身はそこを訪れたことは一度もなかった。コンラッドのサンクトペテルブルクはドストエフスキーのサンクトペテルブルクであり、『西欧の目の下に』は『罪と罰』を世俗的に書き直したものとして見ることができるだろうが、ここでの「罪」とはラスコルニコフが金貸しを殺したことではなく、ラズーモフがハルディンを裏切ってロシア帝国当局に引き渡したことを指す。語りは、学生革命家、ロシア帝国の密告者や秘密諜報機関の世界を巧みに創造している。

そして、語り手は知識や技巧を持ち合わせていないと言っているにもかかわらず、ロシア帝国の圧制の雰囲気や全体主義社会で生きることの重圧を見事に喚起している。

この小説の第二部で、舞台は暗殺からしばらく経った時期のジュネーヴにいつのまにか移っている。ポール・キャシュナーが示したように、コンラッドはジュネーヴを細かいところまでよく知っており、『シークレット・エージェント』のロンドンでそうだったように、地理的に正確な語りを生み出している。[13] しかしながら、『西欧の目の下に』の時間順序の操作や複雑な語りの状況は、『シークレット・エージェント』の超然とした語り手がいれば作者が直面せずに済んだ難問を突きつける。ラズーモフがジュネーヴに移動すると語学教師と接触することになるので、ここでコンラッドが直面する技巧上の問題は、ラズーモフの日記を読んで語り手が知ったことと、語り手が直接彼に会って抱く印象を区別しなければならないということだ。これをさらに複雑にしているのは、語り手がハルディンの妹に寄せる好意である。そのために、ラズーモフと直接会う時も彼を描写する時も語り手の反応は歪んでしまっている。コンラッドは、こうした二重の時間と語り手の先入観を扱う上での技巧の問題ばかりでなく、自分の両親の政治観と向き合う上での心理的な困難にも直面した。エッセイ「専制政治と戦争」と『シークレット・エージェント』でコンラッドは、(控えめではあるものの) 表向きには両親に同調して反ロシア帝国の立場を取っていたが、『西欧の目の下に』では両親の革命的な政治活動に真正面から対立せねばならなかった。さらに、キャラバインが言うように、ラズーモフの物語は裏切りの物語であり、裏切りの後には「弁明し、告白するかあるいは理解され」ねばならないということを語っている。そして、ここには明らかに当時のコンラッドの状況がこだまのように反響している。[14]

したがって、一旦「最初の展開」を書き終えて筋をジュネーヴに移したとたんに執筆の速度が落ちたことはおそらく当然なのかもしれない。確かに、キャラバインが示しているように、一九〇八年の春から夏にかけて小説の構想は大きく見直された。しかしながら、コンラッドは、八月にフォードを訪問した結果、「この小説（「ラズーモフ」）を長期間しっかりと掴んで手放さない」（*CLIV* 112-13）という約束を反故にして、代わりに『イングリッシュ・レヴュー』の立ち上げと回想録の最初の部分の執筆に取りかかった。

最初の三つの回想は、九月から一一月初めの間に書かれたもので、家族の思い出を綴り、逃亡という問題を持ち出している。第一回目の連載は、『オールメイヤーの阿房宮』の執筆に関する記述で始まる。その記述はこの第一作の執筆と、船員として乗り組んだ最後の船がルーアンで足止めされ波止場に横付けした時の経験の間を縫うように進み、船乗りから作家への転身を示したり（ぼかしたり）している。その結びの部分では、一八九三年にウクライナの伯父を訪ねた際に『オールメイヤーの阿房宮』の原稿がコンラッドの旅に同行した様子が記述されている。この逸話を前置きとして、二回目の連載はコンラッドの家庭環境の記述を持ち出している。そこに含まれているのは、「最も賢明で、最も信念が固く、最も寛大な後見人」（*APR* 31）である伯父への感謝、「ポーランド女性の鑑」（*APR* 29）だったという、伯父の記憶の中の母、大おじニコラス・ボブロフスキの物語、ポーランド独立のためにニコラスが払った犠牲の記述である。二回目の連載はまた、ポーランドを「捨てて」船乗りになった、という責めに真っ向から反論し、その責めに結果として伴う「不誠実という非難」（*APR* 35）の問題に取り組もうとする。船乗りになるという空想的な選択の外枠の物語として、愛国的義務を遂行するニコラス・ボブロフスキの輝かしい人生の物語が語られ、「オーストリア領ガリツィアの人里離れた小さな町で」（*APR* 45）医者としての職務につく、コンラッドの家庭教師の尊敬に値する人生も、ニコラスとはまた別の行動のお手本としてより簡潔に述べられている。[(15)] 第三回目の連載は、再びニコラス・ボブロフスキを取り上げ、ポーランド史のひとつの時代を体現する人物としてこう述べている。大おじについての初期の思い出は、「ポーランドが最後に分割された時（一七九五年）の出来事に影響を受けていたのかもしれない」。しかも、大おじは長生きしすぎたために「一八六三年の最後の武装蜂起で辛酸を舐める羽目に陥った」（*APR* 56）。このように、ニコラスの物語は、「祖国独立という空しい期待」（*APR* 46）に捧げられた人生の物語である。第三回の連載は、コンラッド自身の人格形成期の経験にも触れている。その経験とはまさに、父が非常に重要な役割を担った一八六三年蜂起の失敗である。[(16)]

こうして回想録で一族の歴史を正面から取り上げたことは、『西欧の目の下に』という小説でひそかに一族の歴史に向き合う上で役立った。キャラバインが示しているように、ポーランドの「熱狂的な愛国者」や「忠実な精神の持ち主」[17]に関する親族ならではのこうした知識をもとに、コンラッドはこの小説で革命家たちの「自由への渇望」に取り組んでいる。それと同時に、初めの三回分の回想録を書き上げてから一九〇八年末に『西欧の目の下に』の執筆に戻った時、「ありとあらゆる人間的な事象に対する敬虔な精神」（*APR* 25）に到達したようだ。彼によれば、その精神が、「想像力を働かせつつ正確に嘘偽りのない思い出を言葉にする」ことを是認する（122）、という。このような普遍的な視野に立つことによって、題材が「歴史的かつ遺伝的に」押しつけてくる（と彼には思える）、彼の言う「慎重で公平な調子」を維持するための「超然とした態度」が手に入る（*UWE* viii）。関わることと、望ましい距離を置くことの間の緊張関係が生む力を原動力としてこの小説は創造されたのである。

しかしながら、キャラバインが示すように、再び『西欧の目の下に』に取りかかることによってコンラッドは必然的に両親及びその厄介な遺産とのさらなる対話を余儀なくされる。まず父のポーランド・メシアニズム[18]的な政治観と自分との深い心痛を伴う関係性と向き合わねばならなかった。そして、この問題に取り組む手立てとして、この小説ではドストエフスキーを暗に批判したのだった。キャラバインが論じるように、「ポーランドへの忠誠と、自らの作品及びポーランドの遺産が西欧に起源を持つことをはっきりと示すために、コンラッドがロシア的かつドストエフスキー的なものだと言っているのは、(心の底では)嫌悪していた父のポーランド・ロマン派的なナショナリズムの、まさにあのキリスト論的にして神秘的でメシア的かつスラブ的側面である」[20]。キャラバインが示唆する通り、この場合「ハルディンに対するラズーモフの裏切りが実演しているのは、ハルディンのように父が命を捧げた価値観を捨てたことに対する、コンラッドのこの上なくうしろめたい気持ちだ」ということになる。[21]このうしろめたさの根底にあるのは、父親のいない主人公に対するコンラッドの同情的な一体感や、革命家たちに対するこの作品の同調の姿勢である。重要なのは、ラズーモフを苛む罪悪感はテロ攻撃の犯人を当局に密告した結果生じているということであり、彼が専制の代理人とではなく革命家たちと最終的には和解するということである。実際、この小説の第一部は専制との和解が不可能である理由をはっきりさせている。ハルディンがラズーモフの部屋に現われたというまさにその事実によってラズーモフは容疑者となり、不当な扱いを受けるのだ。同様に、「野蛮な専制政治」に処刑される「忠実な役人」ミクーリン顧問官[22]の運命そのものが、忠実な部下だった者たちにとってさえ、専制君主の下での生活が不安定であるというメッセージを伝えている(*UWE* 305, 306)。

次に、ナターリア・ハルディンの性格描写を発展させていく際に、コンラッドは母の記憶、しかもとりわけ暴動を煽動する政治活動への母の関与という問題とも折り合いをつけねばならなかった。キャラバインは、執筆の過程でのナターリアという登場人物の着想と展開を順に追うことによって、コンラッドがどのようにして彼女を抜け目がなく聡明な政治談議の相手から、理想化された女性像へと縮小したのかを明らかにしている。ラズーモフの日記は、ナターリアをドストエフスキー的な罪と贖いの語りにおける「真実」と「光」の寓話的人物にしてしまっている。語学教師は語学教師で、自らの語りの中でナターリアを（この物語の最初の構想でそうだった通り）ラズーモフの復讐、あるいはピーター・イワノヴィッチの欲望の潜在的犠牲者として、または政治的背景おいて考慮すべき事柄から切り離された自己犠牲と「奉仕」（*UWE* 378）の人生を送る者として位置づけている。中でも、執筆の過程でより複雑になる可能性を秘めていたナターリアは、将来いつか訪れる「和合」を理想とする信念の単なる伝達手段となっており、この理想は依然として「実体のない」信念のままである（*UWE* 106）。というのも、原稿を改訂している間にコンラッドは、ブルジョワ的議会制を軽蔑するナターリアの批判や、彼女の兄ハルディンの大臣暗殺に理解を示し支持する部分を削除したからだ。(23)

コンラッドの母も、回想録の中で同じような過程を経て変化した。彼女ははっきりと「ポーランド女性の鑑」、つまり、「妻、母、そして愛国者としての最も高邁な義務の観念を体現した」（*APR* 29）女性として描写されている。これは、おそらくコンラッドが伯父の回想録に見出した母のイメージだろう。だが、これに先立つ記述では、これよりずっと不快な人物像が提示されている。コンラッドの母は、「平和と満ち足りた雰囲気を周囲に作り出したであろう」彼女の妹よりも「気難しい性質」で、母の父は、娘とコンラッドの父との婚約に反対だった。それに、彼女の父の死後も依然として二人の結婚に反対する声がある中で、「母は、安らぎを人に与えることはなかった。自分自身がそれを感じていなかったからだ」（*APR* 28-29）。すでに見た通り、コンラッドの母は自らの意志で「夫と流刑生活」（*APR* 29）を共にしたのであって、父の政治観が母の死期を早めた、という考えを伯父のタデウシュに吹き込まれてコンラッドは育った。コンラッドが母の書簡を読むことができたのはずいぶん後になってからだった。その書簡は、母のまた別の一面を窺わせるものだった。[24] 母のそうした側面は、おそらく別の登場人物に垣間見ることができるだろう。それは、一九〇九年九月にコンラッドが小説に登場させた革命家ソフィア・アントノヴナという見事な人物である。[25]

健康状態の悪化にもかかわらず、コンラッドは一九〇九年の一〇月から一一月にかけて『西欧の目の下に』に集中的に取り組んだ。一一月一五日には友人の画家ウィリアム・ローゼンシュタインに宛てた手紙の中で、「この一年半は地獄のようだったが、そこからちょうど抜け出したばかりだ」（*CLIV* 290）と綴っている。その後一二月には『西欧の目の下に』を中断し、入院していたメイドのネリー・ライオンズの医療費を払うために資金を工面しようとして「秘密の共有者」を執筆する。これは、コンラッドが船長としての初仕事について書いた二つの物語のうちの最初の短編である（もう一方は『陰影線』で、一九一五年に書かれた）。

「秘密の共有者」のもとになっているのは、紅茶を輸送する快速帆船《ティー・クリッパー》カティ・サーク号上で一八八〇年九月に起こった事件である。それは、コンラッドが初めて船長としてオタゴ号を指揮する八年前のことだった。この物語の語り手は若い船長である。コンラッド本人と同じように、彼は前任の船長の死後シャム湾（現在のタイランド湾）入り口で凪のために停泊している船の指揮を執る。物語は、若い船長の孤独感、乗組員から不信を買っているという意識、真価をためされるような経験になりそうだという予感、どうやって船長としての責任を果たし、「誰もが一人でひそかに考えている自分というものの理想の姿に」（*TLS* 94）どこまで忠実でいられるのか、という不安で始まる。船長の最初の試練は、セフォーラ号の航海士レガットの予期せぬ到来である。この男はハリケーンのさなかに一時の感情に流されて船員を殺したあと逃亡したのだった。レガットは、ハルディンがラズーモフの部屋に到来したことで生じる問題と同じような問題を船長に突きつける。つまり、法に従い逃亡者を引き渡すのか、あるいは、その見知らぬ人物が体現する訴えに応えるのかという問題だ。「秘密の共有者」で語り手はこの逃亡者に共感の絆を感じると主張する。語り手自身（やロード・ジム）と同じように、その男はコンウェイ号[26]で訓練を受けていた。この共感に導かれて船長は、殺人に付随する道徳的責任を曖昧にしてしまう。しかしながら、コンラッドが特に焦点を当てているのは、レガットを船室に匿うという船長の判断の法的あるいは道徳的側面ではなくむしろ、分身としてのレガットに対する船長の一体感が持つ心理的意味合いである。語り手を信頼できないであろうこと（と彼が精神的に不安定である可能性さえあること）は、この心理的意味合いをいっそう複雑にしている。結果的に、若い船長の通過儀礼の語りは、豊かな曖昧さを湛えることとなり、物語の結末で彼は、自らが「分身」（*TLS* 136）と呼ぶ人物との関係を通して、「自分が最初に操縦する船と……完全な一体感」（*TLS* 143）を手に入れたと断言する。

コンラッドは、ほんの一週間ほどで「秘密の共有者」を書き上げ、一二月の半ばに『西欧の目の下に』の「ひどい道徳的重圧」（*CLIV* 299）を伴う最終部の執筆に再び取りかかった。ボリスの学費を支払うためにゴルズワージーに借金せねばならず、放置されていた二つの小説『チャンス』と『救助』も気がかりだった。自分の甲斐性のなさ、ピンカーからの膨大な額の借金に、一家で住んでいるオールディントンのフラットの窮屈さが重なって、コンラッドは「世間的な見方からすれば落伍者」（*CLIV* 300）のような気がしていた。コンラッドが再び『西欧の目の下に』を中断したことにピンカーが腹を立て、二週間以内にそれを完成させるよう強要しても、状況は変わらなかった。半日働き通しの状態で二年間休暇を取っていないと思っていたコンラッドは、この代理人の態度に憤慨した。一九一〇年一月末、インフルエンザから回復すると、かなり苛立っていたコンラッドが『西欧の目の下に』の原稿をピンカーに渡す。その後コンラッドとピンカーは、ピンカーの事務所で激しく口論した挙句二年間交流を断つことになった。コンラッドを特に傷つけたのは、彼には「英語が話せない」（*CLIV* 334）という代理人の言葉だった。帰宅したコンラッドは精神的にも肉体的にも完全に衰弱しきっていた。ジェシーがブラックウッド社のデイヴィッド・メルドラムに報告したところによれば、コンラッドはその状態で『西欧の目の下に』の「場面に紛れ込んだように」「登場人物たちと」会話をしていたという。ジェシーがのちに回想録に記しているように、熱に浮かされた夫は「ずっとポーランド語で話していた」というのが本当ならば、それは、コンラッドのロシア小説の根底にポーランドがあることをさらに証明していることになる。(27) そこに見えるのは、ポーランド的過去にも、自らが生み出した虚構にも取り憑かれたコンラッドという人間の姿である。

# 第九章▼ポーランド再訪

「諦念は無関心ではない」(*APR xv*)

三か月間寝たきりのコンラッドであったが、一九一〇年五月には神経衰弱の状態から徐々に回復し始めた。ジョン・ゴルズワージー宛ての手紙において、彼は「この世に復帰しつつある」と知らせている。もっとも、この発言はすぐに、こう修正された――「ちょっとした地獄から抜け出したかと思えばまた地獄に落ちるようなものだ」。コンラッドは一週間前に『西欧の目の下に』の校訂を終えていたが、「時間のかかる仕事をこなすだけの体力はなかった」。ゴルズワージーに宛てたこの手紙ですら「十分でさっと」書いたもので(*CLIV 329*)、回復にはあと数か月かかった。六月に一家はオールディントンからアシュフォードのそばのオールストンにある堀に囲まれた一六世紀の大邸宅《マナー・ハウス》カペル・ハウスに引っ越した。ジェシーが先に行って陣取り、コンラッドはあとから移り住んだ。この数か月間コンラッドは『デイリー・メール』誌に書評を四本書いたが、それは楽しい仕

ケント州オールストンのカペル・ハウス邸
1910年から1919年までコンラッドはここに住んだ。

事ではなかった。しかも、気晴らしのために小説執筆から離れることを代理人ピンカーは嫌がった。体調も依然として悪かった。六月には「あまり歩けない」だとか、精神状態が「不安定」だと訴えている（*CLIV* 342）。もう来客を受け入れることはできたが、六月末に大親友の紀行作家ノーマン・ダグラスには、「地獄から蘇った人間のような気がするよ」（*CLIV* 28）と言っている。

八月に政府がコンラッドに百ポンドの永続的王室年金を授与すると、財政難はいくらか緩和された。[1] さらに、年末までに、「運命の微笑」、「パートナー」、「ローマン公」の三つの物語を書き上げていた。「運命の微笑」は若い船長の物語で、オタゴ号の船長としての一八八八年のモーリシャスでの経験を大まかに基にしており、明らかに「秘密の共有者」と同じような創作スタイルで書かれている。もっとも、性的欲望とジャガイモの売買に関するこの皮肉な物語は、「秘密の共有者」の心理的緊張感よりは、どこかモーパッサンの物語のようなところがある。「パートナー」は、海事に関する詐欺の物語であるが、同時に、物語の素材が「雑誌読者の消費」用に「調理」される「過程」に意識的に自己言及している（*WT* 128）。『個人的記録』のために用意された素材から生まれた「ローマン公」は、ローマン・サングシュコの愛国心を称えている。コンラッドはまた、一九〇九年九月にカール・マリス船長から受けた訪問に触発されたもう一つの物語「七つの島のフレヤ」にも着手した。その訪問は東南アジアで過ごした時の記憶を蘇らせたのだった。マレー群島における英国の商人とオランダの植民地支配を背景に展開する、愛と嫉妬のこのメロドラマ的な物語は、コスタ・リカ号の真実を基にしている（*CLIV* 469）。「フレヤ」は一九一一年二月に完成した。[2]

神経衰弱を発症したのち、コンラッドはさまざまな「落とした玉の緒（いのち）」（*CLIV* 351）を拾い集めながら立ち直ろうとして努力した。しかし以後十八か月に渡って、多作な時期と一行も書けないような長い「冷めたうつろな」（*CLIV* 414）期間とが交互に訪れた。これは、『シークレット・エージェント』や『西欧の目の下に』を書いた頃の楽天的な気分とは対照的だった。その当時コンラッドはピンカーに宛てた手紙の中で、手がけている作品の出来に対する自信を繰り返し表明していた。こうして何も書けない時期、彼は「まったく何もする気が起こらない無気力のどん底」に沈むような気がした（*CLIV* 407）。一九一四年一月には、「ほとんどもういい、自殺してやる」という「心理状態」（*CLIV* 407）だと記述している。一〇月にはフォードに宛てて、「話すことも書くこともできなくて、自分に猛烈に腹を立てて過ごしているよ」（*CLIV* 485）と漏らしている。ジェシーの膝は絶えず心配の種で、下腿《かたい》切断の必要性も浮上していた。

それにもかかわらず、コンラッドはこの期間ずっと『チャンス』を執筆し続け、一九一二年三月に完成させている。(3) これはコンラッドがマーロウを語り手として登場させた最後の作品であるが、今回のマーロウは、自らの体験の意味を探ろうとするあのマーロウではなく、自分もほとんど知らない二人の人物についての語りを遂行するマーロウである。しかも、以前の登場の仕方とは対照的に、今回の語りの行為は、しばしば意地の悪いユーモアを表現する手段になっている。コンラッドは一九一二年四月、またも、うつ病、神経痛、不眠症といった病でしばらく臥せった後、短編「ドル」に着手する。一〇月までに（この時には仲直りしていた）ピンカーにこの短編が膨らんで長編になってしまったことをしぶしぶ認めているが、同じことはこれまでもよくあった。一九一三年二月までには、『チャンス』はもうすぐ完成すると言いながら、同時に過去一年間にわたって「書く量が減った」ことの埋め合わせとして「本物のドルの物語」（短編「ドルのために」）を書くと約束している（*CLV* 181）。結局「ドルのために」は、一九一四年一月になってやっと完成した。一方で、長編『勝利』の執筆も、『チャンス』の単行本化のための改訂作業と、また別の物語「マラタ島の農園主」の執筆で中断された。[4]『勝利』は一九一四年六月に完成したが、七月中に改訂と書き直しをいくらか行なった。[5]

神経衰弱の状態から回復すると、コンラッドの周りの状況はすっかり変化していた。フォードとは絶交し、ピンカーとは仲違いしていた（以後二年間この代理人との関係は儀礼的なものにとどまっており、コンラッドからのすべての書簡の宛名は「拝啓《ディア・サー》」だった）。ゴルズワージー、エドワード・ガーネット、数学者アーサー・マーウッドからの援助は引き続き受けた。マーウッドとはフォードを通して出会い、ケントでの隣人だった[6]（ヨークシャーに土地を所有する家系で博学なマーウッドは、のちにフォードの『パレードの終わり』のクリストファー・ティージェンスのモデルとなった）。さらに一九一二年以降、コンラッドは新しい友人や取り巻きを手に入れる。これらの支援者の中で最も重要だったのは、ジャーナリストのリチャード・カールで、彼はのちにコンラッドの遺作管理者となった。コンラッドが加わったのは、ジャーナリストのパーシヴァル・ギボン、作家のスティーヴン・レノルズ、ノーマン・ダグラスに詩人のエドワード・トマスを含む若者たちの集団だった。そこには新たに女性の友人もいた。例えば、アメリカ人の詩人で翻訳家のアグネス・トービンである。トービンはオールストンのそばに住んでおり、そこで詩人かつ批評家のアーサー・サイモンズの世話をしていた。コンラッドはサイモンズからトービンを紹介されていた。サイモンズはサイモ

1912年のユゼフ・レティンゲル

ンズで一九〇八年に神経衰弱を患い、「麻痺性痴呆」と診断されてブルック・ハウスという私営の精神病院に収容されていた。トービンとオーガスタス・ジョンを引き合わせたのは、ニューヨークの弁護士で収集家のジョン・クィンだったが、二人は進んでサイモンズを散歩に連れ出すようにしていた。[7] 一九一一年七月サイモンズとトービンは、アンドレ・ジッドとヴァレリー・ラルボー[8]を連れてカペル・ハウスを訪れた。この訪問を機にフランスの主要文芸雑誌『新フランス評論』を中心とする作家の集団とコンラッドの交流が始まった。この時期のもう一人の重要な訪問者は、若いポーランド人ユゼフ・レティンゲルで、彼がカペル・ハウスを訪れたのは一九一二年一一月だった。

レティンゲルの父親は、クラクフの著名な弁護士にして市議会議員であるばかりでなく、劇作家で翻訳家でもあったが、一八六三年の蜂起の戦士だった。父を早く亡くした後、レティンゲルの後見人は、ポーランド独立運動の積極的な支持者でヨーロッパ貴族の君主制主義者の伝統を受け継ぐウワディスワフ・ザモイスキ伯爵だった。コンラッドと出会った時レティンゲルは二十四歳で、ソルボンヌ大学で博士号を取得し、自らクラクフで立ち上げた芸術と文学の月刊誌の編集者をしていた。レティンゲルはロンドンでポーランド独立の大義への支持を集めようとしていた。その目的のために、彼はアランデル・ストリート三番地のグランヴィル・ハウスの一部屋だけの事務所にポーランド事務局を設立した。それはアランデル・ストリート九番地のタルボット・ハウスにあるピンカーの事務所の数軒先だった。また、『ポーランド人とプロイセン』という小冊子をものし、ポーランドープロイセン間の長い歴史を強硬な反ドイツ的立場で説明することによって、ポーランドの民族自決権を主張した。パリにいる間はエリートの政治家及び文人たちときわめて良好な関係を築けていたので、ロンドンでも同じような人脈づくりを始めようとしていたところだった。そこで彼はアーノルド・ベネットを介してコンラッドに紹介されたのだった。

レティンゲルと妻オトーリアはコンラッド一家とすぐに打ち解けて親しくなった。コンラッドは、レティンゲルの政治的任務が成功する可能性には懐疑的だった（「彼の仕事は私には……かなり絶望的なものに思える」［*CLV* 135］）が、この若者の政治に対する情熱を好ましく思っていた。二人のこうした友情から、ポーランドの雑誌が組んだコンラッド唯一の対談が生まれた。それは、マリヤン・ドンブロフスキとの対談で、一九一四年の初めに出版された。(9) 二人の友情から生まれたもう一つの重要な産物は、一八九三年以来久々のポーランド訪問である。オトーリア・レティンゲルの母エミリア・ズブジツカから招待され、クラクフ郊外の屋敷を訪れることになった。コンラッドは一九一四年六月下旬に『勝利』を完成させ、翌月少し改訂すると、計画通り六週間の休暇をポーランドで過ごすために家族そろって出発した。

エッセイ「ポーランド再訪」には、旅に出る前、カールがサラエボでのフランツ・フェルディナント大公暗殺の報道に注意を促していたが、一九〇九年以来久しぶりの休暇計画への期待で興奮していて、それについてはそれ以上考えなかったという記述がある。レティンゲル家とコンラッド家の一行は、七月二五日にハンブルグとベルリンを経由してクラクフに向かった。七月二八日にはオーストリア＝ハンガリー帝国がセルビアに宣戦布告し、八月一日にはドイツがロシアに宣戦布告した。クラクフ観光は、「東ガリツィアのオーストリア軍を増強するためにクラクフを通り過ぎるラントヴェーア部隊の男たち」[10]（*NLL* 157）の出現によって中断された。オーストリア軍が動員されており、ドイツを通り抜けて帰国しようとする場合交戦地帯で立ち往生する危険があった。それを回避するために、コンラッド一家（とオトーリア・レティンゲル）は、計画を変更してザコパネの非武装化地域を目指して南へ向かった（*CLV* 408-09）。そこでならコンラッドのいとこアニエラ・ザゴルスカの家に身を寄せることができるかもしれないからだ。コンラッドにとってクラクフでの戦争の下準備は知的刺激に満ちていた。そしてまずは、ザコパネの和やかな生活を楽しんだ。それはカフェで会話をしたり、ボレスワフ・プルスやステファン・ジェロムスキ、スタニスワフ・ヴィスピャンスキ、ヴァーツラフ・シエロシエヴスキといった「若いポーランド」の作家たちによる同時代のポー

コンラッド一家が滞在したザコパネのコンスタンティヌフカ邸

ランド文学の最新情報を取り入れたりする機会だった。しかしながら、囚われの身（「正式には抑留されているわけではなく、単に移動の許可が得られなかっただけだった」［NLL 171］）で精神的に参ってきた上に、持ち金も底をつき、防寒用の衣類もなかったので、すぐにコンラッドの健康状態に影響が出始めた。[11] ピンカー初め、ロンドンやウィーンのアメリカ大使の助けで、コンラッド一家は資金と必要な旅行許可証を手に入れ、クラクフ、ウィーン、ミラノ、ジェノヴァを経由して一一月の初めにイングランドに戻った。彼らは、負傷兵とともにクラクフまでの十八時間に及ぶ列車の旅とクラクフからウィーンまでの十六時間に及ぶ列車の旅に耐えた。

帰国後、コンラッドは痛風や関節炎、さら

に鬱《うつ》で寝込んでいたけれども、一九一四年一二月末には「ポーランド再訪」の初稿を書き終えていた。[12] このエッセイは、過去との邂逅としてこの祖国への旅に焦点を当てている。まずコンラッドはリヴァプール・ストリート（ロンドンで初めて到着した駅）を出発し、英国東海岸（ここから英国商船隊でのキャリアが始まった）から（海路）クラクフにたどり着く。そこで夜間に散歩をしていると、学童時代や父の死と公葬の思い出が蘇る。父に払われた敬意を思い出しながら、コンラッドは父の功績を理解する。「人々はその男の熱烈な忠誠にただ敬意を払うために参列した。その男の人生は、ある信条を言葉と行為で恐れずに告白したものだったが、その心情は、参列者の中でももっとも純粋な心の持主だけが感じ、理解することができた」（*NLL* 169）。だが、同じように胸にこたえる瞬間は、「グレート・ブリテン島のこの小さなかけら」であるケントから出発する際の記述と、「こうしたことすべてが私の心に強く訴えた」という認識である。「私にとってそれは受け継いだものとしてではなく、獲得したものとして大事だった」（*NLL* 48）。「ケントのもっとも平和な片隅」を褒め称えるこうした言葉をしたためている時も、その平和は、英仏海峡を渡って聞こえてくる大砲の音と、時折ロンドンに向かう途中で頭上を通り過ぎるツェッペリン（飛行船）によって日々かき乱されていた。

その間レティンゲルは多忙を極めていた。[13] 彼はポーランド旅行の機会を利用してルヴフを訪れ、そこでガリツィア（現ウクライナ南西部）におけるポーランド政界の指導者の何人かに会った。帰路はウィーン、ベルン（で英国大使と面談）、パリ（でフランスの外務大臣と外務省の役人と面談）に立ち寄った。ロンドンに戻ると、首相のハーバート・アスキスと友情を築き、一九一四年八月には外務省での会合に出席した。一九一五年には合衆国のポーランド人コミュニティを訪問し、一九一六年にはポーランドに戻り、新たに創設された国民中央委員会の会合に出席した。戦時に（ロシアのパスポートで）あれほど何度もうまく国境を横断し、ポーランドを再訪できたということから考えると、レティンゲルの帰属は一体どこにあるのかと疑いたくもなる。彼はフランスでは、ポーランド人コミュニティに対して、フランスを支持するのではなく中立でいるよう求め、アメリカでは表向きはポーランド義勇軍に英国を支援するよう要請し、ポーランドではユゼフ・ピウスツキの仲間と接触しようとしていた。ピウスツキの軍隊は大戦開始以来オーストリアの作戦統制下でロシアに反撃していた。

コンラッドは、一九一六年五月にはレティンゲルを「今では公然と知られた、英・仏政府に通じている例のポーランド人スパイ」（*CLV* 585）と呼ぶようになっていた。一九一六年の初めからレティンゲルは（戦前パリの社交界で知り合った）フランスの政治家ボニ・ド・カステラン侯爵とともに二つの計画に取り組んでいた。オーストリア・連合国間の単独講和の調整と、ポーランド独立の実現である。ド・カステランは、対ロシア防衛策として、カトリックの保護の下で中央ヨーロッパを安定させるためには、オーストリアがきわめて重要だと確信するようになっていた。オーストリアがポーランドをハプスブルク帝国の一部として併合するなら、ポーランドは立憲君主国になる。この目的を達成するために、レティンゲルはアスキス、フランス首相ジョルジュ・クレマンソー、フランスの将軍アンリ・マティアス・バルテロットらと面会を重ね、新聞王ノースクリフ子爵との面会を通して英国の新聞を味方につけようとし、ロンドン、パリ、スイスの間を数カ月間行き来した。一九一六年八月のカールに宛てた手紙の中でコンラッドはこのことに触れ、「レティンゲルは白熱した様子でさまざまな活動を続けている」（*CLV* 638）と述べている。当時秘密情報部に所属していたジャーナリストのクリストファー・サンドマンに宛てた同月のちの手紙では楽観的な調子は消え、レティンゲルは「自分で自分の首を絞めている」のではないかと心配している（*CLV* 646）。

クラクフで父の偉業と向き合ったせいなのか、それとも、ザコパネでポーランドの政治にどっぷり浸かったせいなのか、ポーランドを訪問したことでコンラッドは政治運動に関心を寄せるようになった[14]。ザコパネを出発する前、ポーランド問題に関するメモをテオドル・コシュに預け、ウィーンでは「ポーランド問題をどのようにイングランドで提示するかについて」（*CLV* 416）マリヤン・ビリンスキと議論していた[15]。コシュに宛てた手紙の中でコンラッドは、「影響力のある人々の意思を確認する」ことを約束している。（ポーランド語で書かれた）このメモは、ポーランドの戦後政治の未来像をかなり漠然とした「君主制」として彼が思い描いていたことに触れている。しかし、その大部分が「オーストリアとの親善」を促進する必要性や、それを援助する準備の手段として議員や新聞に働きかけることに割かれている。[16] このメモは「専制と戦争」で表明されているコンラッドの考えと合致しているものの、同時に、オーストリアによる「ポーランド問題」の解決というレティンゲルの策をコンラッドがある程度採用していたことを示している。[17]

一九一六年六月、ポーランドの政治家たちがクラクフに集まって「オーストリアによる解決策」について議論している間、レティンゲルはコンラッドを説得して第二のメモ「ポーランド問題についてのノート」を執筆させ、それを英国外務省に送った。その中でコンラッドは、「新しいポーランド共和国」を樹立するために、ポーランドは「西欧列強」に頼るべきだと主張している（*NLL* 138）。彼は「スラブ的解決策」を拒否している。そんな方法では「ポーランドのアイデンティティの消滅」という事態を招くことになるだろうからだ。さらに彼は、「プロイセンのゲルマン的アイデンティティ」には、ポーランド人なら「ただ憎悪しか」感じない（*NLL* 136）、と書いている。レティンゲルのようにオーストリアを支持する考えの痕跡も残っていないわけではない。例えば、「オーストリア領ポーランドにおいてのみ、ポーランドの国民性は帝国の一要素として認識されていた」という記述で始めたかと思うと今度は、「英仏保護領」、つまり、エジプトにおけるような「二重統治」を「理想的な形の」支援として提案したりしている（*NLL* 138）（先祖代々の君主国への言及は、コンラッドが一九二〇年に発表した版からは削除された）。この「ノート」が認める通り、英仏保護領案はロシアにとって受け入れられるものではない。戦時中ロシアは英仏の同盟国だったからだ。その上、ズヂスワフ・ナイデルが言うように、この提案は「ポーランドで活動する団体の」計画も反映してはいなかった。[18] 八月にコンラッドとレティンゲルは外務省で取り調べを受けたが、当然のことながら、それ以上何の手続きもなされなかった。ただし、役人たちは、コンラッドほどの著名人がレティンゲルの大義を支持していたことに懸念を示した。[19] レティンゲル自身はこの頃にはもう怪しいと見なされていたし、極秘文書によるとオーストリアのスパイだったらしいからだ。

コンラッドが直面していた問題の一つは、英国が当時ポーランドの独立問題に無関心だったということである。英国の外交政策では、「ポーランド問題」はロシアの内政問題と見なされていた。戦争終結時、つまり、一九一八年一一月に社会主義者イグナツィ・ダシンスキがルブリンにポーランド暫定政府を置くことを宣言し、ピウスツキがドイツの刑務所から釈放されポーランド国家の樹立を宣言した時、連合国の指導者たちは快く思わなかった。パリで暫定政府が設置されるのを待っていたからだ。一九一九年二月になってやっと新国家が承認されたが、国境問題の解決は依然としてパリ講和会議を待たねばならなかった。一九一八年一二月にコンラッドは、筆《ペン》による最後の干渉をエッセイ「分割の罪」で決行し、このエッセイを『サタデー・レヴュー』で発表した。このエッセイは、レティンゲルの小冊子『ポーランドとヨーロッパの均衡』（一九一六）に依拠しながら、一四一三年のホロドウォ合同によって誕生したポーランド国家を「極めて自由主義的な連邦主義の特異な例」(*NLL* 120) と呼んでいる。コンラッドの主張によれば、一八世紀末までポーランドは「ヨーロッパ大陸の自由主義的思想の二つの中心」のうちの一つだったのであり、それ故にオーストリア、プロイセン、ロシアの専制君主国によって抑圧され、分割されたのだった。このエッセイにも「ロシアの未開状態」(*NLL* 124) と「ドイツの軍国主義」(*NLL* 125) に対するコンラッドの敵意は健在だが、同時に英仏に対する悲痛な落胆もそこには反映されている。「ほぼ例外なく」西欧の新聞が「ポーランド問題に触れることを拒んだ」(*NLL* 122) ことがコンラッドには不満だった。この文脈で彼は独立国家ポーランドの誕生とそれを生んだ精神を褒め称えている。「ポーランド人は行動しなければならない」(*NLL* 123) というその精神を、彼は先ごろのポーランド訪問の際に見聞きしていたのである。

この時期にコンラッド一家に入り込んだもう一人の若者がいた。アメリカ人のジャーナリスト、ジェイン・アンダーソンである。彼女は新聞王ノースクリフの「秘蔵っ子《プロテジェ》」だった。彼女は一九一六年四月にカペル・ハウスを訪れ、ジェシーによれば、コンラッドに「非常に強い印象」を与えたというが、男性に対して彼女はいつも決まってそうだった。コンラッドの息子ボリスは回想録の中でジェインを「アリゾナから来た魅惑的なご婦人」[20] と呼んでいる。九歳の次男ジョンも、彼女は「きれいで、スタイルもよかった」[21] と記している。カール宛ての書簡の中でコンラッドは、ジェインが一家の「長女」として「養子になりたがって」いたと示唆している。それから、「あの娘にはかなりそそられるね」（*CLV* 637）とつけ加えている。ボリスは一九一五年九月に入隊し、一九一六年一月に部隊とともにフランスへ赴き、その後ソンムの戦いに加わった。カールは南アフリカで病状が回復しつつあった。ジェインは、五月の「マーウッドの死に続く」六月のカールの出発によって「ぽっかりと開いた大きな穴」（*CLV* 637）を埋める手助けをしたようなものだった。一九一六年の夏に神経衰弱状態に陥った彼女は、回復するまでカペル・ハウスで五週間を過ごした。(22)

さらに、一九一六年九月にコンラッドは、海軍の検閲官ダグラス・ブラウンリッグ卿に会い、海軍本部のためにプロパガンダ記事を書くことについて話し合い、海軍基地訪問の計画を立てた。ナイデルが示唆するように、おそらくこれは「ポーランド問題に対する自分の政治的影響力を強化する」ためだったのかもしれないが、コンラッドは後方支援に貢献したくて何か月もの間うずうずしていた。それに彼がどんな活動に取り組んだのかを見れば、英国への強い献身がはっきりとわかる。(23)九月から一〇月にかけてラムズゲートで海軍、ローストフトで対空砲を視察し、ヤーマスの英国海軍飛行場を訪問して海軍複葉機で飛行した後さらにリヴァプールとグラスゴーの海軍基地をまわっている。当時航空機の飛行はまだ始まったばかりだったが、これらの活動で最も危険だったのは、九月に掃海艇ブリガディア号で二日間視察したことと、一一月にQボート（偽装商船）レディ号で一〇日間北海を巡洋したことである。Qボートとは本来おとり船のことである。つまり、それは商船に偽装した武装船であり、その役目は、攻撃して拿捕するためにドイツの潜水艦をおびき寄せて浮上させることである。コンラッドはこの仕事の危険性を（航空機の時と同じように）ジェシーには隠したが、家を出る前に、万一自分が戻らなかった場合の手配をピンカーと整えてもいた。のちのジェシーの記録によると、コンラッドは外国人として引き止められたために、陸に戻った時すんなりとはいかなかったという。ナイデルの指摘では、コンラッドを上陸させたのは掃海艇だったらしく、彼は将校たちを朝食に招いたという。彼らの関心は、警官がホテルを訪問して身元を確認し、帰化証明書の提出を求めることだけだった。[24] ところが実際、夫が戻る日をジェシーがピンカーに問い合わせていた頃、コンラッドはすでに陸に上がっていた。彼は一一月一六日にロンドンのストランド街から横道に入ったところにあるノーフォーク・ホテルに到着したが、一一月二四日まで帰宅しなかった。どうやらこの期間中にコンラッドはしばらくアンダーソンと一緒に過ごしたようである。[25] ボリスは、父の北海洋上飛行とレディ号での巡航に関する詳細をジェインから聞いたと言っている。実際「ジェインはレディ号を指揮するオズボーン中尉やその船の他の将校の何人かと懇意にしているように見えた」[26]という。

コンラッドのプロパガンダ活動からは二つのエッセイが生まれた。複葉機の経験の記述で、一九一七年に出版された「飛行」と、Qボートでの経験をもとにしているがツェッペリンとの交戦の物語の記録でもある「点灯されていない海岸」である。後者は一九一六年一一月に書かれたが、

右からジョウゼフ・コンラッド、ジェシー・コンラッド、
ジェイン・アンダーソンと息子ジョン
（1916 年）

海軍本部に採用されなかった。これらの経験の最も重要な所産は、「実話」という物語で、コンラッドがグラスゴーを訪れてそこの水兵たちと話した後、一九一六年一〇月に一気に書き上げた作品である。外枠の物語は、日暮れ時に男女が部屋にいる様子を描いている。状況ははっきりしないが、どうやら海軍将校が女に恋人になってくれと頼んだがうまくいかなかったようだ。この拒絶の後の気まずい空気の中で、女が話をしてとせがむと、男は英国の戦争犯罪の物語を女に語る。(27) それは、さまざまな不確定要素を内包した物語で、背景となっているのは、「陸上、海上、水中、空中、地下でも進められていた」(*TH* 62) 現代の戦争の恐怖である。この物語からは、当時のコンラッドの活動——とジェイン・アンダーソン——が彼の想像力に衝撃を与えたことがわかる。

一九一七年七月にアンダーソンはフランスに移った。そして、イングランドにおいてそうだったように、そこで影響力のある男性との交友関係を広げた。彼女は少なくとも三つの軍隊の将校たちと懇意にしていた。ボリスは五日間の休暇中にホテル・クリヨンの彼女の部屋を訪れ、自分が彼女に「ひどく惚れ込んでしまった」ことに気づく。(28) 事実ボリスは休暇期間を過ぎて長居したことで愚かにも逮捕されてしまうが、アンダーソンには十分な人脈があったので、裏で糸を引いてボリスの休暇を延長させることができた。さらにややこしいことに、アンダーソンは当時レティンゲルとも関係を持っていたが、二人の関係はレティンゲルの結婚によって終わる。父への手紙でボリスがパリで過ごした時間のことを書いてよこすと、今度はコンラッドがボリスの新たな恋のことでピンカーに手紙を書いて送った。コンラッドの言葉はこうだった——「結局、ボリスがどのみち「ジェイン」のような女性に出会う運命ならば、十九歳でそうなってよかったよ、二十四歳でそうなるよりはね」（*CLVI* 103）。

# 第一〇章▼コンラッドと女たち

「彼［コンラッド］は海の上で暮らしてきましたからね、「洗練された」女性に会ったことがないのですよ(1)」

よく知られているように、トマス・モーザーは、その初期の重要な批評書において、ロマンティックな恋愛はコンラッドの「性に合わない主題(2)」だと述べている。性的な題材はコンラッドにとって禁忌であり、しかも彼は「抑えがたい女性嫌悪(3)」に苦しめられていたというのだ。こうしてコンラッドをミソジニスト（女性嫌い）とする見方が確立された。これは一つにはコンラッドとマーロウが混同されたからであり、またヴィクトリア朝文化が誤解されたからでもあった。マーロウは、ヴィクトリア朝時代の船長という虚構の人物である。「闇の奥」で彼が、女性は「自分で作った世界に住んでいる」（*HOD* 59）と言う時、彼独自の女性への態度を表明しているわけではない。男性と女性は「別々の領域」に住んでいるというのは、ヴィクトリア朝の因習的な考え方だった。しかも、語りのこの時点でマーロウがこうした考えを主張するのは、コンゴ川の蒸気船の仕事を得るためにおばに頼ったことについて、男性の聞き手の前で自己弁護しようとする気持ちの表われである。

晩年コンラッドは自らの「初恋」について二度回想している。すでに見てきたように、『ノストローモ』に付された作者のノートでアントニア・アベジャノスを自身の初恋と結びつけているが、そこで「教室」に言及することによって、彼女をルヴフでの学校時代と結びつけている。しかし、『黄金の矢』の削除されたくだりでは、「初恋」の経験をクリニツァでの「最後の学校の休みの晩夏」にまで遡っており、そこでは別の女性が暗示されている。報われない「初恋」の相手が誰だったのかを同定する作業には、本来修正がつきものなのかもしれない。しかし、こうした記述の食い違いが指し示すのは、コンラッドの惚れっぽい傾向であり、それは、彼の人生の物語の他の部分によって裏書きされている。

一八九三年一二月、コンラッドはある書簡の中で、「生きていこうとするなら、人は落ち着か（結婚して身を固め）ねばならない」（*CLI* 136）と述べており、彼が三十代で多くの女性と真剣に交際したことを示す明らかな証拠がある。例えば、「運命の微笑」は、若い船長が、商人の粗野な娘[(4)]に戸惑いながらも魅了される物語である。この人物に実在のモデルがいようといまいと、一八八八年のモーリシャス訪問中に――この物語はこの経験に着想を得ている――コンラッドがかなり風変わりな若い女性と実際にしばらく親しくしていたことは事実である。それは、ウージェニー・ルヌフという名の二十六歳の女性だった。彼女は「フランスの古い一族」の出身で、その一族の若い女性たちのことは、「運命の微笑」の中の短い挿話において「親切で愛想がよく、だいたい英語も話す」(*TLS* 34)と描写されている。実際ウージェニーは非常に愛想がよかったようで、モーリシャスを去る二日前にコンラッドは彼女の兄を訪れて結婚を申し込んでいる。[5] 彼女がすでに婚約していることを知るとコンラッドはひどく困惑した。数年後の一八九五年五月、『オールメイヤーの阿房宮』出版直後には、二十歳のエミリー・ブリケルという女性と親密な関係になった。彼女はシャンペルで病後療養中に出会った若いフランス人女性である。コンラッドは彼女の歌とピアノの演奏を聞き、二人で文学について語り合い、小旅行を計画したり、彼女にビリヤードを教えたりした。二人は一年間手紙のやり取りをしたが、その後二人の関係は冷めてしまう。おそらく彼女の一家が自分を真剣な求婚者として認めないだろうとコンラッドが感じたからかもしれないし、当時関係を持っていた女性がほかにもいたからかもしれない。

そのうちの一人目は、マルグリット・ポラドフスカである。一八九〇年二月、十六年ぶりにポーランドを訪れた際に、コンラッドはブリュッセルに立ち寄り、具合がよくないと聞いていた、遠縁のアレクサンドル・ポラドフスキを訪問した。数日後そのいとこは亡くなった。そして、先述の通り、コンラッドはこのいとこの未亡人に、彼の言う「深い愛着」(*CLI* 48)を感じるようになっていった。コンラッドがおばと呼ぶマルグリート・ポラドフスカは四十二歳の著名な作家だった。彼女はコン

マルグリット・ポラドフスカ

ラッドにとって文学の上での最初の師であると同時におそらくそれ以上の存在になった。確かに二人は非常に親密な信頼関係を発展させていった。コンゴに向かう旅の途中、コンラッドは彼女に宛てた手紙の中で自分の人生に彼女が「新しい興味、新しい愛情」（*CLI* 55）を与えてくれたことを感謝している。一八九一年二月の帰国の際にはブリュッセルで、その後再び同年五月と六月にはパリで彼女を訪れている。この二月の訪問の後、コンラッドは彼女に宛てて「自分に関心を抱いてくれる人がこの世にいるということ、その人の心が私に開かれていて、その人の存在が私を幸せにしてくれるような人がいること」（*CLI* 70）を知ってうれしいとしたためている。おそらくこうした訪問の結果として、コンラッドの後見人ボブロフスキは一八九一年七月に甥への手紙の中で、「お互いに火遊びをしている」と二人を責めたのだろう。そしてその後のコンラッドの手紙には、気持ちの上で二人が距離を置こうとしている様子がうかがえる。[6] 伯父のボブ

This sketch must have been done
between the years of 1892-1894
They came into my possession
at my marriage in 1896.
Jessie Conrad
コンラッドによるスケッチ（1892年－94年頃）

ロフスキの死後、コンラッドは一八九四年三月と一八九五年三月、シャンペルからの帰路一八九五年五月に再びポラドフスカを訪問している。その後、以後五年間のポラドフスカ宛ての手紙は残っていない。ただし、それらの手紙が紛失したのか隠蔽されたのかははっきりしない。ポラドフスカとコンラッドが一度でも恋人関係にあったとは考えにくいが、彼女がコンラッドに関して嫉妬するようなそぶりを見せたことがあった。一八九三年九月一四日のコンラッドの書簡からは、彼のウクライナ訪問が、ポラドフスカの姪のマリア・オウダコフスカの間近に迫った結婚とたまたま重なっていることを彼女が誤解し、嫉妬のあまり怒りにまかせて返信していることは明らかである。(7)

二人目はジェシー・ジョージである。ジェシーの記述によれば、コンラッドの友人G・F・W・ホープを介して一八九三年に二人は初めて出会った。その後、一年の空白期間を経て一八九四年一一月に、ジェシーが勤めていた市役所に突然コンラッドが現われ、彼女を夕食に誘ったという。(8)二人の交際は一八九五年の間ずっと続いた。そして一八九六年初めにコンラッドは彼女に求婚する。その場所はナショナル・ギャラリーの階段だった。コンラッドは、結婚してイングランドのひどい天候から逃れようと提案したという。(9)「さらに結婚する気を起こさせようとして」彼は、「自分は長生きしない」とか「子供はいらない」と断言したらしい。(10)ほぼ三十年後、コンラッドの死の直後に執筆した回想録において、ジェシーは、「どの点から見ても夫が独身時代と同じくらい自由だと感じる」(11)ようにしようと結婚生活の当初から決意したと述べている。のちの回想録ではこの点が少し修正されている――「まるで結婚指輪のような証となるものなど一切交わさなかったかのように、夫には事実上自由にさせよう」。彼女の主張によると、こうした決意の結果、「最後まで夫の関心と忠誠心を繋ぎとめることができた」[12]という。ジェシーがどういう意味で自由と言っているのか（そしてこの文脈で「忠誠心」とはどういう意味なのか）ははっきりしない。結婚生活の初期に書かれた『ロマンス』の「女性に弱い」既婚者ウィリアム船長の描写において、コンラッドは、「あれだけ何年ものんきに過ごした後で品行方正にふるまうことはほとんど無理だと（船長は）知るべきだった」（*ROM* 320）と記述している。リチャード・カールはコンラッドとのちに交わした会話を記録しているが、その中でコンラッドは、女性は「理想主義者よりも放蕩者《ルエ》（*roué*）と」結婚するほうが「安心」だと断言したという。つまり、「放蕩者《ルエ》はしばしば不誠実かもしれないが必ず戻ってくる。一方理想主義者は……一度出かけたら永久に出かけたきりだろうから」[13]だ。一九一六年にジェシーは、コンラッドとジェイン・アンダーソンの友情についてかなり曖昧な記述をしているが、そこで彼女は自分とアンダーソンの間に言い争いがあったことを暗にほのめかしている。彼女にはその原因は、自分とコンラッドの間の「長年の愛情」をジェインが「故意に台なしにしようとした」ことだと思えた。しかもジェシーは、夫の「ちょっとした堕落行為」[14]を大目に見たと記録している。夫の蔵書の中にアンダーソン宛ての手紙を見つけてジェシーがコンラッドを咎めた時、彼は埋め合わせとして妻に宝石を買ったという。ジェシーの記述からすると、コンラッドが過ちを犯してこういうやり方で償ったのはこれが初めてではなかったようだ。

コンラッドの不倫関係がどうだったにせよ、彼とジェシーはほぼ三十年にわたって仲睦まじく愛情ある結婚生活を送った。カールはコンラッドの最後の十年間に頻繁に夫婦を訪れた客だったが、この作家の「妻への献身」とジェシーの「落ち着いてしっかりしたところ」について、「彼女ほど夫を助け、不必要な心配事から夫をうまく守りおおせた妻はいなかっただろう」と述べている。(15) ジェシーの父親は、一八九二年に亡くなった時倉庫の管理者だった。母方の一族はサリー州の農業労働者だった。父の死後、ジェシーは七人の兄弟にとって母親のような役割を果たしていたようである。確かに結婚後コンラッドは財政面でもほかの点でも大いに尽力して妻の家族を援助した。ジェシーは、その生い立ちを理由にフォードや他の人物から何気ないささいな階級差別《マイクロアグレッション》を受けたし、コンラッドの伝記作家の中にも、彼女に対してこうした上流気取り《スノビッシュ》の態度を持ち続ける者はいた。彼女はプロのタイピストではなかったけれども、コンラッドの原稿をタイプして清書した。収入が不安定で、やや難しい気質の夫のためにうまく家庭を切り盛りし、慢性的に体調がすぐれずたびたび気分が落ち込むコンラッドが必要とする精神的な支えを提供した。一九〇四年の初めにジェシーは悲惨な事故に見舞われて両ひざに損傷を負い、回復不能の障害を抱えることになった。以後二十年間彼女は何度もひざの手術を受けた。障害にもかかわらず、彼女は時に難しい状況でもコンラッドとともにあちらこちらへと旅行した。例えば、一九〇五年にカプリ島に旅行した際は、ドーヴァーで両手すりのない椅子に座った状態で担がれて道板《みちいた》を渡り、船に乗り込んだ。また、ローマで列車の乗り換えをする際は、鉄道客車の側面に手で捕まった状態で宙吊りになったりもした。[17]

女性たちとの数々の恋愛関係に加えて、コンラッドには多数の女性の友人と文通相手もいた。カールによれば、「コンラッドは「女性にとても人気があった」らしい。[18] 一八九一年から一八九二年までトーレンス号の一等航海士としてロンドンとオーストラリア間を周遊したが、これは彼にとって旅客船で働いた最初（で唯一）の経験だった。[19] コンラッドが記録しているように、この旅をきっかけとして「数々の貴重な友情」(*LE* 34) も生まれた。こうした新しい友人の中で最も重要だったのは、ジョン・ゴルズワージー（当時は資格を取ったばかりの弁護士で、まだ小説家ではなかった）やE・L・(「テッド」) サンダーソンで、二人はサモアにいるロバート・ルイス・スティーヴンソンを訪問しようと、一緒に航海に出たことがあった。帰国すると、サンダーソンは、父が校長を務めるエルストリー・スクールの校長補佐になった。

サンダーソンがコンラッドを自分のにぎやかな大家族に紹介すると、コンラッドは頻繁に彼らの家を訪れて滞在した。例えば一八九四年四月、『オールメイヤーの阿房宮』を仕上げる時がそうだった。コンラッドの文通相手の中には、サンダーソンの母親キャサリン、彼の姉妹ジェラルディンとアグネス、それに彼の婚約者のヘレン・ワトソンがいた。キャサリン・サンダーソンは『オールメイヤーの阿房宮』の草稿の手直しを手伝っており、のちに『海の鏡』の献辞は彼女に捧げられている。ジェラルディンの具合が悪かった時、コンラッドはこの十八歳の少女に長い励ましの手紙を書いている(一八九四年一〇月二二日)。姉のアグネスには、ジェシーから家に置く許可がもらえなかったアフリカの彫像を贈り（一八九六年四月二二日)、彼女のためにJ・M・バリーの劇のとある役を取ろうと試みている（*CLIII* 216-17)。また、ヘレン・ワトソンとは、サンダーソンと結婚する前も後も、親しく打ち解けた書簡のやり取りを続けている。

またコンラッドが長期にわたる文学的な書簡のやり取りに勤しんだ相手は、いとこのアニエラ・ザゴルスカで、次いで彼女の長女（同じくアニエラ）とのやりとりは一八九六年から一九二四年の彼の死まで続いた。[20] 彼の交際範囲には本や翻訳を話題にして手紙を交わした女性がほかにも二人いた。フォードの妻エルシー・ヘファーとゴルズワージーのパートナー、エイダである。双方ともにモーパッサンの翻訳を手がけており、コンラッドは二人の翻訳についてそれぞれと細かい点について議論している。[21]

モーザーの見解とは逆に、『オールメイヤーの阿房宮』のニーナの描写を見ればわかる通り、作家としての経歴の当初からコンラッドはセクシュアリティの問題に関心を示しており、『ノストローモ』以降、彼の小説における女性の重要性は次第に増していく。[22]『ノストローモ』において「物質的利益」の追求の犠牲になるグールド夫人の愛のない結婚生活や、『シークレット・エージェント』

における《ウィニー・ヴァーロック》の秘められた結婚の交換条件は、後期作品における女性の中心的な役割を先取りしている。例えば、『チャンス』は、ダイナマイトを積んだ船についての海洋物語として誕生したが、徐々に物語の焦点はフローラ・ド・バラルの傷ついた心に絞られていく。物語は、ガヴァネス（女性家庭教師）から受けたフローラのトラウマ的体験を中心に据え、そのトラウマ体験に起因する彼女の存在に関する不安が、父の親族、彼女の雇い主、救助者、ファイン一家とのその後の経験の中で行動に現われると同時に経験によって強められ、最終的にアンソニー船長との結婚に至るまでをたどる。[23]『チャンス』の語り手マーロウは、『ロード・ジム』で最後に登場して以来、ロマンスには幾分失望しており、明らかに辛らつである。しかし、女性に関する彼の（大部分において敵意のある）一般化に対し、聞き手である匿名の男性の語り手は繰り返し異議を申し立てる。女性に関する知識を競うこの二人のやり取りは、フローラの物語及びアンソニーとの結婚の物語におけるジェンダーやセクシュアリティの問題を探るための歴史的コンテクストを提供してくれる。[24]すでに示した通り、この小説の中心にはトラウマ体験があり、そのことでフローラは自分には価値がないと思い込んでしまっている。ところが、物語の反対側には、父のジェンダー観や結婚観によってアンソニーが被った傷がある。語りが進むうちに、アンソニーの騎士道精神的な男性性構築の作業が臨床的に分析され、そこで明らかになるのは、何よりも彼のその騎士道的な男性性がエロティックな欲望に駆られて女性の苦しみにつけ込んでいるということである。

時にあからさまに女性を蔑視する意見を表明することがあるにもかかわらず、マーロウは女性が置かれている不平等な立場を進んで認めてもいる。女性が直面する経済的、政治的、個人的不平等と戦う運動はほぼ半世紀にわたってなされてきた上に、第一次世界大戦勃発直前の時期には、二級市民としての女性の立場は激しい運動の焦点となっていた。[25] 一八六五年の女性参政権委員会設立以来、英国では女性の投票権が争点となっていた。コンラッドはフィッシャー・アンウィンの妻ジェイン・コブデンの知己を得ていたが、彼女は一八七五年以来女性の権利を積極的に促進してきた人物である。だが、一八九七年にミリセント・フォーセットが女性参政権協会全国連盟を設立して初めて、この大義は国家の運動として本格的に注目されるようになった。一九〇三年にはエメリン・パンクハーストが婦人社会政治連合を結成し、市民的不服従と直接行動を運動の標語一覧に加えた。一九一〇年六月、コンラッドは「作家たちの請願書」('Writers' Memorial Petition')に署名している。この請願書は、女性参政権の法案化を強く求めるべく、首相ハーバート・アスキスに送られた。一九一〇年の選挙運動のさなかに、アスキスは一部の女性に選挙権を拡大する調停法案を議会に提出することを約束した。この法案は、一度目と二度目の読会《どっかい》[26]を通過した。ところが、議会は解散し、この法案は廃案となった。以後二年間婦人参政権論者《サフラジェット》は放火や窓破りという方針を遂行した。フォードの小説『為さざる者あり』(一九二四)には、戦前のゴルフ・コースで二人の婦人参政権論者《サフラジェット》が自由党の閣僚のゲームを中断する場面を描き出し、当時継続されていた直接行動による運動を記録している。[27] コンラッドによるファイン夫人の戦闘的フェミニズムの描写は、こうした文脈で見るべきだろう。

一九一五年に出版された『勝利』もまた――少なくともその舞台設定の点では――コンラッドのマレー物語の一つである。[28]『救助』の場合と同じように、コンラッドは実際にこの舞台を用いてさまざまな都会的な問題を探求している。中心的人物は英国で教育を受けたアクセル・ハイストというスウェーデン人であるが、彼はマレー群島のある島に蒸気船の給炭港を設立しようとして失敗する。『勝利』もまた、父の遺産によってトラウマを植えつけられる息子を扱ったコンラッドの小説の一つであるが、この場合ハイストの父は、失望したショーペンハウアーのような哲学者であり、人生に対する懐疑を徐々に息子に教え込む。こうした教育の結果、ハイストは何にも関わり合いを持たず隠者のように人生を歩もうとする。しかし、ハイストは、同情心からモリソン船長を救助することになり、感謝したモリソンのたっての願いで給炭港計画に関わることになる。ハイストが次に救うのはリーナで、彼女はホテル経営者ショーンバーグから性的な嫌がらせを受けていた（それに彼女はザンジャコモの移動「婦人楽団」の一員として性的奴隷状態に置かれていた）。この救出には、同情と性的欲望がいっそう複雑な形で混ざり合っている。ショーンバーグも、コンラッドの物語をまたいで登場する人物の一人であり、これまでに『ロード・ジム』や「フォーク」にも登場している。『勝利』の場合、ショーンバーグはハイストに復讐するために、ありもしない分捕り品を捜索させようとして三人の無法者（「ジョーンズ氏」、リカルド、ペドロ）をハイストの島に向かわせる。この小説のこの部分は、ハイストをプロスペロー、リーナをミランダ、リカルドをフェルディナンド等々とした、シェイクスピア晩年の劇『あらし』の書き換えである。しかしながら、コンラッドの主題となる関心事は、セクシュアリティとジェンダー構築である。コンラッドは、「予備中尉」のような威張った様子のショーンバーグ（彼はいつでも脅された時にそういう態度を取る）や、ハイストの一見したところ「軍人の風格」（V9）を通して、軍国主義的な男性性構築を批判し、「ジョーンズ氏」を通して男性のホモセクシュアリティの一つのあり方を表現し、リカルドを通して男性の性的暴力を追究しようとする。登場人物同士の類似や相違からは、次々と別の疑問がわいてくる。「ジョーンズ氏」や多形倒錯(29)のリカルドは、さまざまな形の女性嫌《ミソジニー》いを表わしており、ハイストや「ジョーンズ氏」は、「紳士」とは何かという疑問を突きつける。例えば、ジョーンズの冷酷さに対するリカルドの賛美をきっかけにして読者は、「紳士らしさ」と精神病質(30)の関係を考えさせられる。『勝利』におけるもう一人の重要人物はリーナである。彼女は「宿なしで孤児同然の」（V78）労働者階級のロンドンっ子である。また、自らハイストに言っているように、「いわゆる善良な娘じゃない」（V198）。とはいえ、この言い回しが正確には何を意味するのかは曖昧である。つまり、それは処女ではないということから売春までの幅広い意味を持つからだ。リーナの自己評価は低い。

そして、それは部分的には階級の問題であり、また教会の日曜学校の教育で身につけた道徳的な自己評価法の問題でもある。彼女の自己評価の低さは、自己犠牲という意味での当時の女性性の構築と結びつき、彼女にハイストを救い彼の愛を勝ち取るというシナリオを思いつかせる。語りが進展するにつれて、彼女はハイストの同情（と欲望）の対象であることをやめて行為の主体になり、「勝利」を手にしようと画策する。これがこの小説のタイトルだ。彼女はそれを自己犠牲によって勝ち取ったと思っている。(31)

コンラッドは、猥褻出版物禁止法の下で無事に出版できるものを書かねばならないという制約の中で、『勝利』においてジェンダーとセクシュアリティの問題を探求せねばならなかった。イングランドの出版事業者ヘンリー・ヴィゼテリーは、エミール・ゾラの作品の翻訳を出版したことで一八八八年に罰金を科され、一八八九年には投獄された。トーマス・ハーディは『ダーバヴィル家のテス』（一八九一）で検閲の諸問題にぶつかった。そして、フォードはハーディの詩「ある日曜の朝の悲劇」を発表するために『イングリッシュ・レヴュー』を創刊したが、この詩は、『テス』のように、不倫の末の妊娠を描いているという理由で他の雑誌では掲載を断られていた。『ユリシーズ』や『チャタレー夫人の恋人』の発禁処分はまだ先の話だった。コンラッドは、（さまざまな登場人物の意識を通して焦点化された語りとともに）揺れ動く視点という主観的手法と、ヘンリー・ジェイムズが始めた場面構築の客観的手法を組み合わせることによって、こうした性描写の問題を何とか切り抜けようとした。この劇的な手法によって、読者は、はっきりと述べられていない、あるいは表象されていないことから自由に推測することができる。コンラッドの語りにおける場面構築はまた、バジル・マクドナルド・ヘイスティングスによる『勝利』の舞台化を容易にした。舞台版『勝利』は、一九一九年に八十三回上演され、これに気を良くしたコンラッドは、舞台化用の著作に関心を抱くようになった。[32]

コンラッドが、形式上最も革新的な方法で女性を描いたのは、次の小説『黄金の矢』(一九一九)である。この「二つの覚書《ノート》に挟まれた物語」は、「ムッシュー・ジョルジュ」と名乗る若者の人生のある一年を記録している。第一の覚書《ノート》は、「山積みの原稿」の編者によって書かれたものであるが、その「山積みの原稿」を幼なじみの「ある女性にご覧いただくために」書いたのはムッシュー・ジョルジュである。第一の覚書《ノート》では、舞台(一八七〇年代中盤の第三次カルリスタ戦争[33]時のマルセイユ)の概略が説明され、ジョルジュがある陰謀の犠牲者として紹介される。その陰謀を考案したのはカルロス派の大義の支援者二人組で、この二人はスペインのカルロス支持派の分隊への武器弾薬供給を支援する作戦にジョルジュを引き込もうとする。それからジョルジュ自身の語りが始まる。そこではカーニヴァルの季節のカヌビエール通りのカフェで彼が休んでいる時に、ミルズとブラントという二人の男と初めて出会う場面が描写される。第一の覚書《ノート》が明らかにしているように、この出会いは決して偶然に起こったことではない。続けて男たちの会話の中でリタが紹介される。その意図は、ジョルジュがカルロス派の大義の支援に身を捧げるよう誘い込むためである。したがって、読者は初めからジョルジュの語りを疑うよう仕向けられる。ジョルジュは男たちの隠された意図に気づいていないからだ。コンラッドは、(『ノストローモ』のミッチェル船長でそうしたように)自らが描写する出来事の意味を理解していない語り手を始めから終わりまで使用している。

原稿の編者の活用は、小説の枠構造を生むためのお決まりの工夫である。続く語りにおいて際立っているのは、コンラッドが男性登場人物の談話を通してリタを描こうとしていることである。例えば、リタの家のアトリエで夜を徹して交わされる、ブラントとミルズの間の長い会話から、ジョルジュは彼女の人生のことを耳にする。彼らの会話の最初から最後まで、リタは美的な鑑賞の対象として、そして男性の視線の対象として提示される。語りはアトリエの隅にある芸術家のマネキンに注目させようとするのだが、それはリタが対象化されていることを暗示している。アンドルー・ロバーツが指摘するように、リタはジョルジュにとって「視覚的に定義された欲望の対象」、つまり、競争と共有という文脈において男性同士の間で循環されるイメージとして提示されるのであり、このことが、後に続く物語の手がかりを提供する。(34) ジョルジュの語りは、リタに恋することによって彼が情熱的な人生に加入する儀式《イニシエーション》を前景化しているが、この記述はもう一つのより暗い物語を内包している。それはつまり、リタが子供の頃に受けた性的虐待の物語であり、彼女の性格や行動の

This was Joseph Conrad's own -
impression of Dona Rita in
the Arrow of Gold and was
sketched in my presence.

コンラッドがスケッチした「ドニャ・リタ」

ある側面を説明するものだ。ジョルジュの語りの終わりで、物語がカーニヴァルの時期のリタの家という空間に戻った時、リタは幼い頃の例のトラウマ的体験を強制的に追体験させられる。それは、子供の頃自分を虐待していたいとこのオルテガの侵入という予想外の出来事を通してである。しかしながら、オルテガの手による幼い頃の虐待のこうした再現と同時に起こるのは、「ヤギ飼いの子」（*AG* 332）というリタの過去のイメージを、オルテガの非難をすべて聞いた後でさえジョルジュが受け入れようとすることである。そして、虐待の再現は、（彼女の姉テリーザに体現されている）キリスト教の性的規範との対決で幕を閉じる。結末で差し出される「姉妹愛に満ちた手」は、ただ恥辱や屈辱を与えるだけである（*AG* 335）。リタは過去から解放され、ジョルジュとの幸せな結婚の準備をする。こういうとあたかも解決したかのように聞こえるが、リタにマネキンという分身がいるように、ジョルジュにはオルテガという厄介な分身がいる。オルテガの狂気やリタに対する欲望と激しい憎悪は、ジョルジュ自身の文化的な原稿や視線の暴力を映し出す鏡である。これによって我々は、語りのより内奥に埋め込まれた第三の物語、つまり、客体化から逃れようとするリタの闘いの物語へと導かれる。

第二の覚書《ノート》において、編者は以後六か月の出来事を描写する。リタとジョルジュは牧歌的な隠れ家に引きこもり、「不安定な至福」（*AG* 337）の時間を過ごすが、編者はこの体験のもろさとともに、そこに「喜び」が欠けていることに触れている。編者によれば、二人は「救出された恋人同士というよりは仲間」のように見えるらしい。ジョルジュは「いっそう打ち解けている」が、リタは二人の時間をおそらく違ったふうに感じている、とほのめかしているのだ（AG 338）。結末におけるリタの旅立ちは、ある意味ジョルジュへの愛の表現として解釈できるかもしれない。つまり、愛という執着から彼を解放する一つの放棄の行為だ。しかしながら、編者の留保と結びつけてリタの誠実さや高潔さの強調を考えてみると、リタの行為はそうした救済行為ではなく、自律した主体性を取り戻したいという欲求の表われとして読むべきだということがわかる。彼女を対象化する男性の視線や、語りという牢獄の中に閉じ込めてきた男性の言説の回路から解放された主体性を回復したいという欲求である。カールの記録によれば、なぜリタはジョルジュのもとを去るのかと彼が尋ねた時、コンラッドは、「おいおい、きみ……それがわからないなら、議論したってしょうがないよ」[35]と答えたという。

ジェンダーとセクシュアリティは、『チャンス』『勝利』『黄金の矢』といった後期小説の中心的主題である。コンラッドは、さまざまに構築された男性性と女性性を考察しており、恋人同士が結ばれるという伝統的なロマンスの結末は制限されている。フローラとアンソニーの物語の終わりでは、フローラの再婚が期待される。しかし、こうして再発見されたフローラには、過去の体験による傷がとらえがたい形で依然として残っている。リーナの「勝利」はハイストを救うが、彼女に対して芽生えた彼の感情を根扱《ねこ》ぎにしてしまう。さらに、リタは、ジョルジュが期待するようなロマンティックな結末から逃げ出す。コンラッドが女性と親密な関係を築いたこと、そして、小説において女性に関心を寄せていたことはどちらも否定できない。コンラッドの小説から女性に対する彼の姿勢を診断することは早計に過ぎるかもしれないが、女性に対するコンラッドの姿勢は、モーザーが暗示したよりも複雑だということははっきりしている。

# 第一一章▼商業的成功と北米

「あちらではかなりの額を稼ぐ機会がある。宣伝と、俗な言い方をすれば、商業面にちゃんと気を配ればね」(*CLV* 234)

コンラッドの人生の最後の十年間は、より広い範囲の批評家に認められ、英国や北米で全集を出版することによって、作家として地位を固めた期間として見ることができよう。それはまた、やっと大衆の人気を獲得し、一八九五年以来感じてきた財政的重圧から解放された時期でもあった。この最後の十年間における重要な人物はリチャード・カールである。彼は編集者であり作家兼ジャーナリストで、のちにコンラッドの遺言執行人の一人となり、コンラッドの死後の名声を早い時期に形成した人物だ。カールが初めてコンラッドに会ったのは一九一二年一一月で、ソーホーのモンブランというレストランの二階の部屋で開催されていた火曜日の会の場でのことだった。(1) カールは自分が晩年のコンラッドの「運命の大親友」だと記している。(2)

カールは早い時期から「ジョウゼフ・コンラッド」を英国の読者に売り込むことに精力的に取り組んでいた。当時批評家も大衆も見向きしなかった『ノストローモ』の価値を鋭く見抜いた記事をすでに同人誌『リズム』に発表しており、ガーネットはそれをカールと出会う前のコンラッドに見せていた[3]。二人はすぐに親しくなり、お互いに実りある関係性を築いていった。カールはコンラッド作品に関する多くのエッセイや書評を著したが、批評書『ジョウゼフ・コンラッド研究』（一九一四）も初の単行本サイズのコンラッド研究だった。のちに彼は、コンラッドに関するさらに二冊の書籍『ジョウゼフ・コンラッド晩年の十二年』と『コンラッドから友へ——ジョウゼフ・コンラッドからリチャード・カールへの一五〇の書簡選集』（双方ともに一九二八年出版）を上梓することになった。さらに、カールが中心となってコンラッドのエッセイ集『人生と文学についての覚書《ノート》』（一九二一）が編集され、最後の小説『サスペンス』

1925年、ニューヨークを出た
ベレンガリア号上のリチャード・カール

が一九二五年の出版に向けて準備された。さらに、カールはそれまで未収のエッセイからなる死後出版の書『最後のエッセイ集』（一九二六）を編集した。[4] 重要なエッセイ「地理学と探検家たち」を書くようコンラッドに促したのもカールだった。

親愛の情がこもったカールの回想録には、コンラッドの「気安く近づけない才能と親しみやすい性格」[5]が記されている。カールが描き出すのは、複雑で半病人の作家であり、田舎に引きこもって限られた人間としかつき合わず、客には気をつかうが同時に「機転を利かせた対応」を求め、おしゃべりで、不意に「遊び心」をのぞかせる人間である。[6] 晩年コンラッドは、「もっとも耐え難いうつ状態」[7]だけでなくさまざまな身体的苦痛を経験した。コンラッドの健康状態は不安定で、カールが記述するように、戦後は「目に見えて衰えていった」という。[8] この観点から考えると、コンラッドがQボートで軍務についたことはいっそう驚くべきことだ。まだ十分に仕事ができるほどの体力に恵まれていた時は、執筆をして午前中いっぱいを過ごし、夕方前には手紙を書いた。最後の五年間、手の調子が悪かったので（痛風と誤診された）、オズワルドで一家と同居していた秘書のリリアン・ハロウズに書き取りをさせた。執筆は時間のかかる工程（丸一日かけても三五〇語）で、「時々、何週間も立て続けに病気や心配事のせいでペンを手に取ることができなかった」[9]。繰り返しコンラッドを襲った心配の一つは、創造力を失い、書けなくなることだった。その上、戦争中は前線にいる息子ボリスの安全が気がかりだった。のちに、ボリスのシェル・ショック状態[10]もまた不安の一つとなった。

こうしてやっと成功を手に入れたにもかかわらず、自分の死後家族が財政的に不自由しないかということも心配だった。

一九一一年一一月ニューヨークに本拠地を置く『メトロポリタン・マガジン』は、コンラッドの物語「七つの島のフレア」に二千ドルを出すと申し出た。コンラッドには知る由もなかったけれども、これは今後の展開を予見させる出来事だった。[11] ハーパーズは、『ノストローモ』『シークレット・エージェント』『西欧の目の下に』を出版したアメリカの会社で、『ハーパーズ・マンスリー・マガジン』は「アナキスト」(一九〇六年八月)、「密告者」(一九〇六年一二月)、「秘密の共有者」(一九一〇年八月-九月)、「パートナー」(一九一一年一一月)を最初に掲載した雑誌だった。[12] これらは、その後に続く商業的成功の地ならしの役目をある程度果たした。一九一二年一月には『チャンス』の連載が『ニューヨーク・ヘラルド』で始まった(六月に終了)。スーザン・ジョーンズが述べているように、『チャンス』の成功は、ひとつには新聞が用いた現代のマーケティング戦略の所産だった。その戦略とはつまり、うまく調整された広告キャンペーンと一ページ大の作者のインタヴューを含む前宣伝である。[13] さらに、コンラッドの作品がいっそう注目され始めたのは、アメリカで再刊された『オールメイヤーの阿房宮』に対して『ニューヨーク・タイムズ』(一九一二年五月一九日)に掲載された記事に、『ニューヨーク・タイムズ・サンデーレヴュー・オブ・ブックス』(一九一二年二月一八日)や『ノース・アメリカン・レヴュー』(一九一二年四月)誌上の『回想録』(『個人的記録』のアメリカ版タイトル）に対する好意的な書評のおかげだった。『チャンス』の単行本は、イングランドでは一九一四年一月にメスーエン社から、アメリカでは三月にダブルデイ・ペイジ社から出版された。アルフレッド・クノップは、コンラッド作品の出版に乗り気で、この小説のために同じような目を引く販売促進をダブルデイで展開した。ジョーンズが示しているように、『チャンス』が商業的に成功したもう一つの要因は、女性読者に狙いを定めたことだった。[14]『チャンス』は、新聞の日曜版の女性面に連載された。そして、前宣伝はコンラッドがこの小説を女性のために書いたと売り込んだ。フローラ・ド・バラルという人物をめぐるこの作品の方向性も売り上げに寄与した。メスーエン版の表紙も、女性が中心的役割を果たすことを強調した。そこでは船上の女性の乗客が乗客係にショールをかけてもらう様子が描かれている。

『チャンス』は批評家たちに評判がよかった。コンラッドの「人気獲得のための努力」（*CLV* 290）は、彼にとって最初の商業的成功でもあり、英国では発売からひと月で一万二千部が売れた。しかしながら、次にこの時期のこの作品の批評的受容に大きな影響を与えたのは、一九一四年に『タイムズ文芸付録』に発表されたヘンリー・ジェイムズのエッセイ「若い世代」だった。コンラッドは五十七歳だったが、H・G・ウェルズ、アーノルド・ベネット、D・H・ロレンスその他と並んで、いまだ「若い世代」の一員にされていた。コンラッドの作品に注目が集まったのは確かに歓迎すべきことだったが、『チャンス』の手法に関するジェイムズの留保は、コンラッドに「痛いほど」

（*CLV* 595）堪《こた》えたばかりではない。この小説がまったく別種の語りの実験であるというよりはむしろ、まるでジェイムズ風の小説の失敗版であるかのように誤読する批評の伝統を打ち立ててしまった。ジョーンズが言うように、「この小説を常にヘンリー・ジェイムズの影に隠して目立たなくしてしまうことによって」長い間批評家たちは「事実上その作品が独自の魅力を発揮できないようにしてしまった」。(15) J・B・ピンカー宛ての以前の手紙で、ジェイムズは、彼が「非常に注目に値する小説」と呼ぶ『チャンス』を「素晴らしく繊細で美しく独特だ」と褒め称えている。「最近のちょっとした失敗」（おそらく『シークレット・エージェント』や『西欧の目の下に』を指す）の後、コンラッドは（芸術の）形式に回帰した、と考えたのだ。しかし、同時に、その手法については留保している。その手法は、「一連の男たちが火を消そうとバケツの水を次々と渡していくように、三、四列に並んだ報告者に中継させながらコンラッドが題材を処理している」ようにジェイムズには見えたのだ。(16) ジェイムズは書評ではこのたとえをさらに詳しく敷衍している。しかしながら、『チャンス』は、ジェイムズ風の意識の流れの小説ではない。ロマンス、探偵小説、煽情小説《センセーショナル・ノヴェル》といった、さまざまな大衆的ジャンルの要素を結びつけ、これらのジャンルが依拠している前提を不安定にし、転覆させることによって、それらをまったく違った光の下で再評価するよう促している。この小説の関心は、認識論《エピステモロジー》ではなく語りとアイデンティティの行為遂行性《パフォーマティビティ》にある。例えば、語りの状況がマーロウをホスト（「私のホストで船長」［C 3］）とする第一部から、匿名の第一の語り手をホストとする（「私の部屋での」［C 257］）第二部に変わると、二人の男性の力関係は変化し、語り手はより自信をもって介入するようになる。

作家として駆け出しの頃、コンラッドはアメリカでの出版に対してかなり気楽に構えていた。彼はそれを何よりもまず非常にありがたい副収入と見なしていた。すでに別のところで発表された作品を、例えばS・S・マックルーアが進んで出版しようとすることがうれしかった。そうなれば結果的に、コンラッドはそれぞれの作品に対して四度支払いを受け取ることが期待できる。英国とアメリカでの雑誌連載と単行本に対する支払いは別だったからだ。(17) 一八九八年三月、マックルーアとのつきあいは、『救助』の連載権を彼に売ることから始まった。もっとも、この小説の完成はかなり遅れたので、二人の間には軋轢が生じた。(18) マックルーアは新聞通信社を経営しており、アメリカの最初のコンラッドの読者は、新聞連載の形態で彼の作品を読んだに違いない。(19) マックルーアがフランク・ネルソン・ダブルデイと設立した出版社ダブルデイ・マックルーアは、『ロード・ジム』のアメリカ版を出版し、『マックルーアズ・マガジン』はコンラッドの物語「獣」を一九〇七年に出版した。コンラッドはこの物語を「つまらない作品」と見なしていた。それに、「列車の中でその物語を読んだら窓からその雑誌を捨ててくれ」（*CLIII* 508）と友人テッド・サンダーソンに助言していることからも、『マックルーアズ・マガジン』に対する彼の姿勢を推し量ることができよう。一方で、一八九八年一二月には、ウィリアム・ブラックウッドに宛てて「私はまだ万能のドルの力を軽蔑できる立場にない」と言っている（*CLII* 140）。だが、一九一〇年一月までに彼の立場はさらに変化を遂げ、ピンカーに宛てた手紙の中では、「合衆国で」獲得した「一般読者」に触れている。一九一三年にはクノップに宛てて、アメリカの出版社と「縁」（*CLV* 258）ができたような感じがする、と書くようになっていた。

コンラッドの人生の後半において、アメリカはほかの意味でも副次的な収入源を提供した。作家になって間もない頃、彼はしばしば読者からのファン・レター（*CLIV* 29）への返礼として草稿を数枚送ったものだった。ところが、ジェシーは夫の原稿やタイプで打った原稿を保管し始めた。おそらくそれらを収集家に売ることで潜在的に別の収入源が確保できると予見していたのだろう。コンラッドが取り引きした主な収集家は、裕福なニューヨークの弁護士ジョン・クィンで、アグネス・トービンの紹介だった。のちにクィンのコレクションに加わることになるのは、W・B・イェイツ、エズラ・パウンド、T・S・エリオット、ジェイムズ・ジョイスといったさまざまなモダニスト作家だった。一九一一年八月にクィンは初めてコンラッドから原稿を購入した。『島の余計者』と「七つの島のフレア」の原稿である。クィンはそれらに六十ポンド支払った。コンラッドは、クィンに独占的に原稿を売ることに合意し、特に『オールメイヤーの阿房宮』『西欧の目の下に』『チャンス』『勝利』の原稿を彼に送った。[20] しかしながら、コンラッドは一九一八年にこの契約を破る。ロンドンを本拠地とするトーマス・J・ワイズという別の買い手に原稿を売ったのだ。この男は著名な収集家で伝記作家だったが、のちに本泥棒かつ偽造本作家であることが発覚した。クィンは、コンラッドが二人の間の独占契約を破ったことを一九一九年九月に知り、激怒した。一九二三年一一月に彼は所有するコンラッドの原稿を売り払った。ひとつには契約不履行に立腹したことが理由であり、また重病を患っていたこともあった（クィンは翌年亡くなった）。クィンがおよそ一万ドルつぎ込んで収集した原稿は、ほぼ十一万ドルの値で売れた。(21) コンラッドは、競売によって作品の宣伝効果が高まったことに文句のつけようもなかった。(22)

一九一三年五月にピンカーが昼食会の場を用意してコンラッドとダブルデイを引き合わせると、限定版コンラッド全集の話題が持ち上がった。豪華版コンラッド全集については、初めロンドンのハイネマンとニューヨークのダブルデイの間で話し合いがもたれたが、戦争で中断された。一九一八年、その話が本格的に始まると、コンラッドはそれぞれの巻に添える著者の覚書《ノート》を書くよう勧められた。これらの覚書《ノート》を書くにあたって、コンラッドは、ジェイムズのように序文を使って自分の小説の詩学を詳細に説明することは避け、より砕けた、語りかけるような形式の省察を目指した。(23) 一九二一年に限定版全集が二セット出版された。同時にダブルデイにはより大衆的で安価な全集の構想があった。一九二三年英国の出版社J・M・デントがダブルデイから刷版《さっぱん》を借りて英国市場向けの「ユニフォーム・エディション」(24) を出版すると、ダブルデイはそれらを使って、一九二〇年代を通して相次いで「さまざまな版」を世に出した。

カールが述べたように、「コンラッドの作品は、一旦アメリカで見出されると、イングランドよりもずっと熱狂的に受け入れられた」[25]。例えば、『勝利』は一九一五年二月に『マンシーズ・マガジン』(ニューヨーク)の単号に全編が掲載され、三月末にダブルデイ・ペイジ社から出版された。五月までにダブルデイは一万部以上販売し、売り上げは四万に届くと予想された[26]。『チャンス』以降のコンラッドの小説のすべてが北米でベストセラーだった。『われらのコンラッド』において、ピーター・ランスロット・マリオスは、コンラッドがいかにして一九一四年から一九三九年の間にアメリカの作家や批評家たちによって「『ベテランの』文豪として創出」されたのかを詳しく記述している[27]。マリオスが述べているように、『勝利』は「一九一五年の合衆国の一般大衆の心に特に響いた」[28]。相争うヨーロッパの諸勢力の拮抗状態に脅かされる「孤立主義で中立の」ハイストの物語は、戦争に突入することについて、そして、世界の他の国々との関係についての合衆国のさまざまな不安に訴えかけたという。コンラッドのこの曖昧な小説は、孤立主義と介入主義の両方の立場の議論を擁護する際に取り上げられた。マリオスが巧みに示しているように、コンラッドのテクストが合衆国の政治的言説に絡めとられたのはこれが最後ではなかった。こうした読みの実践は現在も続けられている。ヴェトナム戦争との関連で「闇の奥」の、あるいは、いわゆる「テロとの戦い」との関連で『シークレット・エージェント』の、もっともらしい誤読がそうだ。ユナボマーは言うまでもな

コンラッドの最後の家、オズワルズ邸（1919–24）

い。(29)

コンラッドはまた、当時台頭しつつあった映画産業にも引きずり込まれた。一九一三年に一部の作品の翻案の件でパテ・フレール社のロンドン事務所が彼に接近してきた。一九一五年にはピンカーが、『ロマンス』の「映画著作権」をフィクション・ピクチャーズ社に五百ドルで売る手配をした（映画は制作されず、オプション契約が失効した）。ところが、一九一九年にコンラッドは大金を手に入れる。パラマウント社の前身フェイマス・プレイヤーズ・ラスキー社が『ロマンス』『ロード・ジム』『勝利』の映画著作権として二万ドルを支払ったのだ。映画製作者たちは、異国情緒あふれる舞台、冒険物語の要素、それにおそらくは恋愛物語にも魅了されたに違いない。この契約の勢いにのって、コンラッドは最後の家、カンタベリーに近いビショップスボーンのオズワルズ邸に引っ越すための費用を支払った(彼はその邸宅にアダム様式[30]の羽目板、金箔を施した椅子、オービュッソン[31]の絨毯を備えつけた)。この有利な契約のもう一つの結果として、コンラッドとピンカーは、コンラッドの南米物語「ガスパール・ルイス」の翻案、無声映画「怪力ガスパール」('Gaspar the Strong')の脚本を共同で執筆した。[32]ラスキー社はその作品の報酬として二人に千五百ドルを支払ったが、作品は制作されなかった。揺籃期の映画に対するコンラッドの姿勢は、一九二〇年八月に彼がカールに宛てて書いた次の手紙にはっきりと表われている。「私は舞台よりも映画のほうが好きだ。映画は愚かな人々のためのただの愚かな芸当だ――しかし、舞台は人の作品のまさに核心の部分を偽って伝えてしまう可能性があるからより危険だ」(*CLVII* 163)。

一九二二年ダブルデイはコンラッドに合衆国を訪問するよう促した。その年の初めにリー・ケドリックという、巡回講演を企画しているあるニューヨークの事務所を運営する人物が話を持ちかけてきたが、コンラッドはその招きを断っていた。理由は、ひとつにはのどの調子が依然としてよくなかったことがあったが、もうひとつには、「大勢の人の集まりを前にして訛《なま》り」(*CLVII* 593)が出てしまうことを気にしていたからだった。[33]ダブルデイの招待を受け入れると、一九二三年四月下旬にはカールにつき添われてグラスゴーまで移動し、ニューヨーク行きのトゥスカーニア号に乗船した。船長のデイヴィッド・ボーンはコンラッドの古い友人で、ボーンの弟で芸術家のミュアヘッド・

タスカーニア号上で。左から、デイヴィッド・ボーン船長、コンラッド、ミュアヘッド・ボーン。

ボーンがコンラッドの旅に同行した。

チャールズ・ディケンズやオスカー・ワイルドが合衆国で朗読巡業を続けて収入を増やしたことは有名であるが、もう少し後になるとイェイツが一九〇三年〜〇四年、一九一一年、一九一四年と一九二〇年に講演巡業をやり遂げている。[34]それに比べるとコンラッドの旅は、はるかにひっそりして目立たないものだった。[35]ロングアイランドのオイスター・ベイのダブルデイ一家のもとに滞在し、ガーデン・シティでダブルデイ・ペイジ社の社員に向けて講演した。そして、パーク・アヴェニューにあるカーチス・ジェームズ夫人宅で二百人の聴衆に向けて『勝利』を朗読し、その後ダブルデイに連れられてニュー・イングランドを車で巡り、ハーバード大学とイェール大学を訪問した。それでも、コンラッドは終始有名人として扱われた。[36]波止場では大観衆が彼を迎えたが、その中には何百という記者や報道写真家もいた。そして、ジャーナリストたちは取材するためにロングアイランドのダブルデイの自宅までやって来た。[37]

一九二三年五月三日にダブルデイの社員に講演をした時、講演を記録するために二人の速記者を呼んだが、彼らがコンラッドの訛りを理解できなかったので、記録はされなかった。とはいえ、講演の初めの部分のメモは、はっきりとダブルデイの社員に向けて語りかける内容になっている。一九二三年四月九日コンラッドはピンカーの息子に宛てて、自分がこれから「彼ら（ダブルデイの人々）のご機嫌を取る」のだと書いていて、実際にそれをやってのける手段は、ダブルデイの社員に同僚として一体化し（「我々はみなガーデン・シティの労働者だ」）、「ガーデン・シティ以外の場所で自分の作品が活字になるなんて想像できない」と言って、文学を広める彼らの仕事を褒め称えることだった。[38]「著者と映画製作技術」という講演の大半は、小説と映画の類似点や相違点についての考察である。妻ジェシー宛てのコンラッドの手紙（*CLVIII* 94）によれば、五月一〇日におけるカーチス・ジェームズ宅での[39]『勝利』の抜粋の朗読は、リーナの死の章で締めくくられたのだが、「非常にすばらしい出来」だったらしい。もっとも、ダブルデイはまた違った印象を率直に語っている――「コンラッド氏が公の場に出るのはこれが初めてで」と彼は記録している、「お願いだから、関わり合いになるのはこれで最後にしてもらいたい[40]」。

カールが述べているように、晩年単行本の売り上げも伸び、コンラッドは「暮らし向きが本当にかなりよくなった」が、重要だったのは単なる金銭ではなく名声だった。自分の読者を見出し、「毎年多額の売り上げと大きな名声が手に入った」。しかし、カールの判断では、富が「コンラッドのもとにやってくるのが遅すぎた」[41]ようだ。「古い借金」を清算し、「昔からの借り」（*CLVII* 593）を返すことはできたが、戦争のせいで『チャンス』の成功を当てにすることはできず、新たに手に入れた富も、それはそれで問題を持ち込んだ。一九二二年一二月、一切作品が書けないように思えた二年が過ぎると、コンラッドはフランスに引っ越して所得税を減らし、有利な為替相場を生かして儲けようなどと漠然と考えていた（*CLVII* 634）。

# 第一二章▼コンラッドとフランス

「数え出せばきりがないほどの歴史的偉業が成し遂げられたんだ」（『サスペンス』62）

コンラッドはフランスとフランス文化およびフランス文学に生涯愛着を持ち続けた。子供の頃、フランスは両親の思考の中で特別な位置を占めていた。一八六一年七月に夫に宛てた手紙の中でコンラッドの母は、息子が両親の「お気に入りの三色」、つまり青、白、赤というフランス革命の三つの色の服を着ていたと記録している。[1]『放浪者　あるいは海賊ペロル』の冒頭でペロルが革命後のトゥーロンに登場する時、彼もまたフランス革命の三色を身にまとっているが、それにはもっともな理由がある。「彼は白いシャツの上に金属のボタン付きのハイ・ロールカラーの短い青色のジャケットを羽織り、白いズボンの腰もとにベルト代わりに赤いバンダナを巻いていた」（*ROV* 2）。母の手紙が示しているように、古い世代のポーランド人はフランス（と特にナポレオン）が彼らを解放し、ポーランドを国家として復活させてくれると期待したのである。リチャード・ニランドが述べているように、確かに「ナポレオンとその遺産は、一九世紀のポーランドにおいて政治的かつ文化的に決定的な影響力を持っていた」(2)。

フランス革命は勃発当初からポーランドに強い衝撃を与えた。一七八九年五月にフランス王は一六一四年以来久々の三部会を召集した。三部会は、聖職者、貴族、平民という三つの身分の召集が王の政治力の弱さの兆候であると的確に見抜き、一七八九年自らを国民議会として宣言した。七月までにパリは公然と反旗を翻した。そして、市民軍を装備するための武器を求めてバスティーユ牢獄が襲撃された(3)。ポーランドでも若い世代は啓蒙思想の影響を受けて成長していた。一七八九年一月ポーランド人民共和国国会「セイム」は、(一七七五年以来国の最高行政機関だった)常任理事会を廃止して会期を無期限で延長した。一七八九年一二月にポーランド国王に覚書を提出した百四十一の都市の代表は、フランスの第三身分を模して黒衣をまとっていた。一七九一年五月三日、国王と革新派の間の交渉の後、新しい憲法が制定された。それを大きな進歩として歓迎したのは、パリのさまざまな政治クラブと、トマス・ペイン(4)やコンドルセ侯爵(5)のような革命運動家だった。ポーランドの隣国は、同じだけそれを脅威と見なした。オーストリアは、ワルシャワにいる自国の密使の報告から、「ポーランドで起こっていることは何もかもフランス革命と同じ」(6)だと確信した。同様のメッセージはサンクトペテルブルクに送られ、一七九二年三月エカテリーナ二世はポーランドにロシア軍を送り始めた。彼女はポーランド保守派とタルゴヴィツァ連盟(7)を結成し、自らの要求に応じることをポーランド国王に強制した。五月三日の新憲法は廃止され、その年のうちにロシアとプロイセンは第二回ポーランド分割を企て、ポーランド共和国を傀儡の王とロシアの駐屯部隊を置く人口約四百万人の小さな緩衝国にしてしまった。この「第二の国辱」を契機に、タデウシュ・コシチウシュコは一七九四年春に民衆による蜂起を開始した。(8) コシチウシュコは、フランス革命の範に倣い、ポーランド解放戦争に大規模な軍隊を動員しようとした。コシチウシュコの蜂起は敗北に終わり、結果として一七九五年の第三次分割が決行され、ポーランドは地図の上から姿を消した。(9)

一七九四年の蜂起が失敗した後、何千というポーランド兵がフランスに逃れ、フランス軍に吸収された。その他のポーランド兵は、イタリアで結成された二つのポーランド軍団に加わった。その目的は、イタリア北部をオーストリアの支配から解放し、その後ポーランド領ガリツィアでも同様の作戦を遂行することだった。当時の流行歌「ボナパルトは勝利への道を我らに示した」に表われているように、いずれポーランドを解放する救世主としてナポレオンにはかなりの信頼が寄せられていた。(10) しかしながら、こうした信頼は完全に見当違いだった。ナポレオンにとって、ポーランド人は補充兵候補にすぎなかったのだ。さらに、彼にはオーストリア、ロシア、プロイセンとの取引の材料としてポーランド独立の脅威が利用できることがわかっていた。一八一二年、ナポレオンの大陸軍《グランダルメ》がロシアに侵攻した際、約九万六千人のポーランド人が兵卒として加わっていた。そのうちの少なくとも七万二千人は帰らぬ人となった。それでもポーランド人はナポレオンに従うことをやめなかった。ナポレオンがエルバ島に追放された時、随行することを許された護衛の半数がポーランド人だった。[11]

コンラッドの一族は、こうした歴史に縁が深かった。彼は『個人的記録』の中で、大おじニコラス・ボブロフスキの「ナポレオン崇拝」（*APR* 29）を思い出しながらこう述べている。「ニコラスB氏はフランス陸軍において一八〇八年に少尉、一八一三年に中尉、そしてしばらくマルモン元帥の副官（*Officier d'Ordonnance*）を務めた」（*APR* 31）。コンラッドが焦点を当てるのは、「歴史に残るモスクワからのあの退却」（*APR* 32）の際にナポレオンの大陸軍《グランダルメ》の一員として大おじが体験したことであるが、当時「広大なリトアニアの森の奥地で」（*APR* 33）、ニコラスと仲間は空腹のあまりやむなく犬を食べたという。一族のこの物語は、極端な欠乏状態にある人間の行動に対するコンラッドの関心と一致している。つまり、「闇の奥」や、サバイバルとカニバリズムの物語である一九〇一年の短編「フォーク」で表面化する関心と一致しているのだ。

ポーランドでコンラッドと同じ階級の人々は、早い段階でフランス語を教わる。先述の通り、一八六三年コンラッドと母はロシアでの流刑期間中に治療のため三か月の休暇を与えられ、ノヴォファストフの彼女の一族の家で夏を過ごした。コンラッドはそこで初めてフランス語の手ほどきを受けたようだ。『個人的記録』には、ノヴォファストフをあとにした時の思い出が綴られている。

見送りは、祖母、伯父、従姉妹、主任女性家庭教師《グヴェルナント》、もと乳母、唯一涙を流していた「善人だが無器量な家庭教師のマドモアゼル・デュラン」だった。彼は、いかに「そのすすり泣く声が……沈黙を破って自分に訴えかけた」ことを思い出す。「ボッチャン、オベンキョウシタフランスゴヲワスレナイデクダサイネ（*N'oublie pas ton françcais, mon cheri*）」（*APR* 65）。もちろん忘れることはなかった。流刑期間中、コンラッドは父が翻訳するフランス語文献に触れている。例えば、父による『海に働く人びと』の翻訳を通して、ヴィクトル・ユゴーの作品に親しんでいた。その後、一八七四年一〇月、十六歳のコンラッドはポーランドを発ってマルセイユに向かい、そこで以後四年間暮らした。この経験によってコンラッドの話すフランス語には少しばかり南仏訛りが残った。また、『黄金の矢』もこの経験をもとにして書かれている。

マルセイユで過ごしたこの時期、そしてそれ以後も、コンラッドはドーデ、アナトール・フランス、フロベール、モーパッサンといった、当時の最新のフランス文学を手あたり次第読んだ。商船隊に所属していた頃にフランスを何度も訪れているが、中でも、アドワ号の二等航海士としてルーアンを訪れた一二月のことは忘れられない思い出だった（*APR* 3-6）。また航海の合間に仕事でパリを頻繁に訪れてもいた。この時期コンラッドは、ヴァーロックのように何度も「（インフルエンザのごとく）大陸からロンドンにやって来た」（*SA* 6）。ジェシーと結婚した当初、二人はノルマンディーで半年過ごした。「白痴」はその地方での体験を基に書かれた。コンラッドの小説は何度もフランスに回帰している。『姉妹』の舞台はパリだ。それに、『ノストローモ』のデクーは「フランス的な――といっても本当のところはおよそ非フランス的なのだが――コスモポリタニズム」(N 152)を漂わせた「怠惰な伊達男」として紹介されているし、ペドロ・モンテロは「コスタグアナの使節一行がその外交的威厳を守るのに使うパリのあちこちのホテルの屋根裏部屋に泊まり込んで」「フランス語の軽い歴史物」(N 387)を読みながら、輝かしい未来の夢を思い描いている。晩年コンラッドは、あるナポレオン小説(詳しくは後述参照)のための調査と構想と執筆に従事している。『サスペンス』はまだ執筆されていなかったが、フランスは、『黄金の矢』(初恋の物語)と『放浪者あるいは海賊ペロル』(長い不在のあと船乗りがフランスに戻る物語)という、驚くほど違う二つの小説の舞台になっている。これらの三つの小説はともに、作家としての経歴の晩年においてもコンラッドが語りと小説の形式の実験を継続していたことを証明している。

一九〇六年末、一家で再びモンペリエに滞在している間に、コンラッドは市の図書館を利用してエルバ島へのナポレオンの流刑について調べ始めた。次の小説の主題にするつもりだった。[12] ナポレオン時代についてのこうした関心から、ナポレオン戦争時の出来事を背景にフェローとデュベールの二人の騎兵将校の一連の決闘を追う「決闘」が早速生まれた。この物語を仕上げたのは、一九〇七年五月に一家でモンペリエを発つ前だった。これらの決闘は、鍛冶屋のせがれで「フランス南西部出身の気性の荒い男」（SS 173）フェローと、都会的で思慮深く、北部出身の貴族デュベールの間の複数のレベルにおける文化の衝突から生じている。また、これらの決闘がたどるのはナポレオンの経歴であり、同時に語りも、これらの「ヨーロッパの覇者たち」（SS 239）の衝突を追って、ストラスブールでの駐屯生活における二人の不和の始まりから一八〇五年のアウステルリッツの戦い、一八〇六年のイエナの戦い、一八〇七年のアイラウ・フリートラントの戦い、一八〇八年スペインでの半島戦争、一八一二年のロシア戦役にナポレオンのエルバ島への流刑から百日天下を経てセントヘレナ島での最後の流刑[13]にたどり着く。実際、語りはナポレオン戦争と一世代の実体験を巧妙に暗号化している。例えば、アウステルリッツ後の第二の決闘は「ドナウ川の両岸で話題となり、その噂はグラッツやライバッハの駐屯部隊まで届いた」（SS 204）とされている。コンラッドによるこの文では一八〇五年の戦いの概略が少し述べられているだけだが、より具体的に言うと、これは一八〇五年から一八〇九年までのニコラス・ボブロフスキの司令官マルモン元帥の経歴をそれとなく追っている。[14] 同様に、ナポレオンの最後の流刑の後の最後の決闘の記述は、一八一五年の王政復古後の変化した政治的文化的状況をバルザック風に記録している。

ナポレオンに関するこうした文献資料の渉猟《しょうりょう》の二つ目の副産物は、「痛風」のために二か月間に及ぶ無為を強いられた後、一九一六年に書かれた物語「武人の魂」である。一九一五年一二月二三日にコンラッドはピンカー宛ての手紙でこの物語に触れ、「あまりにも長い間頭の中にあったので、

（物語が）ペンから自然と流れ出すようだ」（*CLV* 542）と述べている。コンラッドの死後に「武人の魂」が収められた短編集『伝え聞いた物語』の序文の中でカールが述べているように、コンラッドはこの物語で「国籍を超越」し、ロシアの将校の目を通して「モスクワからの偉大なる撤退」の恐怖を喚起している（*TH* xiv, xv）。この物語はもともと「慈悲深いトマソフ」（'The Humane Tomassov'）というタイトルだった。語り手はロシア人の老いた将校である。彼は、最終的にはモスクワ炎上に至る、ナポレオンに対するロシアの抵抗を回想し、「ナポレオンの大陸軍《だいりくぐん》の大敗走」を詳細に描いている（*TH* 3）。これが語り手の部隊に属す少尉トマソフの物語の背景である。トマソフはパリのロシア派遣団に配属され、フランスの女性と恋に落ち、フランスの老将校と兄弟の絆を結ぶ。二人はナポレオンの大陸軍の敗走の際に再会するが、その時フランス人将校はロシア軍の捕虜になっている。彼は、名誉、人間愛、将校同士の友愛という国家の枠を越えた絆に訴えてトマソフの手で殺してくれと懇願する。

この物語におけるコンラッド自身の（ロシア人への反感に優る）国家の枠を越えた共感は、この物語が執筆された第一次世界大戦時という時代背景や西部前線の状況に対する彼の理解に影響されているかもしれない。一九一五年八月息子ボリスが入隊し、イープル戦闘区域（ベルギー）に向かうため、一九一六年二月にフランスに派遣されている。この物語の執筆は、ちょうど前線でのボリスの体験の開始と重なった。コンラッドは一九一五年を「砲火と殺戮の年」（*CLV* 539）と振り返っている。しかしながら、一九一四年の一二月同様、一九一五年の一二月に、前衛の塹壕の男たちは非公式に停戦していた。つまり、英国兵とドイツ兵は中間地帯で顔を合わせ、食べ物やタバコを交換して国家の枠を越えた瞬間を過ごしていたのだった。(15)

一九一二年一〇月七日のピンカー宛ての手紙の中でコンラッドは、自作に対するフランスでの最新の反応について報告している。『ジュルナル・デ・デバ』誌に『西欧の目の下に』についての長いエッセイが出たことに触れ、三つのグループに自分の作品がどのように取り上げられたかを記述している。(16) すなわち、(コンラッド作品の翻訳家アンリ・デュラン＝ダヴレー(17)を含む)『メルキュール・ド・フランス』、(アンドレ・ジッドを含む)「『新フランス評論』を中心に集結した作家たち全部」、『ル・トン』紙の特派員「ピエール・ミルが率いるより学究的な集団」(*CLV* 113)である。また、例の長いナポレオン小説のことは「忘れて」はいないと伝えてピンカーを安心させている(*CLV* 114)。六年後の一九一八年一二月には、ピンカー宛ての手紙の中で『黄金の矢』の連載と単行本化に加えて、『救助』に触れている。追伸では、「例のナポレオン小説の執筆には十八か月かかるかもしれない。物語に深く入り込み過ぎる前にエルバ島とコルシカ島も見ておきたい」(*CLVI* 322)と言い添えている。その十七か月後の一九二〇年五月、コンラッドは「例のエルバ島小説に……大真面目に取り組んでいる」(*CLVII* 94)とピンカーに断言している。六月には、その小説の執筆が「はかどって」おり、タイトルを「休息の島」（*The Isle of Rest*）に変えたこと、しかもジョルジュ・ジャン＝オーブリーに薦められた歴史書を何冊か読むために、大英図書館に行ったことについて書いている（*CLVII 107*）。

一九二一年一月にコンラッド一家は、看護師と運転手を連れてコルシカ島に向けて出発し、そこで三か月過ごした。旅の主な目的はジェシーの回復を促すことだった。彼女は慢性骨膜炎で前の年は大半を寝たきりで過ごし、外科処置を何度も受けねばならなかった。この旅には、ナポレオン小説の執筆再開を促すという意図もあった。旅の前半はボリスが運転し、途中アルマンティエール[18]近くの戦場に立ち寄った。イングランドでの職務に戻るためにボリスがルーアンで両親と別れると、ジャン＝オーブリーがリヨンまでの旅に加わった。一行は、マルセイユを経由してアジャクシオ（仏・コルシカ）まで移動した。しかしながら、三月六日にコンラッドがコルシカから姪のカロラ・ザゴルスカに宛てて手紙を書いた時、ジェ

1921年のコンラッド。アジャクシオにて。

シーは「コルシカを気に入っている」(「彼女は杖を突いて歩き回っていて調子がよさそうだ」)が、自分にはこの旅の効き目はなく、「逃れることができない気分の落ち込み」に依然として苦しんでいると伝えている(*CLVII* 260)。三月下旬には旅に出てよかったと思い直したようだ。少なくとも、ピンカーには「大いに読書をして例の小説のいい材料を手に入れた」(*CLVII* 268)と報告している。

一〇月初旬にコンラッドは短編「放浪者」を口述して秘書のリリアン・ハロウズに書きとらせる作業を始めた。「ロード・ジム」「ヴァーロック」「ラズーモフ」の場合と同じように、この短編は徐々に発展して長編になった。一九二二年七月に完成し、ニューヨークの女性誌『ピクトリアル・レヴュー』に一九二三年の九月から一二月まで連載された。一九二四年二月にゴルズワージー宛ての書簡において、コンラッドは、「(この世を去る前に)船乗りの「帰還」の物語をずっと書きたかったんだ。この作品はそれをやってみるのにいいきっかけになるかもしれない」と書いて送っている(*CLVIII* 318)。この小説は一七九六年のトゥーロンで始まるが、冒頭では航海の後フランスに戻るジャン・ペロルが登場する。彼はすぐさま生まれ故郷のジアン半島に引きこもる。しかし同時に彼は、長く国を離れていたために「祖国にいながらまったくのよそ者」(*ROV* 13)のような気がしている。この冒頭部分において物語は、放浪者の帰還という不気味な体験、つまり、疎外感と帰属感が同時に存在する感覚がどのようなものか知ろうとし、四十年間の不在で失ったものと得たものを精査し続ける姿を見せている。さらに、こうした人生経験が生み出した(イングランドとフランスに対する）複雑な忠誠心と向き合い、折り合いをつけようとする様子を追う。この小説のこうした要素は、おそらく一九一四年のコンラッドのポーランドへの帰国を参考にしており、ポーランド、イングランド、フランスに対する複雑な忠誠心を乗り越えようとする彼自身の努力を反映しているのかもしれない。興味深いことに、こうした複雑な状況を解決しようとして、ペロルは隠遁生活を捨てて干渉し、積極的に行動する。

物語の主要な部分の舞台は、八年後の一八〇四年である。それはつまり、「ナポレオンの終身統領宣言」（*ROV* 33）から二年後であり、皇帝ナポレオンの戴冠式という転換点である。語りの焦点は、エスカンポバール農場の一員としてペロルが加わる奇妙な一家に絞られている。農場主のアルレットは心に傷を負った若い女性である。王党派支持者だった彼女の両親は、一七九三年一二月のトゥーロン大虐殺で殺される。語りは彼女のトラウマの原因が、その虐殺への彼女の加担にあることを突きとめる。『黄金の矢』と同じように、『放浪者　あるいは海賊ペロル』の中心に据えられているのは、トラウマを抱えた女性、そのトラウマの正体の暴露、そして、そのトラウマからの解放である。同時に、この小説の関心は、ペロルとレアル大尉の抑圧された感情、海の生活が形成する「自制的な」男性性（*ROV* 71）、その男たちが覚醒し感情を表現する力である。若い世代の解放との対比によって強調されているのは、ペロルによる老いの受け入れである。しかしながら、その背景を提供するのは小説のもうひとつの要素、英国によるトゥーロンの海上封鎖である。

エドワード・ガーネット宛ての手紙でコンラッドは、この小説を「私の作品の中で意図的に簡潔さを狙ったおそらく唯一の作品」と称した（*CLVIII* 273）。この簡潔さは、意識的に虚飾を抑えた文体と無駄のない語りの運びに最もはっきりと見て取れる。さまざまな批評家が、視覚化の具体性、「引き締まった」語り、「この小説の人物や場所についての最も早い段階の描写が終盤においてクライマックスに達する」までの展開の仕方を称賛していることは正しい。[19] 語りは重なり合う一連の謎――ペロルのそもそもの動機や意図という謎、アルレットのとらえがたい態度の謎、英国船の使命という謎等々――の間を次々と進んでいく。こうした謎の発生を支えているのは、慎重に制御された視点、巧妙に揺れ動く語りの視点といった、語りの手法である。さらにここに、反復されるさまざまなイメージのパターンを加えることもできよう。物語の初めには、「落ち着かない目」をして、実際「一群の亡霊を従えて」いる（*ROV* 21）アルレット、あるいは、「迷える魂のように建物の間を白昼にさまよい歩く」（*ROV* 40）ジャコバン派のスケヴォラといった、亡霊のイメージがある。さまざまなしぐさを凝視し、解釈し、読む（そして誤読する）行為があちらこちらで強調されている。[20] エスカンポバール農場の住人たちの張りつめた警戒の姿勢と好一対を成すのは、村の人間が農場の住人に向けるゴシップ好きの関心、ペロルに対する当局による監視、アミーリア号上の英国人将校たち、つまり、「ネルソン卿の艦隊の目」（*ROV* 58）による沿岸の監視、そして、ペロルとレアルが彼らに向ける注意深い凝視である。

コンラッドは、ナポレオン小説の構想を長く温めている間、その舞台と時間枠についていろいろと考えを巡らしていた。やがてそれは一九二五年『サスペンス』の出版として結実する。この物語は当初、一八〇八年のフランスによる英国からのカプリ島奪取についての物語として構想されていた。コンラッドが一九〇五年にカプリ島を旅行し、イニャツィオ・チェリオ氏[21]の図書館を利用できたことでその考えは膨らんだ。先述の通り、のちにモンペリエで過ごした休暇の間に焦点はエルバ島に移った。一九一三年四月コンラッドはダヴレーに宛てて、「物語の事件は、皇帝が暗い影を落とすエルバ島周辺で起こる——というのも彼は姿を現わさない、あるいは登場してもほんの一瞬だけなのです」（*CLV* 207）と書き送った。この段階で作品のタイトルは、エルバ島の別名「休息の島」だった。『放浪者　あるいは海賊ペロル』を仕上げた後にこの小説の執筆を再開した時、その舞台は一八一五年二月、ウィーン会議のさなかでナポレオンのエルバ島脱出直前のフランス占領下のジェノヴァに移り、タイトルも「ザ・サスペンス」に変わっていた（*CLVIII* 610）[22]。この新しいタイトルは、物語の焦点が休止、つまり、出来事と出来事の間の休憩にあることを示している。ダルマン侯爵がこの小説の中心人物コズモ・レイザムに言うように、エルバ島にナポレオンがいるせいで「不安定な宙吊りの感じが地中海沿岸全域に蔓延して」いる。一方ウィーン会議の席で交渉中の「諸国の命運は依然として宙に浮いた状態」（*S* 106）である。

コズモは若い英国紳士で、ヨーロッパ大陸が英国からの旅行者を再び受け入れるようになった機会を利用している。「ムッシュー・ジョルジュ」のように、彼もまた冒険を追い求めるいささか純朴な青年だ。この小説の筋は、コズモがアッティリョに偶然初めて出会う場面から、ジェノヴァを出発するまでの約三日間を追う。コズモにとってもう一つの重要な出会いは、モンテヴェッソ伯爵夫人アデルとの出会いである。彼女とコズモは幼い頃からの知り合いで、当時彼女の家族はフランス革命を逃れて彼の父のもとに避難していた。コズモが身を置くジェノヴァはスパイと陰謀の場である。父の友人ダルマン侯爵は王党派で、ブルボン家支持派の策略に関与している。コズモが滞在している宿の主人カンテルッチは、占領者から「イタリアを解放する」（*S* 201）ための革命共和国派の陰謀に関与している。アッティリョは若い頃南米の沿岸で過ごした経験のあるジェノヴァの船乗り（*S* 256）であり、実のところ、ジェノヴァの過激な政治の世界に戻ってきたノストローモといったところだ。

コズモの考え方は、この小説の冒頭で説明されている。彼にとって、「世界は相反する感情の舞台であり、そこでは理性が認めた事実さえ、謎めいた複雑さと二重性を保持している」（*S* 38）。「謎」や「謎めいた」という言葉がこの小説の中で響き渡る一方で、語りは、進展する過程で複雑な謎をその都度解消していく。コズモが宿で出会う医者は、この小説が暗示する個人的かつ政治的混乱をある程度把握しているように見える。この医者は、「自分の時代の隠された不満と野望を調査する者」（*S* 204）、つまり、「努力して手に入れたたくさんの怪しげな知識」（*S* 205）の所有者として描かれている。この点で彼は、この小説の語りの無意識の体現者のようだ。しかし、彼は、この小説が扱う問題に対する答えの体現者でもある。つまり、秘密や謎に囲まれ、不完全な知識しか持たずにいかにして倫理的に生きるのかという問題を体現しているのだ。この小説が提示する答えは、忍耐、忠誠、「人道的な衝動」(*S* 211)という「二、三の極めて単純な観念」(*APR* xix)を信奉し、激しい欲望よりも優しさを優先することである。

長年『サスペンス』は未完の作品だと考えられてきた(カールはこの小説の序文の冒頭でこの小説をまさにそう呼んでいる)。実際、物語の終わりですべてが宙吊り状態のままにされていることもそうした考えを後押ししてきた。ところが、ジーン・モアが示したように、コンラッドは亡くなる前に物語の結末まで書き終えていた。[23] これはつまり、『サスペンス』は別の前提で考察されねばならないということだ。コンラッドは「サスペンスの巨匠ではなく、一時停止状態(suspendedness)の巨匠であり[24]、彼を魅了するのは、物事が生起し損ねた時に広がる光景である」というマイケル・グリーニーの指摘は洞察に満ちている。彼の説明では、コンラッドの語りには「何も起こらないこと——決して完全には明らかにされない意味、あるいは決して到来しない安堵を待つという、本質的に現代的かつベケット的な窮地に置かれた」主人公が登場する。[25] ヤエル・レヴィンは、いかに『サスペンス』が、不確定なものや決定不可能なものに対するコンラッドの美的な探求の最高傑作であるかを論じている。[26] この最後の作品において、コンラッドは、その「解決されざる終末の形」でもって、自らが真にヘンリー・ジェイムズの信奉者であることを証明した。[27] かつてコンラッドはジェイムズの小説についてこう述べた——「彼の本は人生の一つの挿話が終わるように終わる。読者は、作品の中の人生がまだ続いているような感覚を持ち続ける。そして、最後の言葉を読み終わる時に芸術作品に訪れるあの静寂の中で、死者の存在さえかすかに感じられるのだ」(*NLL* 19)。『サスペンス』の終わりもまた、無限と「時期を逸した有限《アンタイムリーな》」というこの二つの「見たところ矛盾し合う力」を結びつけている。[28] サスペンス(先がどうなるのかという緊張感や不安)は、読者がプロット(物語の主な諸事件の間の因果性)を経験する際に抱く伝統的な期待の重要な要素である。[29]『サスペンス』はそのタイトルによってこうした期待を前景化しているが、この小説を通して出来事《アクション》は重要視されておらず、語りのサスペンスはサスペンション(宙吊り状態)の詩学に取って代わられる。

　コンラッドはフランスの小説を書くにあたって、長期にわたり渉猟したフランス史の書物を参考にしている。長年温めてきた「地中海小説」からは結果として『放浪者　あるいは海賊ペロル』と『サスペンス』という二つの小説が生まれており、歴史はこれらの小説とインターテクストの関係を切り結んでいる。『放浪者』では、革命時から革命後のフランスへの変化が第三章から第四章の間の八年の空白の舞台裏で起こる。コンラッドが創造したナポレオン小説『サスペンス』では、ナポレオンは登場しないものの、今にも筋に影響を及ぼさんとして至るところにその存在が感じられる。[30] いずれの小説においても、コンラッドは次に起こること——トラファルガーでのフランスの敗北、ナポレオンのエルバ島脱出（に続く敗北とセント・ヘレナ島での死）——を知っており、おそらく読者が同じ知識を持っていることを期待している。この「より広いインターテクストの空間」は、『オールメイヤーの阿房宮』が『島の流れ者』に提供したようなアイロニーの効果を生む外枠を与えてくれる。[31] しかしながら、作者は、フランスによる解放の可能性（それを糧にして彼は育てられた）に一縷の望みをかけ、それぞれの小説を今我々が手にしている形で終えることで物語を閉じる。『放浪者』のフランスの勝利は結局短命に終わるのだし、『サスペンス』のナポレオンは、あらゆる方向に開かれた可能性を秘めつつ物語の筋の上を浮遊している。二つの小説の結末が具体的に表しているのは、命運尽きた大義に対する忠誠の経験であり、作者コンラッドとポーランドのナショナリズムの関係は、人生の大半においてそのような経験だったのだ。そして今度は、『サスペンス』の結末らしからぬ結末が、読者を同じような宙吊りの状態に置く。我々読者は実際に次に起こる出来事を知っているにもかかわらず、それでも「約束と希望」の感覚を抱くかもしれない。[32] 同時に、レヴィンが言うように、「すべてがどのような結末を迎えるのだろうかと思う一方で、すべてはすでに終わっていることを我々読者は知っているのだ[33]」。

# 結び▼

一九二四年八月三日の朝コンラッドはオズワルズ邸の寝室で心臓発作を起こして亡くなった。しばらく体調は良くなかった。七月二日にはカールに宛てて、「のど元につかみかかるような激しい鬱を撃退しようとしている」(*CLVIII* 396)と書き送っていた。ジェシーは六週間カンタベリーにいて留守にしていた。再度ひざの手術をした後の療養だった。七月下旬に妻が戻ると、気分もよくなり、一週間滞在する予定でカールが八月一日に到着した時は、元気はつらつとしていたようだ。ところが、翌日カールとともに一家が次に借りる予定にしていた邸宅を見るために車で出かけた際、コンラッドが胸のあたりに痛みを感じたので、引き返さねばならなかった。夜の間にコンラッドは激しい呼吸困難に陥った。ジェシーは隣の寝室で寝たきりだったが、翌朝座っていた肘掛け椅子から床に落ちた夫が大声で呼ぶ声を聞いている。息子ジョンの記録によれば、確かにこれまでにも体調を崩したことはあったが、それでも「家族全員が突然の出来事に仰天した」という。[1]

四日後、聖トマス・ローマ・カトリック教会での葬儀の後、コンラッドはカンタベリー市の墓地に埋葬された。近親者のほかには、エドワード・ガーネット、ロバート・カニンガム・グレアム、ユゼフ・レティンゲルに数名の友人たちが参列した。ジェシーは手術したばかりで完全に回復していなかったので参列できなかった。公人で唯一出席したのは、ポーランド政府を代表してエドヴァルト・ラチンスキだけだった。参列者の一人によると、「ジョウゼフ・コンラッドと彼の作品に対する世界的な関心」の割に「あの日は静かで参列者もまばらだった」(2)という。カニンガム・グレアムは、政府の関心のなさに腹を立て、「アナトール・フランスが亡くなったら、パリじゅうの人々が葬儀にかけつけただろう」(3)というジョルジュ・ジャン＝オーブリーの言葉を手紙の中で引用している。コンラッドの墓石には、『放浪者　あるいは海賊ペロル』のエピグラフ（題辞）として掲げられている、エドマンド・スペンサーの『妖精の女王』からの数行が刻まれている。

苦労の後の眠り、嵐の海の後の港、
戦《いくさ》の後の安息、生の後の死、これらは大いに楽しいものだ。(4)

この詩行はいかにもコンラッドにふさわしいのだが、それでもどうしてもこの詩句には最後の最後でコンラッド的な曖昧さが残っていると考えてみたくなる。スペンサーの詩において、これは、「絶望」が「赤十字の騎士」を説得して自殺に追い込もうとしている時の言葉である。コンラッド自身の小説においてもしばしばそうであるように、我々読者は、いかに言葉の意味が話し手や発話のコンテクストに依存するかを考えさせられるのではないだろうか。おそらくコンラッドはコンテクストから切り離された引用としてこの詩行に出会ったに違いない。従って、ここは、一九〇二年にフォード・マドックス・フォードに宛てた書簡の中で表明された、死に対するコンラッド自身の反応で締めくくるべきだろう。コンラッドは言う――「死の瞬間は決して言葉にできない」と。「死に触れた瞬間、言葉が場違いな世界の幻影が見えるから」だ（*CLII* 378）。

# 謝辞

コンラッドのどんな伝記も、必ずそれまでの学者の作品を参考にしている。ジョスリン・ベインズの *Joseph Conrad: A Critical Biography* (1960) は、私をコンラッドの伝記研究の世界に導き入れてくれた。ズヂスワフ・ナイデルの *Conrad's Polish Background* (Oxford, 1964) や *Conrad Under Familial Eyes* (Cambridge, 1983) によって私はコンラッドの人生のポーランド人としての側面に接近することができたし、ナイデルの二冊の伝記 *Joseph Conrad: A Chronicle* (Cambridge, 1983) とその改訂版 *Joseph Conrad: A Life* (New York, 2007) は必携の書である。セドリック・ワッツの *Joseph Conrad: A Literary Life* (Basingstoke, 1989) は、コンラッドの経済状況や文学市場と彼の交渉を知るための貴重な手引書だった。私はまた、ジェシー・コンラッド、フォード・マドックス・フォード、リチャード・カール、コンラッドの息子たちボリスとジョンの回想録も参考にした。

フレデリック・カール、ローレンス・デイヴィス初め『ジョウゼフ・コンラッド書簡集』の編者には大いに感謝している。アラン・シモンズ、ジョン・ピーターズその他による *Contemporary*

*Reviews* (Cambridge, 2012) の編集号は、コンラッドの初期の受容を知る上で必須の案内書であり、一方オーウェン・ノウルズの *A Conrad Chronology* (Basingstoke, 1989) は、時間軸の上で私が道を踏み外さないよう助けとなってくれた。

この評伝の初稿に丁寧かつ批判的に目を通してくれたヤエル・レヴィン、寛大にも原稿を読んでくれたセドリック・ワッツには特に感謝したい。迅速に質問に答えてくれたキース・キャラバインやマヤ・ジャサノフにも感謝したい。いつものように、この最終版におけるどんな誤りや脱落部分もすべて私の責任である。評伝を書くよう促してくれたアンドリュー・ギブソン、どう始めればよいかについて助言をくれたハリー・リケッツにも感謝したい。いつもながら、ゲルリンデ・レーダー・ボルトンの支えと批判的洞察には非常にありがたく思う。

# 訳者あとがき

山本　薫

本書は、世界のコンラッド研究を長く牽引してきた英国の英文学者ロバート・ハンプソンによる「新しい」評伝 *Joseph Conrad*（London: Reaktion Books, 2020）の日本語訳である。著者は、ほかにもコンラッドの共作者フォード・マドックス・フォード、ラドヤード・キプリング、ライダー・ハガード等に関する仕事でも知られている。この評伝でもコンラッドは例えばディケンズ、フロベール、ドストエフスキー、珍しいところではジョージ・エリオットなどのメジャーな作家だけでなく、ベッケなどのマイナーな作家とも関連づけられている。約二百頁と小ぶりではあるが、コンラッドの波乱の人生と難解なテクストを一九世紀から二〇世紀の具体的な歴史的コンテクスト（文脈）の中において解説する原著は、以下に述べるように専門家が大事にしてきたコンラッドのイメージに揺さぶりをかけるような本格的な評伝であるとともに、学生や一般読者にとっても親切な入門書である。

コンラッドの入門書はいくつか存在するが、最後に刊行されたのがアラン・シモンズによる二〇〇六年の*Joseph Conrad*であり、それからほぼ二十年近く経過していることになる。ここのところコンラッド作品の新訳の出版が続いている日本の読者にとって原著は絶好のタイミングで登場したと言えるかもしれないが、世界的に見れば、コンラッド研究ではすでに伝説的存在となっているハンプソンによる評伝がなぜこれまでなかったのかという疑問は当然湧くだろう。実際本書の企画は以前からあったらしいが、二〇〇七年にコンラッド生誕一五〇周年を記念して伝記の定本*Joseph Conrad: A Life*（Z・ナイデル著）と*The Several Lives of Joseph Conrad*（J・スティプ著）が相次いで出たため、ハンプソンは自著の出版を見合わせたという。こうしてハンプソンが評伝を眠らせている間にコンラッド研究は確実に変化を遂げた。原著はそうした変化を反映しつつ、これまでの評伝とは違う形でコンラッドの人生と作品を見せようとする「新しい」評伝である。

その「新しさ」はまず、原著がリアクション・ブックスというもともとはエディンバラで一九八五年に設立された、アートや建築関連の書籍を専門とする出版社から現代の先駆的な文化人の評伝シリーズの一冊として刊行されたという事実にすでにうかがえる。このシリーズでコンラッドは、思想家ではバルト、ヴェイユ、ドゥルーズやバタイユ、画家ではカーロ、ダリ、マグリット、作家ではウルフ、ジョイス、ベケット、ポーにランボー、フォークナー、メルヴィルといった錚々たる革命児とともに名を連ねている。これは、従来の評伝のほとんどの版元が「英国」（か米国）の出版社で、著者もまた「英国」（か米国）のコンラッド研究者、コンラッドを「英国」の「偉大な伝統」を構成する作家として取り上げ、主として英語圏の読者を想定した入門シリーズだったことを考えると画期的である。

従来のアングロ・アメリカンな入門書は、コンラッドの人生をポーランド時代、船乗り時代、作家時代に三分割し、作家としての活動期間を前・中・後期に分け、「闇の奥」（一九〇二）、『ロード・ジム』（一九〇〇）、『ノストローモ』（一九〇四）等の中期の「傑作」に紙面の多くを割き、初期の「習作」と後期以降の「駄作」には申し訳程度に触れるだけであった。こうした構成の背後にあるのは、コンラッド批評の支配的な評価基準、'achievement and decline' パラダイムだ。コンラッドを「偉大な伝統」に組み入れた当の本人F・R・リーヴィス（英）と並んで戦後のコンラッド研究において影響力をふるったトマス・モーザー（米）の *Joseph Conrad: Achievement and Decline*（一九五七）に因んで名づけられたこのパラダイム（評価基準）の下で多くの批評家は、（白人）男性主人公の精神的苦悩を描く中期の心理小説群を特権化し、女性（及び男女関係）という「苦手な」題材を中心に据えた後期作品が商業的に成功してからのコンラッドの作家としての想像力は枯渇の一途をたどると考えた。ハンプソンの評伝は、そのような作家の「達成（achievement）」と「衰退（decline）」の筋書きをただ時系列で辿ることはしない。この評伝を貫くのは「女性」「アメリカ」「フランス」というトピックであり、これら三つのテーマは独立した章を振り当てられているだけでなく、挿話としても随所に散りばめられており、各章を閉じつつ次の章へと読者を導く重要な役割を与えられている。故に（原著にはないが）副題として掲げた。

コンラッド批評において「女性」、「アメリカ」、「フランス」を前景化することは、これまで過小に評価されてきた、「女性」を主人公とする後期作品群、そして、「フランス」を舞台とする晩年の歴史小説群に注目することであり、（『ノストローモ』の舞台の南米ばかりでなく）コンラッドの商業的成功に寄与した北米市場に光をあて、前衛文学の旗手と目されてきた孤高の作家が実は大衆的人気を渇望し、成功を手にしてからはむしろ積極的に広報を利用してきた点（第一一章）を強調することである。つまりそれは、序章「コンラッドのイメージ」が概観する、支配的な評価基準の下で繰り返されてきた「英国商船隊の船乗り」や「海洋小説の作家」といったコンラッド像の再考を促すことである。

コンラッドを「英国」という枠を越える（トランスナショナルな）作家としてとらえる原著は同時に、コンラッドを性差別主義者および人種差別主義者とする見方にも反論している。ミソジニスト（女性嫌い）コンラッドというイメージが定着している理由のひとつは、船乗りマーロウという作中人物と作者が混同されているからであり、マーロウの女性蔑視は彼特有のものというよりは一九世紀ヴィクトリア朝のイデオロギーの要請だと著者は述べる（第一〇章）。実際は女性に好まれ、女性の友人も多かったコンラッドは、『チャンス』（一九一三）に登場するフェミニスト、ファイン夫人の描写が示唆するように、「戦闘的」フェミニズムに彼なりの関心を寄せており、女性参政権の請願書に署名もしている。さらに著者は、『オールメイヤーの阿房宮』（一八九五）が、見すごされてきたその序文の中で「共通の人間性」を謳っていることに注目し、出版当初植民地支配を称揚する亜流の冒険小説として受容されたこのデビュー作は、実は植民地支配を正当化する人種的優越感をむしろ否定していると主張する（第三章）。

つづく第四章から六章までは、「海洋冒険小説の作家」コンラッドが誕生し、その印象主義的技法が『ノストローモ』で頂点を迎えるまでの過程を、審美的な出来事としてのみならずビジネスライクなプロの代理人ピンカーが登場するまでの物理的・経済的事情によって説明している。ハンプソンのこうした歴史的アプローチの本領が発揮されているのは、アイルランドの自治問題、ロンドンの貧困、「紳士クラブ」同然の政府、反移民意識の高まりといった同時代的文脈の中で『シークレット・エージェント』の「秘密」を解き明かす第七章ではないだろうか。この章の最後でコンラッドのテクストをもう一つの同時代的文脈——移民に対して「敵対的な環境（hostile environment）」[1]と化したEU離脱時の英国——へとひらく著者は（まるでマーロウのように）過去を懐かしんでいるように思える。

市場における女性読者の増加は、当時の新聞が女性を対象として立てる新たな戦略に影響する。そうしたコンテクストの中で、女性の存在感が増す後期作品群はついに作者に商業的成功をもたらす。そして、死後にコンラッドを「偉大な伝統」に組み込む英国よりも、生前彼の草稿を買い取り、全集の出版(やのちの映画化)に先鞭をつけたアメリカこそがコンラッドを大作家にする(第一一章)——ここから原著は、従来の評伝が駆け足で眺めるだけだったコンラッドの(「達成[achievement]」後の)「衰退(decline)」を、むしろ「出発(departure)」として提示する。

晩年のコンラッドは衰えを見せるどころか、フランスを舞台とする歴史小説群で技巧の実験を続けた。ハンプソンは、その技巧を、読者の期待を裏切る伝統的な「サスペンス(suspense)」ならぬ「サスペンション(suspension:宙吊りの詩学)」(本書二三九頁)と呼んでいる。ただし、コンラッドの歴史小説は近年やっと議論され始めたばかりでその評価はまだ十分に定まっていない。慎重なハンプソンは、「駄作」とされてきた歴史小説群を「傑作」の地位に格上げして原著を結ぼうとするのではなく、『放浪者　あるいは海賊ペロル』(一九二三)のエピグラフ——「苦労の後の眠り、嵐の海の後の港/戦の後の安息、生の後の死、これらは大いに楽しいものだ(E・スペンサーの『妖精の女王』)——が湛える「最後のコンラッド的曖昧さ」(本書二四二頁)を前に沈黙する。コンラッドの死によって完成を見なかったナポレオン小説『サスペンス』(一九二五)の結末(ならぬ結末)を模倣するかのように、著者は結末を宙吊り(suspended)にしたまま、大陸の現代思想及びその情動論、思弁的実在論の展開を踏まえた読み[2]にはほとんど触れずに筆《ペン》を置く。

ハンプソンのこの沈黙には、「哲学」と「文学」をはっきり区別する英国コンラッド批評の主流派の、ヨーロッパ大陸の思想に対する嫌悪がうかがえなくもない。しかし、ハンプソンは、引用されることで『妖精の女王』の元々の文脈から離れた『放浪者』のエピグラフの詩句を通して、言葉の意味が発話者とコンテクストにいかに依存するかを問うと、今度は脱コンテクスト化された領域にコンラッドを手放すことで、どうも、自らのコンテクスト化のアプローチすら中断（suspend）している節がある。そうだとすると、原著の結び（ならぬ結び）における彼の沈黙は、主流による反主流に対する「抑圧」に見えて必ずしもそうとは言いきれず、著者自らが「サスペンションの詩学」と呼ぶもののまさに実演のように思えてくる。

他の作家研究における批評の近年の先鋭化を見る限り、コンラッド批評における「新しさ」はもしかしたらその比ではないかもしれない。それだけコンラッド批評は伝統を固く守ってきた。ハンプソンはいわばその保守批評家の代表的存在として、芸術と人生の照応関係に対する素朴な信仰に基づく印象批評的な『西欧の目の下に』読解（第八章）も丁寧に紹介している。同時に、原著の結びで著者は、特に謎の多いコンラッド晩年のテクストの空白から新たな読みを切り開くことを誘いかけているようでもあり、もしかしたら読者はその沈黙の中にレジェンドからの声なき声援を聴いてもよいのかもしれない。その意味で、遅れてきたこの評伝は、始まりの評伝である。

本書はJSPS 科研費 JP19K00451 の助成を受けたものであり、最終年度の研究成果の一部です。

ここですべての方のお名前を挙げることは叶いませんが、この評伝を訳すにあたっては、多くの方々のご支援をいただきました。著者のハンプソン先生には、訳者の数々の質問に快くお答えいただだいたばかりでなく、この日本語版への序文をお寄せいただきました。ポーランド文学研究者の田中壮泰さんには、ポーランド語およびウクライナ語についてご教示いただきました。この場をお借りして改めてみなさまにお礼申し上げます。本書に含まれうる誤りはすべて筆者の責めに帰するものです。本書の至らない点のご指摘を通して、外国文化・文学への関心や理解が深まるとすれば、訳者として望外の喜びです。そして、最後になりましたが、この評伝の日本語訳がこうしてコンラッド没後百年記念の年に世に出る日を迎えられたのは、松柏社の森有紀子氏の原著に対するご理解と出版に至るさまざまな局面でのご尽力のおかげです。

二〇二四年一二月

Mallios, Peter Lancelot, *Our Conrad: Constituting American Modernity* (Stanford, CA, 2010)
Moore, Gene M., ed., *Conrad's Cities: Essays for Hans van Marle* (Amsterdam, 1992)
Moser, Thomas, *Joseph Conrad: Achievement and Decline* (Cambridge MA, 1957).
Mulry, David, *Joseph Conrad Among the Anarchists* (London, 2016)
Nadelhaft, Ruth, *Joseph Conrad* (New York, 1991)
Palmer, John A., *Joseph Conrad's Fiction: A Study in Literary Growth* (Ithaca, NY, 1968)
Roberts, Andrew Michael, *Conrad and Masculinity* (Basingstoke, 2000)
Ruppel, Richard, 'Pathos and Fun: Conrad and Harper's Magazine', *Conradiana*, XLI/2 and 3 (Autumn/Winter 2009)
Schwab, Arnold T., 'Conrad's American Speeches and His Reading from *Victory*', *Modern Philology*, LXII (1965), pp. 342-7
Schwarz, Daniel, *Conrad: The Later Fiction* (Basingstoke, 1982)
Sherry, Norman, *Conrad's Eastern World* (Cambridge, 1966)
———, *Conrad's Western World* (Cambridge, 1971)
Stape, J. H., ed., *The Cambridge Companion to Joseph Conrad* (Cambridge, 1996)
———, *The New Cambridge Companion to Joseph Conrad* (Cambridge, 2015)
Straus, Nina Pelikan, 'The Exclusion of the Intended from Secret Sharing in Conrad's *Heart of darkness*', *Novel*, xx (1987), pp. 123-37
Wake, Paul. *Conrad's Marlow: Narrative and Death in 'Youth', Heart of Darkness, Lord Jim and Chance* (Manchester, 2007.
Watt, Ian, *Conrad in the Nineteenth* Century (London, 1980)
Watts, Cedric, *Conrad's 'Heart of Darkness': A Critical and Contextual Discussion* (Milan, 1977)
———, *The Deceptive Text: An Introduction to Covert Plot* (Brighton, 1984)
———, *A Preface to Conrad* (Harlow, 1982)

(1981), pp. 7-18
Donovan, Stephen, *Conrad and Popular Culture* (Basingstoke, 2003)
Dryden, Linda, *Joseph Conrad and H. G. Wells: The Fin-de-Siècle Literary Scene* (Basingstoke, 2015)
Finkelstein, David, 'Decent Company: Conrad, Blackwood's, and the Literary Marketplace', *Conradiana*, XLI/1 (Spring 2009), pp. 29-47
Francis, Andrew, *Culture and Commerce in Conrad's Asian Fiction* (Cambridge, 2015)
Geddes, Gary, *Conrad's Later Novels* (Montreal, 1980)
Glazzard, Andrew, *Conrad's Popular Fictions: Secret Histories and Sensational Novels* (Basingstoke, 2012)
GoGwilt, Christopher, *The Invention of the West: Joseph Conrad and the Double-mapping of Europe and Empire* (Sanford, CA, 1995)
Hampson, Robert, *Conrad's Secrets* (Basingstoke, 2012)
———, *Cross-cultural Encounters in Joseph Conrad's Malay Fiction* (Basingstoke, 2000)
———, *Joseph Conrad: Betrayal and Identity* (Basingstoke, 1992)
———, 'Joseph Conrad: Postcolonialism and Imperialism', *EurAmerica*, XLI/1 (March 2011), pp. 1-46
Hawkins, Hunt, 'The Issue of Racism in Heart of Darkness', *Conradiana*, XIV/3(1982), pp. 163-71
Hawthorn, Jeremy, *Joseph Conrad: Narrative Technique and Ideological Commitment* (London, 1990)
Hervouet, Yves, *The French Face of Joseph Conrad* (Cambridge, 1990)
Jones, Susan, *Conrad and Women* (Oxford, 1999)
Kirschner, Paul, *Conrad: The Psychologist as Artist* (Edinburgh, 1968)
———, 'Making You See Geneva: The Sense of Place in *Under Western Eyes*', *L'Epoque Conradienne* (1988), pp. 101-27
———, 'Topodialogic Narrative in *Under Western Eyes* and the Rassoumoffs of "La Petite Russie"', in *Conrad's Cities: Essays for Hans van Marle*, ed. Gene M. Moore (Amsterdam, 1996), pp. 223-54
Levin, Yael, *Tracing the Aesthetic Principle in Conrad's Novels* (Basingstoke, 2009)
Lothe, Jacob, *Conrad's Narrative Method* (Oxford, 1989)
McDonald, Peter, *British Literary Culture and Publishing Practice, 1880-1914* (Cambridge, 1997)
———, 'Men of Letters and Children of the Sea: Conrad and the Henley Circle Revisited', *The Conradian*, XII/1 (Spring 1996), p. 36

Zdzisław Najder (London, 1964)
*Conrad Under Familial Eyes* ed. Zdzisław Najder (Cambridge, 1983)
*Contemporary Reviews,* vol. I-IV, ed. Allan H. Simmons, et al. (Cambridge, 2012)
*A Portrait in Letters: Correspondence to and about Conrad,* ed. J. H. Stape and Owen Knowles, *The Conradian,* XIX/1 and 2 (1995)
*Selected Letters of Joseph Conrad,* ed. Laurence Davies (Cambridge, 2015)

### 伝記

Jasanoff, Maya. *The Dawn Watch: Joseph Conrad in a Global World* (London, 2017)
Meyer, Bernard. *Joseph Conrad: A Psychoanalytic Biography* (Princeton, NJ, 1967)
Meyers, Jeffrey. *Joseph Conrad: A Biography* (London, 1991)
Najder, Zdzisław. *Joseph Conrad: A Life* (New York, 2007)
Watts, Cedric. *Joseph Conrad: A Literary Life* (Basingstoke, 1989)

### 批評

Armstrong, Paul B., *The Challenge of Bewilderment: Understanding and Representation in James, Conrad, and Ford* (Ithaca, NY, 1987)
———, 'Heart of Darkness and the Epistemology of Cultural Differences', in *Under Postcolonial Eyes: Joseph Conrad after Empire*, ed. Gail Fincham and Myrtle Hooper (Rondebosch, 1996), pp. 21-39
Baxter, Katherine, '"He's Lost More Money on Joseph Conrad than Any Editor Alive": Conrad and *McClure's Magazine*', *Conradiana*, XL1/2 and 3 (Autumn/Winter 2009), pp. 114-32
———, and Richard Hand, eds, *Joseph Conrad and the Performing Arts* (Farnham, 2009)
Bock, Martin, *Joseph Conrad and Psychological Medicine* (Lubbock, TX, 2003)
Breback, Raymond, *Joseph Conrad, Ford Madox Ford and the Making of 'Romance'* (Ann Arbor, MI, 1986)
Carabine, Keith, *The Life and the Art: A Study of Conrad's 'Under Western Eyes'* (Amsterdam, 1996)
Chambers, Helen, *Conrad's Reading: Space, Time, Networks* (Basingstoke, 2018)
Constanzo, William V., 'Conrad's American Visit', *Conradiana*, XIII/1

# 参考文献


## 作品

*Almayer's Folly* (London, 1895)
*An Outcast of the Islands* (London, 1896)
*The Nigger of the 'Narcissus': A Tale of the Forecastle* (London, 1897)
*Tales of Unrest* (London, 1898)
*Lord Jim* (London, 1900)
*The Inheritors* (with Ford Madox Hueffer) (London, 1901)
*Typhoon* (New York, 1902)
*Youth: A Narrative, and Two Other Stories* (London, 1902)
*Typhoon, and Other Stories* (London, 1903)
*Romance: A Novel* (with Ford Madox Hueffer) (London, 1903)
*Nostromo: A Tale of Seaboard* (London, 1904)
*The Mirror of the Sea: Memories and Impressions* (London, 1906)
*The Secret Agent: A Simple Tale* (London, 1907)
*A Set of Six* (London, 1908)
*Under Western Eyes* (London, 1911)
*A Personal Record* (London, 1912)
*'Twixt Land and Sea: Tales* (London, 1912)
*Chance: A Tale in Two Parts* (London, 1913)
*Within the Tides: Tales* (London, 1915)
*Victory: An Island Tale* (London, 1915)
*The Shadow-Line: A Confession* (London, 1917)
*The Arrow of Gold* (London, 1919)
*The Rescue: A Romance of the Shallows* (London, 1920)
*Notes on Life and Letters* (London, 1921)
*The Rover* (London, 1923)
*The Nature of a Crime* (with Ford Madox Hueffer) (London, 1924)
*Suspense: A Napoleonic Novel* (London, 1925)
*Tales of Hearsay* (London, 1925)
*Last Essays* (London 1926)
*The Sisters* (London, 1928)

## 書簡及び資料

*Collected Letters of Joseph Conrad,* vols I-IX, ed. Frederick R. Karl, Laurence Davies et al. (Cambridge, 1983-2007)
*Conrad's Polish Background: Letters to and from Polish Friends,* ed.

寄せている。

(2) ヤエル・レヴィンの *Tracing the Aesthetic Principle in Conrad's Novels* (Palgrave, 2009) や拙書 *Rethinking Joseph Conrad's Concepts of Community: Strange Fraternity* (Bloomsbury, 2017) を通してデリダへの言及はないわけではないが、主にルネ・ジラールやジャン=リュック・ナンシーを援用し、ドゥルーズもその議論の射程に収めたニデシュ・ロートーの例えば *Conrad's Shadow: Catastrophe, Mimesis, Theory* (MSU P, 2016) や彼の編集した *Conrad in the Anthropocene* (Routledge, 2018) への言及はまったくない。

(24) Michael Greaney, 'Conrad's Style', in *The New Cambridge Companion to Joseph Conrad*, ed. J. H. Stape (Cambridge, 2015), p. 107.
(25) 前掲書。
(26) Yael Levin, *Tracing the Aesthetic Principle in Conrad's Novels* (Basingstoke, 2009), pp. 139–68.
(27) 前掲書 p. 158。
(28) 前掲書 p. 162。
(29) 〔訳注〕ジェラルド・プリンス『改訂　物語論辞典』遠藤 健一訳、松柏社、2015 年を参照。
(30) 初版の表紙では、ナポレオンの亡霊のような影がコズモ・レイザムとアッティリョを覆っている様子が示されている。
(31) Levin, *Tracing the Aesthetic Principle*, p. 152.
(32) Kaoru Yamamoto, *Rethinking Joseph Conrad's Concepts of Community* (Bloomsbury Academic, 2017), p. 161. 山本はジャック・デリダの次の言葉を引用している――「(異邦人そのものとしての出来事のための）希望を記憶しておくために、つねに空いた場所を……残しておかねばならない」(*Spectres of Marx*, London, 1994, p. 65 [ジャック・デリダ『マルクスの亡霊たち』増田一夫訳、藤原書店、2007 年、p. 151])。
(33) Levin, *Tracing the Aesthetic Principle*, p. 166.

## 結び

(1) John Conrad, *Joseph Conrad: Times Remembered* (Cambridge, 1981), p. 215.
(2) John Sheridan Zelie, 'A Burial in Kent', in *Joseph Conrad* (New York, 1925), pp. 45, 46.
(3) エドワード・ガーネット宛てのカニンガム・グレアムの手紙 (1924 年 8 月 13 日 )。*A Portrait in Letters: Correspondence to and about Conrad*, ed. J. H. Stape and Owen Knowles (Ansterdam, 1996), p. 249.
(4) 〔訳注〕エドマンド・スペンサー『妖精の女王 1 』和田勇一／福田昇八訳、ちくま文庫、2005 年、253 頁。

## 訳者あとがき

この「訳者あとがき」は、『コンラッド研究』号外の「新刊紹介」に初出の、Robert Hampson, *Joseph Conrad* (2020) の書評に加筆修正を施したものです。このような形での転載を承諾して下さった日本コンラッド協会にお礼を申し上げます。

(1) 詩人でもあるハンプソンは、英国の元首相テリーザ・メイが在任中 (2016–19) に自らの使命とした移民排除に抗議する詩集 hostile environment (purge, 2019) を編集し、'testing ground' と題する詩を

ウクライナ・バルト史』山川出版社、pp. 180–84 を参照）

(8) George Rudé, *Revolutionary Europe, 1783-1815* (London, 1964), p. 188.

(9) この二つのパラグラフの情報については、Adam Zamoyski, *Poland: A History* (London, 2009) に負うている。

(10) Jarosław Czubarty, 'The Attitudes of the Polish Political Elite Towards the State in the Period of the Duchy of Warsaw', in *Collaboration and Resistance in Napoleonic Europe*, ed. Michael Rowe (Basingstoke, 2003), pp. 224–25.

(11) Zamoyski, *Poland*, pp. 224-25.

(12) コンラッドのピンカー宛ての手紙（1912 年 5 月 11 日）（*CLV* 63–64）を参照。

(13) もともとコンラッドはこの物語のタイトルを「ヨーロッパの覇者――ある軍人の物語」（*CLIV* 60）にしようと考えていた。

(14) オーギュスト・ド・マルモン（Auguste de Marmont, 1774–1852）は 1809 年 6 月にライバッハに到達し、グラーツ包囲戦を戦い抜いてウィーンに進軍し、ヴァグラムの戦いに参加した（1809 年 7 月）。

(15) Thomas Dilworth, *David Jones in the Great War* (London, 2012), p. 73 の 1915 年の休戦に関するジョーンズによる記述を参照。

(16) 1912 ～ 16 年の間のコンラッドのフランスにおける評価は、講演、批評、一連の翻訳によって確立された。

(17) 〔訳注〕アンリ・デュラン＝ダヴレーはコンラッドのほかにキプリング、メレディス、ウェルズの作品も訳している。英仏の作家の交流を促した。象徴派の作家を支持する文芸誌『メルキュール・ド・フランス』の常連寄稿者で、この文芸誌が出版していた外国人作家全集の編集者でもあった。

(18) 〔訳注〕フランス北部、ベルギー国境に近いノール県の都市。第一次世界大戦中に完全に破壊され、復興後は赤煉瓦で統一された町並みとなった。

(19) Gary Geddes, *Conrad's Later Novels* (Montreal, 1980), pp. 179, 174–75.

(20) さらに詳しい議論については、Robert Hampson, 'The Late Novels', in *The Cambridge Companion to Joseph Conrad*, ed. J. H. Stape (Cambridge, 1996), pp. 140–59 参照。

(21) 〔訳注〕Ignazio Cerio (1841–1921)　イタリアはカプリ島の医師、アマチュアの思想家。彼と一族が収集したさまざまな文書、特にカプリ島の歴史文書（とりわけ 19 世紀と 20 世紀が豊富）や、考古学的な物質的資料は現在博物館（とその図書室）で一般公開されている。https://www.centrocaprense.org/en/

(22) 第一次世界大戦勃発時にイングランドへの帰途でコンラッド一家はジェノヴァで 3 日過ごした。

(23) Gene M. Moore, *Introduction to Joseph Conrad, Suspense* (Cambridge, 2011).

342–47 参照。
⑶9 〔訳注〕1867–1941。鉄道実業家でアメリカで最も裕福な人物のひとり。前掲書 p. 343。
⑷0 前掲書。
⑷1 Curle, *The Last Twelve Years*, pp. 136, 137, 145.

## 第 12 章　コンラッドとフランス

(1) Zdzisław Najder, *Joseph Conrad: A Life* (New York, 2007), p. 16.
(2) Richard Niland, *Conrad and History* (Oxford, 2010), p. 160.
(3) T. C. W. Blanning, *The French Revolutionary Wars, 1787–1802* (London, 1996), pp. 27, 30.
(4)〔訳注〕1737–1809。英国の革命思想家、著作家。ロンドンでベンジャミン・フランクリンに会い、独立運動の渦中にある植民地アメリカに渡り、『コモン・センス』（1776）を出版して、アメリカ独立に向けて世論に働きかけた。独立達成後はヨーロッパに戻ってフランス革命を支持し、『人間の権利』（1791–92）を発表して英政府から追放されフランスに出奔。理神論を主張する『理性の時代』（1794–95）を出版して英国での不評をさらにかい、ふたたびアメリカに戻ったが、不遇のうちに人生を終えた。（『岩波 世界人名大辞典』を参照）
(5)〔訳注〕コンドルセ侯爵マリ＝ジャン＝アントワーヌ＝ニコラ・ド・カリタ・ド（1743–94）はフランスの数学者、政治家、思想家。ドーフィネ地方（仏南東部）の名門の出。1769 年科学アカデミー会員。百科全集派と親交を結び 76 年には特に数学部門で『百科全書』の補巻に執筆。1782 年アカデミー・フランセーズ会員。1789 年にはヴォルテール全集を編纂、フィロゾーフ（啓蒙思想の担い手である知識人）たちの後継者と目される。フランス革命時は立法議会、国民公会議員として公教育の制度化に関する壮大なプランや憲法草案を発表。また両性の平等を主張する数少ない論客でもあった。穏和主義を批判され、逮捕されるが服毒自殺した。その遺著『概観』は 18 世紀啓蒙思想の遺書と称される。（『集英社世界文学事典』を参照）
(6) 前掲書 p. 129。
(7)〔訳注〕アメリカ憲法（1787）、フランス 91 年憲法（1791）と並ぶ世界史的に見て民主主義の伝統の源流の一つと言える5月3日憲法(1791)は、ポーランド独立運動のシンボルだった。ロシアは 5 月 3 日憲法に反対する保守派貴族を支援してタルゴヴィツァ連盟を結成させた。連盟は5月3日憲法の特に貴族の諸特権を制限する事項に反発していた。連盟の声明は 1792 年 5 月 14 日、ウクライナ地方のタルゴヴィツァで出された。その 4 日後の 5 月 18 日、ロシア軍は正式な宣戦布告をしないままポーランド・リトアニア共和国内に侵攻した。革命フランスとの対抗上、1793 年 1 月 23 日ロシアとプロイセンは第二次分割を強行した。ふたたびロシアの保護体制下におかれたポーランドは内政外政の諸問題をロシアに委ねることを義務づけられ、東方領の大部分がロシアに併合された。（伊東孝之／井内敏夫／中井和夫編『ポーランド・

(Cambridge, 2016), p. 401.

(27) Peter Lancelot Mallios, *Our Conrad: Constituting American Modernity* (Stanford, CA, 2010), p. 4.

(28) 前掲書 p. 133。

(29) 元数学の教授で、コンラッド作品の熱心な読者だったセオドア・ジョン・カジンスキー（Theodore Jchn Kaczynski）は 1978 ～ 95 年にかけてアメリカで爆破テロを行った。FBI は、科学に関するターゲットを狙った爆破を『シークレット・エージェント』と結びつけた。

(30)〔訳注〕18 世紀後期、スコットランドの建築家ロバート・アダムとその兄弟ら 4 人によって生み出され軽快で優美な新古典主義の建築様式。英国の伝統と古代ローマの装飾手法の折衷様式で、建築の他、室内装飾、家具デザインも含む。時代の重商主義を反映し、海外の文化も積極的に取り入れた。1867 年のパリ万博で展示された寄木細工の飾り棚をきっかけにヴィクトリア朝末期からエドワード時代にかけて人気が再燃した。

(31)〔訳注〕オービュッソンは、フランス中部のタペスリーで有名なクルーズ県の都市。

(32) コンラッドは 1915 年 3 月にピンカー宛ての手紙の中で、「『ガスパール・ルイス』が映像化になんと向いていることか」（*CLV* 461）と言及している。

(33) 1916 年 3 月には、講演予約代理店を経営していたポンド（J. B. Pond）がコンラッドに接近した。コンラッドは声がうまく出ないことを理由にその誘いを断った。1910 年 1 月に倒れた際にコンラッドは声が出なくなっており、完全に回復していなかった（*CLV* 454）。

(34) ディケンズは 1842 年に合衆国を訪れ、ワイルドの訪問は 1882 年だった。クィンは 1902 年以来イェイツのパトロンだった。彼はイェイツのために最初の講演旅行を調整した。イェイツは 60 回以上の講演をこなし、約 3200 ドル稼ぎ、646 ポンドの利益を手にして帰国した。William H. Murphy, *Family Secrets: William Butler Yeats and His Relatives* (New York, 1995), p. 120 参照。イェイツの最後の講演旅行は、1932 ～ 33 年にかけて行われたが、彼の新たな企画であるアイルランド文学アカデミーの資金を集めるよう意図されていた。

(35) カール（*The Last Twelve Years*, p. 185）の記録によれば、仮にカールとコンラッドが合衆国で講演旅行をすれば、「4 万ポンドの現金を手に入れる」ことができただろう、とニューヨークの講演代理がカールに言ったらしい。しかしながら、コンラッドは大金を儲けるために合衆国にいたわけではないという事実を彼の聴衆は評価した。

(36) William V. Constanzo, 'Conrad's American Visit', *Conradiana*, XIII/1 (1981), pp. 7–18 参照。

(37) メアリー・バーゴインは、おそらくニュース映画（記録映画）のレポーターによる、コンラッドのニューヨーク到着の映像を発見した。

(38) アーノルド・T・シュワブによる転記、'Conrad's American Speeches and His Reading from *Victory*', *Modern Philology*, LXII (1965), pp.

(7) 前掲書 p. 30。
(8) 前掲書 p. 149。
(9) 前掲書 p. 61。
(10) 〔訳注〕〘精神医学〙砲弾ショック、戦争神経症（戦争に長い間従事して精神的緊張のため視覚・記憶力を失うこと）（『ジーニアス英和大辞典』大修館書店を参照）
(11) 『メトロポリタン・マガジン』はニューヨークの観劇に行く人々のための雑誌として 1895 年に創刊された。1902 年には出版社ハーパー・アンド・ブラザーズに買収された。
(12) より詳細な記述は、Richard Ruppel, 'Pathos and Fun: Conrad and *Harper's Magazine*', *Conradiana*, XLI/2 and 3 (Autumn/Winter 2009), pp. 178–200 参照。
(13) Susan Jones, *Conrad and Women* (Oxford, 1999), p. 99.
(14) 同上。
(15) 前掲書 p. 100。
(16) J・B・ピンカー宛てのヘンリージェイムズの手紙（1914年2月5日）。*Henry James: A Life in Letter*, ed., Phillip Horne (New York, 1999), pp. 530–31.
(17) 『ノストローモ』以後、すべてのコンラッド作品はアメリカ合衆国で連載された。
(18) マックルーアとコンラッドの関係についてのより詳細な記述は、Katherine Baxter, '"He's Lost More Money on Joseph Conrad than Any Editor Alive": Conrad and *McClure's Magazine*', *Conradiana*, XL1/2 and 3 (Autumn/Winter 2009), pp. 114–32 参照。
(19) コンラッドの最初の出版物については、www.conradfirst.net を参照。これらはしばしば新聞・雑誌などに同時に発表された簡易版だった。
(20) のちにコンラッドはタイプ原稿の修正版もクィンに売却した。
(21) カール（*The Last Twelve Years*, p. 146）によれば、原稿の売却でコンラッドが得た最高額は『勝利』の 100 ポンドだった。同じ原稿は、クィンの競売では 1880 ドルで売却された。
(22) クィンのコレクションを売却したミッチェル・ケナリーによれば、クィンはコンラッドに 1 万ドルを渡すつもりだったが、ダブルデイ社からの横やりがはいったために気が変わったという。
(23) ジェイムズの序文はのちにまとめられ、R・P・ブラックマーの編集により *The Art of Fiction* (New York, 1934) として単行本化された。コンラッドの作者の覚書（ノート）はダブルデイ・ペイジ社から（250 部の）限定版として 1921 年に出版され、1937 年にデント社から *Conrad's Prefaces to His Works* として再版された。
(24) 〔訳注〕ある作家の作品集やシリーズをそろいの大きさと体裁で製本したもので、特に 19 世紀末から 20 世紀初頭にかけて、長期間多くの読者を惹きつけた人気作家によく見られた。
(25) Curle, *The Last Twelve Years*, p. 203.
(26) Joseph Conrad, *Victory*, ed. J. H. Stape and Alexandre Fachard

子どもにおいてもさまざまな倒錯的素質を持つと考えた。成熟に伴いこれらは特定の性対象と性目標とに向かう正常な性的体制へと発達するが、大人の性行動の中に少なからずその残遺が認められることがある。(『現代精神医学事典』弘文堂、2011 年を参照)

(30) 〔訳注〕精神障害の一種。精神病質を持つ者を精神病質者・サイコパスと呼ぶ。(『研究社英和大辞典』を参照)

(31) ショーンバーグ夫人も同様に対象から主体 (エージェント) に変化する。初めは黙ってじっと座っている彼女の様子が提示されるが、彼女は積極的にリーナの逃亡を手助けし、航海用の飲料水を海水とすり替えることによってジョーンズとその一味を殺害しようとする。

(32) Robert Hampson, 'From State to Screen: "The Return", *Victory*, *The Secret Agent* and *Chance*', in *Joseph Conrad and the Performing Arts*, ed. Katherine Baxter and Richard Hand (Farnham, 2009), pp. 59–76 参照。

(33) 〔訳注〕スペインの国王フェルナンド 7 世没後、その妃マリア・クリスティーナを摂政として即位したイザベル 2 世の王位継承を否認し、王弟のドン・カルロスを正当な継承者として擁する人々 (カルリスタ) が 1833 年に蜂起したことに端を発する戦争で、1833 ～ 76 年まで 3 次にわたって続いた。第 1 次は 1833 ～ 39 年、第 2 次は 1846 ～ 49 年、第 3 次は 1872 ～ 76 年。内戦であると同時に列強間の代理戦争としての側面を持っていた。オーストリア、プロイセン、ロシアはカルリスタ (カルロス支持派) を支援、これに対し、イギリス、フランスはブルボン家マリア・クリスティーナ率いる穏健派自由主義政府を支持した。1874 年亡命先のパリからイサベル 2 世の息子アルフォンソ 12 世がマドリードに迎えられ、スペイン=ブルボン王朝の王政が復活し、カルリスタ戦争は終結。1876 年憲法の下で立憲君主政が確定。(立石博高編『スペイン・ポルトガル史』山川出版社、2022 年;立石博高/内村俊太編著『スペインの歴史を知るための 50 章』明石書店、2016 年を参照)

(34) Roberts, *Conrad and Masculinity*, p. 181.

(35) Curle, *The Last Twelve Years*, p. 81.

## 第 11 章　商業的成功と北米

(1) George Jefferson, *Edward Garnett: A Life in Literature* (London, 1982), p. 128. カールは会合の日を木曜日と記憶違いをしている。

(2) Richard Curle, *The Last Twelve Years of Joseph Conrad* (New York, 1968), p. 6.

(3) 'Joseph Conrad', *Rhythm*, II (November 1912), pp. 242–55.

(4) カールとコンラッドの関係についてのさらなる議論は、Robert Hampson, 'Conrad, Curle and *The Blue Peter*', in *Modernist Writers and the Marketplace*, ed. Ian Willison, Warwick Gould and Warren Chernaik (Basingstoke, 1996), pp. 89–104 参照。

(5) Curle, *The Last Twelve Years*, p. 4.

(6) 前掲書 pp. 19, 44。

いては、逆井保冶編『英和　海事大辞典』成山堂書店を参考にさせていただいた。

(17) Jessie Conrad, *Joseph Conrad and His Circle*, pp. 92, 94.

(18) Curle, *The Last Twelve Years*, p. 58.

(19) コンラッドのエッセイ、'The "Torrens": A Personal Tribute', in *Last Essays* (London, 1926), pp. 33–43 参照。

(20) Helen Chambers, *Conrad's Reading: Space, Time, Networks* (Basingstoke, 2018), pp. 183–223 参照。

(21) エルシー・ヘファーの *Stories from de Maupassant* は 1903 年にダックワース社から出版され、エイダ・ゴルズワージーの *Yvette and Other Stories* は 1904 年にダックワース社から出版された。

(22) 『オールメイヤーの阿房宮』でコンラッドがセクシュアリティの問題をどう扱っているかについては、Robert Hampson, *Joseph Conrad: Betrayal and Identity* (Basingstoke, 1992), pp. 13–28 参照。マイケル・グリーニーが指摘するように、コンラッドは男性向けの作家であると言われているけれども、「コンラッドの第1作における最初の声が、自己中心的な世界に対する男性の夢を遮る女性の声であることを我々は同時に思い出すべきであろう」('Conrad's Style', in *The New Cambridge Companion to Joseph Conrad*, ed. J. H. Stape, Cambridge, 2015, p. 105)。

(23) フローラ、トラウマ、存在論的不安のより詳細な説明については、Robert Hampson, *Betrayal and Identity*, pp. 202–15 参照。

(24) Andrew Michael Roberts, *Conrad and Masculinity* (Basingstoke, 2000) 参照。

(25) Martha Vicinus, *Independent Women: Work and Community for Single Women, 1850–1920* (London, 1985), pp. 247–80 参照。

(26) 〔訳注〕読会制 (readings) とは議会の本会議で議案審議を行なうための制度。法案を朗読してから審議する。今日、アメリカやイギリスなど西欧諸国の多くで議案を慎重に審議するために採用されている。通常は三読会制と呼ばれる 3 段階の審議方法が取られる。読会のあり方は各国によって異なるが、イギリスの場合読会はすべて本会議で行なわれ、第一読会で議案の上程と趣旨説明が、第 2 読会で総括審議が行われた上で、委員会で逐条審議を行ない、第 3 読会で最終的な採決がなされる。(『ブリタニカ国際大百科事典』を参照)

(27) フォードの主人公、クリストファー・ティージェンスのモデルはアーサー・マーウッドだった。本文 p. 171、第 9 章註(6)参照。

(28) 『勝利』も、初版と数種の「第二版」が刊行日に売り切れ、商業的に成功した。

(29) 〔訳注〕〘精神医学〙多形倒錯 (polymorphous perversity) とはフロイトが示した幼児性欲についての中核的概念の一つ。リビドー発達の途上では自体愛的な口唇・肛門由来の欲動や、ある程度それらから独立した窃視欲動、露出欲動、サディズムなどの部分欲動がまだ羞恥心や道徳心などの影響を受けることなく未統合のまま存在するので、正常な

*1915*, ed. R Gathorne-Hardy (New York, 1964) 参照。

(2) Thomas Moser, *Joseph Conrad: Achievement and Decline* (Cambridge MA, 1957).

(3) 前掲書 p. 159。モーザーは「コンラッドは女性を理解していない」という初期の批評家の見解を繰り返している。こうした見解は、「コンラッドが恋愛を（小説の）中心的主題にしないという事実」に起因するとカールは示している。つまり、コンラッドは、当時の小説の約束事を守っていなかったということだ。コンラッドの女性描写の技巧の傑出した例としてカールが挙げているのはグールド夫人やウィニー・ヴァーロックである。Richard Curle, *Joseph Conrad* (London, 1914), p. 145 参照。

(4) ズヂスワフ・ナイデルは、船積み代理人の娘で 17 歳のアリス・ショーがモデルではないかと見ている（*Joseph Conrad: A Life*, p. 127）。モーリシャスでの 2 か月の間にコンラッドが両方の女性と関係を持ったのか、あるいは、ウージェニー・ルヌフとの恋愛関係をアリス・ショーをモデルにした虚構の関係に変化させたのかははっきりしない。

(5) 二人の関係のより詳細な記述については、Bernard Meyer, *Joseph Conrad: A Psychoanalytic Biography* (Princeton, NJ, 1967), pp. 71–73 参照。

(6) Zdzisław Najder, ed., *Conrad's Polish Background: Letters to and from Polish Friends* (London, 1964), p. 148. 例えば、「ほぼ確実にもうすぐ私はオーストラリアかどこかへ向けて長旅に出かけます」（*CLI* 96）と宣言している 1891 年 9 月 30 日のコンラッドの手紙を参照。

(7) コンラッドは、「確かにマリー（愛称 Marysieńka）は結婚しますが、すべての愚行の名にかけて、私はこの結婚とは何の関係もありません！」と彼女に抗議している（*CLI* 129）。

(8) Jessie Conrad, *Joseph Conrad and His Circle* (London, 1935), p. 11. ジェシーはアメリカン・ライティング・マシン・カンパニーで働いていた。

(9) 前掲書 p. 12。

(10) 前掲書 p. 15。短編「白痴」に暗示されているように、コンラッドはおそらく遺伝を心配していたのだろう。Martin Bock, *Joseph Conrad and Psychological Medicine* (Lubbock, TX, 2003), pp. 81–83 参照。

(11) Jessie Conrad, *Joseph Conrad as I Knew Him* (London, 1926).

(12) Jessie Conrad, *Joseph Conrad and His Circle*, p. 17.

(13) Richard Curle, *The Last Twelve Years of Joseph Conrad* (New York, 1968), p. 49.

(14) Jessie Conrad, *Joseph Conrad and His Circle*, p. 206.

(15) Curle, *The Last Twelve Years*, pp. 49, 198.

(16) 〔訳注〕歩み板。船と岸壁・陸岸等の間に渡す通路板。海事用語につ

(13) レティンゲルに関する情報については、M. B. B. Biskupski, *War and Diplomacy in East and West: A Biography of Józef Retinger* (London, 2017) に多くを負うている。
(14) しかしながら、コンラッドの政治的活動の発端は、ガーネットによる演劇検閲反対闘争に参加したことだった。
(15) テオドル・コシュはクラクフの弁護士だった。マリヤン・ビリンスキは公務員で、彼の兄はオーストリア＝ハンガリー帝国の大蔵大臣だった。
(16) Joseph Conrad, 'Political Memorandum', in *Conrad's Polish Background: Letters to and from Polish Friends*, ed. Zdzisław Najder (London, 1964), pp. 303–04.
(17) カニンガム・グレアムへの手紙において、コンラッドは、ポーランド人の友人たちの「完全なる絶望」を目の当たりにすること、つまり、「何が起ころうとも、破滅と最終的な絶滅しか見えない」ことが「精神や神経に重くのしかかる」と述べていた (*CLV* 446)。戦争勃発時に英仏がロシアと同盟関係を結んだことによって、「先祖代々受け継いできた援助の希望を突如奪われた民族は、途方に暮れて絶望した」(*CLV* 456)。もし英仏が勝利するならば、ロシアは支配の手をポーランドに伸ばすであろうからだ。
(18) Najder, *Conrad's Polish Background*, p. 483.
(19) キューの国立公文書館の原稿に手書きで記されたメモによる。
(20) Borys Conrad, *My Father: Joseph Conrad* (London, 1970), p. 117.
(21) John Conrad, *Joseph Conrad: Times Remembered* (Cambridge, 1981), p. 107.
(22) ジェイン・アンダーソンのより詳細な記述については、Jeffrey Meyers, *Joseph Conrad: A Biography* (London, 1991) 参照。
(23) Zdzisław Najder, *Joseph Conrad: A Life* (New York: Camden House, 2007), p. 484.
(24) 前掲書 p. 485。
(25) ノーフォーク・ホテルから出された、ピンカー宛ての日付のない手紙の注記には、立ち寄ってお茶でもどうかというジェインからの招待のことが書かれている (*CLV* 692)。バーグ・コレクションの目録ではこの手紙は 1916 年 12 月に書かれたとされている。
(26) Borys Conrad, *My Father*, p. 119.
(27) この物語が依拠している戦争犯罪と、この物語そのものより詳細な説明は、Robert Hampson, *Conrad's Secrets* (Basingstoke, 2012)の 'Naval Secrets' の章を参照。
(28) Borys Conrad, *My Father*, p. 119.

## 第 10 章　コンラッドと女たち

(1) コンラッドに会いたいというオットリン・モレル夫人の希望に対するヘンリー・ジェイムズの返事。モレル夫人の日記が伝えるところによる。Ottoline Morrel, *Memoirs: A Study in Friendship, 1873–*

(26) 〔訳注〕リヴァプールのマージー川に停泊する士官候補生のための訓練船。訓練生の多くはその後海軍将校となったが、通常の船乗りと比べてエリート意識が高かった。

(27) Jessie Conrad, *Joseph Conrad and His Circle* (London, 1935), p. 143.

## 第 9 章　ポーランド再訪

(1) 財政状況が改善された 1917 年、コンラッドはこの支援を受けることをやめている。

(2) 〔訳注〕1800–81。コンラッドの短編「ローマン公」は、この英雄的愛国者の人生の主要な要素を忠実に再現している。妻の死後、ローマン公は帝政ロシア近衛兵としての地位を捨て、ポーランドの独立闘争（11 月蜂起 [1830–31]）に身を捧げるが、ロシア軍の捕虜となり裁判にかけられる。武装蜂起集団を裏切るよう唆されるが、ローマン公はそれを断り、貴族の身分と財産を没収されシベリアに送られる。物語では過酷な流刑生活で耳が聞こえなくなった、ということになっているが、実際は流刑から戻ると再びロシア軍に徴兵されて馬の事故にあい、その結果聴力を失ったらしい。

(3) 『ニューヨーク・ヘラルド』での連載は 1912 年 1 月 21 日に始まった。

(4) 『チャンス』の単行本の校正作業は 1913 年 7 月まで続いた。

(5) 『勝利』の執筆過程の詳細な記述については、J. H. Stape and Alexandre Fachard, eds, *Victory* (Cambridge, 2016), pp. 360-72 参照。

(6) マーウッドは毎週火曜日に片道 16 キロ (10 マイル ) の道のりを歩いてコンラッドに会いに行った。彼は 1916 年 5 月に亡くなった。

(7) サイモンズの神経衰弱と彼に提供された外出の機会のより詳細な記述については、Michael Holroyd, *Augustus John: The New Biography* (London, 1997), pp. 297–99 参照。

(8) 〔訳注〕1881–1957。フランスの小説家、詩人、批評家、翻訳家。代表作『A・O・バルナブース全集』の主人公青年バルナブースのように、有閑かつ裕福な人物で、各地を旅した。作品には『フェルミナ・マルケス』、(1911)『A・O・バルナブース全集』(1913)、『幼ごころ』(1918)、『恋人よ、幸せな恋人よ』(1923) がある。ジョイスを初め、多くの英米作家の作品を翻訳した。

(9) Marian Dąbrowski, ‘Rozmowa z. J. Conradem’, *Tygodnik Illustrowany* (25 April 1914).

(10) 〔訳注〕とりわけ 19 世紀から 20 世紀初期にかけてのドイツ語圏の軍隊の一部を構成する民兵あるいは予備役（一般社会で生活している軍隊在籍者）を指し、歴史的地理的背景によって意味が異なるが、概して正規軍を支える副次的な軍隊のことを言う。

(11) オーストリア＝ハンガリー帝国と英国間で宣戦布告が行われると、英国臣民のコンラッドは、留置される恐れがあった。

(12) コンラッドは 1915 年の大半を不調のまま過ごした。

(13) Paul Kirschner, 'Making You See Geneva: The Sense of Place in *Under Western Eyes*', *L'Epoque Conradienne* (1988), pp. 101–27; 'Topodialogic Narrative in *Under Western Eyes* and the Rassoumoffs of "La Petite Russie"', in *Conrad's Cities: Essays for Hans van Marle, ed. Gene M. Moore* (Amsterdam, 1992), pp. 223–54.
(14) Carabine, *Life and Art*, p. 16.
(15) 〔訳注〕現在のウクライナ南西部を中心とした地域。1772 年にオーストリアによる併合以前ポーランド領だった東欧の地域の歴史的名称（*Britannica* を参照）。第 3 章註(19)も参照。
(16) 逮捕前アポロ・コジェニョフスキは、のちに国家中央委員会となる組織を蜂起のために発足させていた。本文 p. 15 も参照のこと。
(17) Carabine, *Life and Art*, p. 47.
(18) 〔訳注〕ポーランド民族の意識の形成に大きな影響を与えたロマン派の国民的詩人アダム・ミツキェーヴィチ（1798–1855）は戯曲『父祖の祭』において、ポーランドは自らの苦難を通じて諸国民の罪を贖うべく運命づけられており、ポーランドの巡礼者たちの使命は、物質主義的な西欧国民に対して、霊的に変容した新しい世界の到来を告げることにある、というメシアニスティックな思想を展開している。（チェスワフ・ミウォシュ『ポーランド文学史』関口時正／西成彦／沼野充義／長谷見一雄／森安達也訳、p. 377）

　ポーランド・メシアニズムは、特にフランスの同時代の種々の思想的営為の作用を受けて形作られていった。啓蒙主義的改革の挫折、分割による国家の喪失といった事態が、フランス革命とその後の混乱とパラレルに終末論的状況を現出させていた。ナポレオンに対するアンビヴァレントな感情も同様である。しかもロシアからの独立を目ざした 11 月蜂起（1830–31）の敗北は、解放の課題を背負った多くのポーランド人をパリに集結させ、ポーランド人の知性のある部分を千年王国（キリストが再臨し、千年間この世を統治すると信じられた神聖な王国）の磁場に引き寄せた。（川名隆史「ポーランド・メシアニズムにかんする覚書――ヘーネ＝ヴロンスキの『絶対』の哲学」「スラブ・ユーラシア学の構築」研究報告集 (12), 札幌：北海道大学スラブ研究センター、pp. 124–31, 2006 年を参照）
(19) 〔訳注〕イエス＝キリストの存在と使命に関する神学の一部門。
(20) 前掲書 p. 91。
(21) 前掲書 p. 108。
(22) 〔訳注〕ミクーリンはのちに失脚し、死刑に処される。
(23) 前掲書 pp. 132–33。
(24) 「1890 年に目を通し、その後破棄してしまった、母が父や兄弟とやり取りした手紙は、私にとって新たな発見だった」（1900 年 1 月 20 日付のコンラッドからエドワード・ガーネット宛の書簡）（*CLII* 245）。
(25) 『ネイション』（1911 年 10 月 21 日）pp. 140–42 のエドワード・ガーネットによる書評、John G. Peters, ed., *Contemporary Reviews*, vol. II (Cambridge, 2012), p. 572 参照。

語源であると示唆している。

(21) 〔訳注〕ヴェストファーレンまたはウェストファリアは、ドイツのドルトムント、ミュンスター、ビーレフェルト、オスナブリュックを中心とした地域。

(22) George Woodcock, *Anarchism* (Harmondsworth, 1963), p. 421.

(23) William J. Fishman, *East End 1888* (Nottingham, 2005) 参照。

(24) Bernard Gainer, *The Alien Invasion: The Origin of the Aliens Act of 1905* (London, 1972) 参照。

(25) David Glover, 'Aliens, Anarchists and Detectives: Legislating the Immigrant Body', *New Formations*, XXXII (Autumn/Winter 1997), pp. 22–33.

(26) Ford Madox Ford, *It Was the Nightingale* (London, 1934), p. 86.

## 第8章　裏切りと神経衰弱

(1) Zdzisław Najder, Introduction to *Conrad's Polish Background: Letters to and from Polish Friends* (London, 1964), p. 22.

(2) *Kraj*, XII, quoted in Zdzisław Najder, *Joseph Conrad: A Life* (New York, 2007), p. 293.

(3) Najder, *A Life*, p. 294.

(4) Orzeszkowa, quoted ibid., p. 294.

(5) 前掲書 p. 316。

(6) 1902年7月に王立文学基金から300ポンド授与されたことで一時的に財政難をしのぐことができた。

(7) 〔訳注〕英国のジャーナリスト、エッセイスト。アイルランドに生まれるが、文筆を志して1901年にイングランドに渡った。1908年『デイリー・ニューズ』紙に入り、以後ほぼ生涯にわたって在職。文芸欄を担当した。(『集英社世界文学事典』を参照)

(8) ガーネットによる演劇検閲反対運動に参加したことがおそらくこの流れの開始点となったのだろう。コンラッドは英国の演劇検閲法を「あらゆる専制が破廉恥であるのと同じように破廉恥」(*CLIII* 490)だと述べ、「君は僕がポーランド人だということを忘れているようだ……我々は、正確に事態を把握した上で戦場に向かったものだ」(*CLIII* 492) とガーネットをたしなめた。

(9) Joseph Conrad, Author's Note to *Under Western Eyes*, p. vii.

(10) 〔訳注〕パリとロンドンの文壇・音楽界で活躍するフランスのジャーナリストで音楽評論家ジャン・フレデリック・エミール・オーブリ (Jean-Frédérick-Émile Aubry, 1882-1950) のペンネーム。彼は、コンラッドの最初の伝記作者であり、晩年における親しい友人で、『放浪者　あるいは海賊ペロル』を含むコンラッド作品のフランス語訳の作業をアンドレ・ジッド (André Gide, 1869–1951) から引き継いだ。

(11) G. Jean-Aubry, *Life and Letters* (London, 1927), vol. II, p. 5.

(12) Keith Carabine, *The Life and the Art: A Study of Conrad's 'Under Western Eyes'* (Amsterdam, 1996), p. 16.

芸術、文学、科学などの分野で顕著な業績を上げた人々や、王室に対する個人的に奉仕した人々に授与される。

(9) コンラッドは両親が肺炎で死ぬのを見てきたので、肺に問題があるというボリスの診断結果は特に気がかりだった。

(10) より詳しい説明については、Robert Hampson, 'Conrad and the Rossettis: "A Casual Conversation about Anarchists"', in *The Ugo Mursia Memorial Lectures*, ed., Mario Curreli (Pisa, 2005), pp. 289–304 参照。

(11) より詳細な説明については、Robert Hampson, *Conrad's Secrets* (Basingstoke, 2012), pp. 73–101 参照。

(12) 〔訳注〕物語あるいは詩の顕在化されたプロットの背後にある潜在的な状況を指す（川口喬一／岡本靖正編『最新批評用語辞典』研究社、1998 年）。

(13) Emily Dalgarno, 'Conrad, Pinker and the Writing of The Secret Agent', *Conradiana*, IX (1977), pp. 47–58.

(14) 1883 ～ 85 年の期間において、ロンドンでのフェニアンによる爆破作戦の中には、庶民院、スコットランド・ヤード、海軍本部、『タイムズ』（*The Times*）の事務所、二つの地下鉄の駅、四つの鉄道駅、トラファルガー広場、ジュニアカールトンクラブ（紳士クラブ）への攻撃未遂事件があった。

(15) David Mulry, *Joseph Conrad Among the Anarchists* (London, 2016) 参照。

(16) 前掲書 p. 115。

(17) 〔訳注〕19 世紀末に英国にやって来たアナキストたちのほとんどは、大陸の独裁体制から逃げてきた政治的亡命者で、秘密警察や弾圧の手の届かない安全な避難所をロンドンに求めた。しかし、階級制度の破壊、国家や資本主義との対立といった政治理念から彼らはヴィクトリア朝のイングランドになじめず孤立する。そこで彼らは社交クラブ――まず最初にソーホーのマネット・ストリートにローズ・クラブ、のちにウエスト・エンド近くのフィッツロヴィアにオトノミー・クラブ、イースト・エンドのホワイトチャペルにバーナー・ストリートクラブ、そして最後にジュビリー・ストリート 165 番地のアナキスト・クラブ――を立ち上げ、行く当てのない亡命者たちには食事を与え、世話をした。(https://www.ribaj.com/intelligence/the-texture-of-politics-london-s-anarchists-clubs-1882-1914)

(18) Hermia Oliver, preface to *The International Anarchist Movement in Late Victorian London* (London, 1983).

(19) より詳細な議論については、Robert Hampson, '"If You Read Lombroso": Conrad and Criminal Anthropology', *The Ugo Mursia Memorial Lectures*, ed., Mario Curreli (Milan, 1988), pp. 317–35 参照。

(20) Cedric Watts, 'Jews and Degenerates in *The Secret Agent*', *The Conradian*, XXXII/1 (Spring 2007), pp. 70–82. ワッツは、ヴァーロックという名が、『ユダヤ人名目録』に記載されている名前 'Berlock' と同

解説をするテクスト間談話の一形態。

(18) 例えば、1903 年 3 月 23 日にコンラッドは、フォードのおじウィリアム・マイケル・ロセッティがガリバルディの伝記を持っていたら貸してくれないかとフォードに頼んでいる（*CLIII* 28）。

(19) Daniel Headrick, *The Tentacles of Progress* (Oxford, 1988); Brett Frischmann, *Infrastructure: The Social Value of Shared Resources* (Oxford, 2012); Dominic Davies, *Imperial Infrastructure and Spatial Resistance in Colonial Literature, 1880–1930* (Bern, 2017) 参照。

(20) David Finkelstein, 'Decent Company: Conrad, *Blackwood*'s, and the Literary Marketplace', *Conradiana*, XLI/1 (Spring 2009), pp. 29–47 参照。

(21) 例えば、締め切りについてのピンカーからの「お説教」に対する 1902 年 1 月のコンラッドの反応を参照。コンラッドは自分が「三つの連載を同時進行する、君の売れっ子作家たち」（*CLII* 370）の一員ではないと力説した。1908 年 1 月には「書くたびに物乞いしているような気がする」（*CLIV* 24）と愚痴をこぼしている。

## 第 7 章　アナキストとスパイたち

(1) コンラッドは、マッテオ・モラルによる新婚のスペイン国王夫妻暗殺未遂事件（1906 年 5 月 31 日）と、アメリカの食肉会社によって不衛生な環境で生産された粗悪な製品が原因で死者が出た事件とを比較している。アプトン・シンクレアの小説『ジャングル』（*The Jungle*, 1906）参照。

(2) John G. Peters, ed., *Contemporary Reviews*, vol. II (Cambridge, 2012), pp. 183–267 参照。

(3) 1904 年 1 月にジェシーは「ひどいこけ方」をして両膝に怪我をしたことで生涯後遺症が残った（*CLIII*, p. 110）。3 月には心臓病と診断された。

(4) 〔訳注〕ヴィセンテ・ベナヴィデス（1777–1822）はチリ独立戦争（1818 年）の闘士。

(5) 早い段階の「海の小品」についてコンラッドがウェルズに語ったところでは、「その手のばかげた話なら 4 時間で 3000 語のペースで難なく書き取らせることができるとわかった」（*CLIII* 112）らしい。

(6) Norman Sherry, *Conrad's Western World* (Cambridge, 1971), pp. 219–27.

(7) ノーマン・シェリーによれば、X 氏のモデルはルイージ・パルメジャーニ（Luigi Parmeggiani）という有名なアナキストで、彼もロンドンのベッドフォード・スクエア 1 番地の自宅に骨董品の立派なコレクションを持っていたという（前掲書 p. 209）。

(8) 〔訳注〕この旅行は、500 ポンドの王室費によって可能になった。シヴィル・リスト（王室費）とは英国の伝統的な制度で、王室の年間活動費。ヴィクトリア女王の治世（1837–1901）に変更され、国家に対して特別な貢献をした個人に対して支給されるようになった。

リの影響を受けた。童話や少年読物に挿絵を描き、また壁掛、絨毯、書物の装丁等にすぐれた意匠を残した。ウィリアム・モリスと親しく、ともに英国の装飾芸術に新風を起こし、協力してアーツ・アンド・クラフツ運動にも関与した。(『岩波 世界人名大辞典』参照)

(3) Iain Finlayson, *Writers in Romney Marsh* (London, 1986); Linda Dryden, *Joseph Conrad and H. G. Wells: The Fin-de-Siècle Literary Scene* (Basingstoke, 2015) 参照。

(4) *All the Year Round*, vol. III (1870), pp. 172–78.

(5) 『相続人』及び、『相続人』と「闇の奥」の関係に関するより詳細な議論については、Robert Hampson, *Conrad's Secrets* (Basingstoke, 2012) の第2章を参照。

(6) Joseph Conrad and Ford Madox Ford, *The Nature of a Crime*, ed., Robert Hampson (Hastings, 2012).

(7) しかしながら、『個人的記録』の中でコンラッドは大おじの継父たちがどうやって継息子をだまして遺産を巻きあげたかについて詳細に語っている (*APR* 49–50)。

(8) 〔訳注〕ジョン・ラスキン、アルジャーノン・チャールズ・スウィンバーン、アルフレッド・テニスン、ジョージ・ギッシングらヴィクトリア朝の作家の著作を多く出版したほか、『英国人名事典』を出版したことで知られる出版社。

(9) 〔訳注〕ウェストミンスター市のボウ・ストリート治安判事裁判所の法執行官。彼らはロンドン初の専門警察と呼ばれている。この部隊は当初6名で構成され、作家としてもよく知られた判事ヘンリー・フィールディングによって1749年に創設された。

(10) Christer Petley, 'Boundaries of Rule, Ties of Dependency: Jamaican Planters, Local Society and the Metropole 1800–1834', *PhD Thesis* (University of Warwick, 2003), pp. 263–66; Petley, 'Slavery, Emancipation and the Creole World-view of Jamaican Colonists, 1800–1834', *Slavery and Abolition*, XXVI/1 (2005), pp. 93–114 参照。

(11) 例えば、同時期に執筆された「台風」や「フォーク」を参照。

(12) Max Saunders, *Ford Madox Ford: A Dual Life* (Oxford, 1996), vol. 1, p. 151.

(13) Raymond Breback, *Joseph Conrad, Ford Madox Ford and the Making of 'Romance'* (Ann Arbor, MI, 1986), p. 101.

(14) Cedric Watts, Introduction to *Joseph Conrad's Letters to Cunninghame Graham* (Cambridge, 1969), p. 20.

(15) 前掲書 pp. 206–08。

(16) 〔訳注〕1903年1月22日にアメリカのジョン・ヘイ国務長官とコロンビアのトーマス・エルラン (Tomás Herrán) 臨時代理大使との間で結ばれた、1,000万ドルの一時金と年間使用料25万ドルを対価 (金での支払い) に、パナマ地峡全域を幅6マイル (10km弱) に渡って100年間租借するという内容の条約。

(17) 〔訳注〕テクストがそれ自体あるいは別のテクストについて批判的な

(8) 〔訳注〕1850－1946。マレーの植民地の役人で、マレー半島における大英帝国の政策と統治機構において大きな影響力を有した。(『ブリタニカ百科事典』を参照)
(9) Frank Swettenham, *The Real Malay* (London, 1899) 参照。
(10) ここでコンラッドは、自らが所有するヨール型帆船（前檣は高く、後檣はごく短い縦帆装備の小型帆船）での友人G・F・W・ホープとの週末のヨット遊びの経験に依拠している。
(11) 名前よりもこうして職業上の肩書きを用いることも、おそらく『タイム・マシーン』の影響だろう。『タイム・マシーン』では、枠の物語における聞き手の肩書きは、それに続く枠の中の空想物語の現実世界のコンテクストを打ち立てるために使用されている。
(12) 〔訳注〕ミハイル・バフチンは、対立する二つの意味を含む（特にパロディの）言葉を形容するために「二重声の」という言葉を用いている。テクストは、次のような場合に二重声になる可能性がある。1）テクストが二重のオーディエンスに向けられている場合。2）テクストが二重の文学的祖先を持つか、あるいは、二重の文体を含んでいる場合。3）テクストが、その伝統の中の以前のモティーフを繰り返し改訂している場合。4）テクストが二重のメッセージを含んでいる場合。ここでは4）の意味で用いられている。(ジョゼフ・チルダーズ他編、杉野健太郎他訳『コロンビア大学　現代文学・文化批評用語辞典』松柏社を参照)
(13) Edward Garnett, 'Mr Conrad's New Book', *The Academy and Literature* (6 December 1902); Allan H. Simmons, ed., *Contemporary Reviews*, vol. I (Cambridge, 2012), pp. 391–93, 392.
(14) 『相続人』（*The Inheritors*）に暗号のように埋め込まれたコンゴ自由国に対する批判が、「ベルギーの新聞」（*CLII* 345）に嗅ぎつけられるかもしれないというコンラッドの不安もそれを物語っている。
(15) Adam Hochschild, *King Leopold's Ghosts* (London, 1998), pp. 177–81.
(16) 『ロード・ジム』の初稿28ページ分にあたる「ジムの旦那――ある素描」の写本は、コンラッドの母方の祖母が所有する形見の本に書かれたもので、ノートン版『ロード・ジム』に収められている。
(17) パトゥーサンの位置は曖昧である。歴史上のパトゥーサンは西ボルネオにある防壁で囲われた村だったが、虚構のパトゥーサンは（サンバーのように）東ボルネオにあるベラウの入植地についてのコンラッドの記憶をもとにしている。しかし、テクストのさまざまなくだり（例えばジェントルマン・ブラウンのそこでの旅の記述）から判断すると、パトゥーサンは北西スマトラに位置することになる。

## 第6章　二つのアメリカ、ナショナリズム、帝国

(1) 〔訳注〕イングランド南東部の沿岸郡に約260平方マイルにわたって広がる白亜の丘。
(2) 〔訳注〕1845－1915。英国の画家。ラファエル前派やボッティチェッ

穹の王者」あほう鳥も、甲板の上で水夫たちに嘴（くちばし）をつつきまわされ、囃し立てられて、「ぎこちなく身を恥ざま、／その白く大きな翼をみじめったらしく／櫂（オール）さながら両脇にだらりと引きずる」様子を描いている。『ボードレール全詩集1　悪の華　漂着物　新・悪の華』阿部良雄訳（ちくま文庫、1998年）を参照。
(34) Hawthorn, *Narrative Technique*, p. 106.
(35) 前掲書 p. 118。
(36)〔訳注〕本書 pp. 53−56 参照。結局『オールメイヤー』の序文は1920年になってやっと出版された。
(37) Watt, *Conrad in the Nineteenth Century*, p. 83.
(38) 前掲書 p. 170。

## 第5章　マーロウと『ブラックウッズ』

(1)〔訳注〕1850−1918。ドイツ系アメリカ人。1880年の初めにロンドンのフィンズベリー・パークの同じ下宿に住んでいた頃からの15年来の友人。結婚して引っ越してからもクリーガーはコンラッドの職を探し、彼がロシア国籍を離脱するのを助けた。またクリーガーはコンゴでの仕事を紹介し、アフリカから帰国した際は病院を探した。クリーガーは伯父タデウシュからの仕送りの受け取りを仲介しており、かなりの金額をコンラッドに貸していた。この借金が原因で二人の仲は疎遠になった。体格がよく、口数の少ないクリーガーを『シークレット・エージェント』のヴァーロックのモデルとする説もある。(Norman Sherry, *Conrad's Western World*, CUP, 1971, pp. 325−34)
(2) ロアンダ（Loanda）。アンゴラ共和国の首都ルアンダの旧称。
(3)〔訳注〕1884年11月15日〜1885年2月26日までドイツ帝国の首都ベルリンで開催された国際会議。列強による「アフリカ分割」の原則が確認された。
(4)〔訳注〕1786−1847。英国の軍人、探検家。商船に乗った後に海軍に入り、トラファルガー海戦などに参加。戦後は海軍の北極探検計画に加わる。アジアへの北西航路の確立のために最後に北極探検に出向し、消息を絶つ。フランクリン海峡にその名を残す。(『岩波 世界人名大辞典』を参照)
(5)〔訳注〕1840−92。ドイツのアフリカ探検家、医師、植民地行政官。ドイツの大学で医学を修めた後、1865年にはオスマン帝国の医官に就任。ついでスーダンのハルツームに赴き、赤道州知事となった。マフディー運動により赤道州は孤立したが、救助に向かったスタンリーの説得によりこれを放棄。その後ドイツ東アフリカ会社に入り、ドイツ植民地拡大のためヴィクトリア湖に向かったが、スタンリー瀑布付近で殺害された。(『岩波 世界人名大辞典』を参照)
(6)〔訳注〕真理主張（truth-claim）とは、経験により検証がなされていない仮説。
(7) その記事は、匿名で『シンガポール・フリー・プレス』（1898年9月1日）に「本の虫」という定期連載として発表された。

(17) コンラッドはすでにアルフォンス・ドーデについてのエッセイ (*Outlook*, 9 April 1898) を出版しており、そのあと「ジョン・ゴルズワージー ('John Galsworthy')」(*Outlook*, 31 March 1906) というエッセイを出した。これらは『人生と文学についての覚書』と『最後の評論集』(1926) にそれぞれ収められている。また、「キプリング」についてのエッセイも『アウトルック』に書いたが、採用されず、出版には至らなかった。

(18) Neil Munro in the *Glasgow Evening News* (5 August 1897); The Scotsman (6 December 1897). Allan Simmons, ed., *Contemporary Reviews*, vol. I (Cambridge, 2012), pp. 147, 149 参照。

(19) 前掲書 pp. 152, 153。

(20) *Daily Mail* (7 December 1897); Simmons, *Contemporary Reviews*, p. 150.

(21) *The Academy* (4 December 1897); Simmons, *Contemporary Reviews*, p. 148.

(22) *The Academy* (4 December 1897), *The Literary World* (28 January 1898); Simmons, *Contemporary Reviews*, pp. 148, 179.

(23) 前掲書 p. 176。

(24) Ian Watt, *Conrad in the Nineteenth Century* (London, 1980), p. 76 の引用より。

(25) Peter McDonald, 'Men of Letters and Children of the Sea: Conrad and the Henley Circle Revisited', *The Conradian*, XII/1 (Spring 1996), p. 36.

(26) 船首楼は(高級船員ではなく)乗組員が眠る場所である。船の前方にある三角形の空間で、荷を積むためには使用されない船首楼は、概してじめじめしていて暗く、汚れており、騒がしく、換気が悪かった。

(27) Jeremy Hawthorn, *Joseph Conrad: Narrative Technique and Ideological Commitment* (London, 1990), p. 104.

(28) Jakob Lothe, *Conrad's Narrative Method* (Oxford, 1989), pp. 92–93.

(29)〔訳注〕文学、政治、芸術を扱うアメリカの雑誌。初めは 1896 年に英国で出版された大衆小説及び総合月刊誌だったが、1899 年よりアメリカで発刊されるようになった。この雑誌を立ち上げ、編集したアーサー・ピアソン(1866–1921)を虜にしていたのは未来科学小説で、この月刊誌に掲載されたもっとも有名な物語は H・G・ウェルズの『宇宙戦争』(1897 年 4 ～ 12 月 ; 1898) であった。ウェルズはのちに『ピアソンズ』の看板作家となった。(*Encyclopedia of Science Fiction* を参照)

(30) コンラッドによると、ヘンリーは「最初の三章を根拠に」『ナーシサス号の黒人』を受理したので、残りの章を書くためにコンラッドは以後椅子に「くぎづけ」の状態だったという (*CLIV* 196)。

(31) McDonald, 'Men of Letters', p. 48.

(32)〔訳注〕日本語訳は、チャールズ・ディケンズ『大いなる遺産』佐々木徹訳(河出文庫、2011 年)を参考にした。

(33)〔訳注〕シャルル・ボードレール (1821–67) の「あほう鳥」(『悪の華』、1857) は、船乗りたちがしばしば「遊び半分で」生けどりにする「蒼

作家で、1895 年にはデビュー作『オールメイヤーの阿房宮』を送ろうと考えるほどだった。ドーデの残した数多くの短編、長編のうち、現在でも読まれ続けているのは、故郷の南フランスに舞台を借りた短編集『風車小屋だより』(1869)、同じく南フランスのおおらかで開放的な人物の典型とも言うべきタルタランの活躍する 3 部作、特に『タラスコンのタルタランの驚嘆すべき冒険』(1872)、そして、主としてプロイセン=フランス戦争、パリ=コミューヌに題材を借りた短編集『月曜物語』(1873) だろう。コンラッドの『人生と文学についての覚書』所収のエッセイ「アルフォンス・ドーデ」はドーデの死の直後に追悼の意を込めて書かれた。やがてコンラッドの中でドーデに対する情熱は、フロベールやモーパッサンの技巧に対する称賛にとってかわられた。(*The Oxford Reader's Companion to Conrad*, Oxford University Press を参照)

(10) 〔訳注〕1811–72。フランスの作家。高校の先輩で終生の友となるネルヴァルの紹介でユゴー門下に迎えられる。初め画家を志したが、新文学の息吹に共鳴し、芸術の自由と尊厳を顕揚する〈芸術家=詩人〉晩年の回想記『ロマンチスムの歴史』(1874 没後刊) に見るように、生涯変わらぬロマン派作家であった。ホフマンを愛読した幻想怪奇小説の大家でもあり、『アリア・マルチェルラ (ポンペイ夜話)』(1852) などの傑作がある。そのほか青少年向き冒険小説『カピテーヌ・フラカス』(1863) や、旅行記も多い。(『集英社世界文学事典』を参照)

(11) Ford Madox Ford, *Joseph Conrad: A Personal Remembrance* (London, 1924), p. 94. Yves Hervouet が示したように、ウェイトの死の描写にはコンラッドがモーパッサンから借用していることがはっきりとうかがえるが、フロベールやモーパッサン的な要素は『ナーシサス号の黒人』に顕在している。Yves Hervouet, *The French Face of Joseph Conrad* (Cambridge, 1990), pp. 39–47 参照。

(12) Pierre Loti, *Mon frère Yves* (Paris, 1998), pp. 32, 87, 77.

(13) 〔訳注〕1861–1922。ジャーナリストで作家。英ポーツマス生まれ。英海軍の准士官 (下士官出身者で士官に準じる待遇を受ける)。商船隊に移り、インドやオーストラリアへ赴く。ニュー・サウス・ウェールズに定住し新聞記者として働く。1890 年代初頭にベッケ (1855–1913) と出会い、1896 ～ 1901 年にかけて共作を手がけた。(*Australian Dictionary of Biography* 参照)

(14) 〔訳注〕第 13 代ペンブルック伯爵ジョージ・ロバート・チャールズ・ハーバート (1850–95)。英国の保守派の政治家。1874 ～ 75 年までベンジャミン・ディズレイリ首相 (1804–81) の戦争担当次官を務めた。医者で旅行家兼作家のヘンリー・キングズリー [1826–92] (小説家チャールズ・キングズリー [1819–75] の弟) とともに 1867 ～ 70 年にかけてポリネシアを旅しその体験をもとに二人で合作 *South Sea Bubbles* (1872) を上梓した。この旅と冒険の物語は好評を博し版を重ねた。

(15) Louis Becke, *By Reef and Palm* (London, 1896), p. 9.

(16) 前掲書 pp. 10, 9。

(24) Rudyard Kipling, *Soldiers Three and In Black and White* (London, 1993), pp. 95–103.〔訳注〕「ドレイ・ワラ・ヨーディー」('Dray Wara Yow Dee') は短編集 *In Black and White* の第 1 話で、1888 年に出版されたインディアン・レイルウェイ・ライブラリー・シリーズの第 3 巻所収。(第 4 章註(3)を参照 ) パシュトゥーン人 (アフガニスタンとパキスタンに居住するイラン系民族で、アフガニスタン最大多数民族) の馬商人の語り手は、思いこみの激しい哀れな男で、英国人の聞き手に向かって、若く美しい妻の不貞について語る。語り手は妻を責め、彼女の首と乳房を切り落とし、遺体を川に投げすてる。その後ダウド・シャーへの復讐に取り憑かれた男はどこまでも彼を追う。
(25) Cedric Watts, *Joseph Conrad: A Literary Life* (Basingstoke, 1989), pp. 51, 62. 因みにアンウィンは原稿閲読の報酬として一週間につき 10 ポンドをガーネットに支払った。
(26) 前掲書 p. 64。
(27) 同上。
(28) Keith Carabine, '"The Black Mate"': June–July 1886: January 1908', *The Conradiana*, XIII/2 (December 1988), pp. 128–48.
(29)『ティット・ビッツ』は、1870 年の初等教育法が生んだ新しい読者層を対象に 1881 年にジョージ・ニューンズ (George Newnes) によって創刊された。ヴァージニア・ウルフは 1890 年 (8 歳で) この雑誌にエッセイを投稿した。彼女も断られている。

## 第 4 章　コンラッドと文学市場

(1) 著作権代理人 (literary agent) もまた執筆のプロ化の特徴だった。A・P・ワットとＪ・Ｂ・ピンカーはロンドンの代表的な代理人だった。
(2) Guinevere L. Griest, ed., *Mudie's Circulating Library and the Victorian Novel* (London, 1971) 参照。
(3) ウィーラーのインディアン・レイルウェイ・ライブラリー・シリーズの最初の三巻は、キプリングの『三銃士』(*Soldiers Three*, 1888)、*The Story of the Gadsbys* (1888)、*In Black and White* (1888) で、値段はそれぞれ1ルピーだった。
(4) Richard Ohmann, *Selling Culture: Magazines, Markets and Class at the Turn of the Century* (London, 1996), p. 25.
(5)『メイジーの知ったこと』は、1897 年 2 〜 7 月まで連載された。
(6) 'To My Readers in America', in *The Children of the Sea* (Garden City, NY, 1914).
(7)〔訳注〕『ナーシサス号の黒人』の日本語訳については『ナーシサス号の黒人』高見幸郎訳、筑摩世界文学大系 50 を参考にした。
(8) こうした精神力学 (意識過程と無意識過程との間の力動的な相互作用として心を研究する学問 [『大修館書店ジーニアス大辞典』を参照]) についてのより詳細な議論については、Robert Hampson, *Joseph Conrad: Betrayal and Identity* (Basingstoke, 1992), pp. 101–05 参照。
(9)〔訳注〕1840–97。フランスの作家。コンラッドが若い頃に心酔した

(London, 1971), p. 116.

⑿ 「海外文庫（'Overseas Library'）」に関するガーネットの声明は、「帝国賛美」を退け、そのかわりに「未知のさまざまな民族の雰囲気と見解を記録すること」を目的とした。

⒀ Robert Hampson, *Conrad's Secrets* (Basingstoke, 2012), pp. 33–37 参照。

⒁ Guy de Maupassant, preface to *Pierre et Jean*, in *Guy de Maupassant's Selected Works*, ed. Robert Lethbridge (New York, 2017), pp. 245–53.

⒂ メイネルの標的は主として北米の「非文明化された」文学であり、彼女はそれを退化したヨーロッパ文学とみなしている。「農場と峡谷」の文学は「単なる地方の偏狭さが非常にはっきりと言葉にされたもの」だったようだ。

⒃ George Eliot, *Adam Bede* [1859] (Harmondsworth, 1980), pp. 221–25. 日本語訳については、G・エリオット『アダム・ビード』阿波保喬訳（開文社、1995）を参考にし、文脈に合わせ適宜変更をした。

⒄ キャロル・ザゴルスキ宛ての書簡（1896 年 3 月 10 日）（*CLI* 266）しかしながら、1898 年にコンラッドは依然として船員の職を探していた（*CLII* 79）。

⒅ Robert Hampson, *Joseph Conrad: Betrayal and Identity* (Basingstoke, 1992), pp. 36–66.

⒆ 〔訳注〕ウクライナ西部とポーランド南東部にまたがる地域の歴史的名称。広義のルテニアは、ウクライナないしウクライナとベラルーシを合わせた地域で、かつてポーランドとリトアニアが領有した東方正教圏を指して用いられる。本来のルテニアは、歴史的名称のガリツィアとほぼ重なる地域。

⒇ Christopher GoGwilt, *The Invention of the West: Joseph Conrad and the Double-mapping of Europe and Empire* (Stanford, CA, 1995), pp. 78, 77.

㉑ 〔訳注〕「ホモソーシャル（的）、同性社会的、同性連帯的、同士愛的」とは同性の者同士の社会的結びつきを指す用語。父権性社会では、男性は女性を交換し所有することを通じて、政治やビジネスなど男の世界で強い結びつきを実現するのに対して、E・K・セジウィックの理論では、ホモソーシャルと狭義のホモセクシュアルは奇妙にねじれた連続体を作り出し　ている。ホモソーシャルな関係を持つ男性たちは、露骨なホモセクシュアルを排除することで一層強く安定した男性同士の関係を得るからである。（ジョゼフ・チルダーズ他編、杉野健太郎他訳『コロンビア大学　現代文学・文化批評用語辞典』松柏社；川口喬一／岡本靖正編『最新 文学批評用語辞典』研究社を参照）

㉒ Martin Bock, *Joseph Conrad and Psychological Medicine* (Lubbock, TX, 2003), pp. xvii–xxii.

㉓ 〔訳注〕「外側の暗闇」はマタイの福音書で 3 度言及されている。

## 第3章　マレー小説

(1) Joseph Conrad, *A Personal Record* (London, 1912), p. 9. 日本語訳については、『コンラッド自伝』木宮直仁訳（鳥影社、1994）を参考にさせていただいたが、適宜文脈にあわせて私訳を試みた。

(2) 〔訳注〕中編「追い詰められて」('The End of the Tether', 1902) のウォリー船長は、マラッカ海峡を行ったり来たりする「単調な行商人の巡回」を経験している。

(3) Ian Watt, introduction to *Almayer's Folly*, ed. David Leon Higdon and Floyd Eugene Eddleman (Cambridge, 1994), pp. xxvi–xxx.

(4) 〔訳注〕19 世紀末に英米の読者に人気のあったシリーズ。1890 年から 1903 年まで約 55 巻刊行された。19 世紀には作家は通常本名で作品を出版していたが、匿名の使用が廃れていたわけではなく、性別にかかわらず、すでに知られた作家は匿名で作品を書き、新人の有望な作家――コンラッド、ジョン・ゴルズワージー、サマセット・モームなど――はデビュー作を発表した。こうしてこのシリーズは若い作家たちにより広範囲にわたる読者を獲得する機会を提供した。(Frederick Nesta, 'The Series as Commodity: Marketing Fisher Unwin's Pseudonym and Autonym Library' in *The Culture of the Publisher's Series: Authors, Publishers and the Shaping of Taste*. Vol. 1, Palgrave Macmillan, 2011, pp. 171–87 を参照。)

(5) 『オールメイヤーの阿房宮』が出版されたあとでさえ、コンラッドはこの作品を自分の人生における「ささいな挿話にすぎない」(*CL1* 161) ととらえていた。

(6) Edward Garnett, *Letters from Joseph Conrad, 1895-1924* (London, 1928), p. xi.

(7) 〔訳注〕1887 年にヴィクトリア女王によって公開され、ロンドン東部の人々に娯楽、文化、スポーツ、教育の場を提供していた。1892 年までには図書館、プール、ジム、温室庭園が増設された。1931 年に火災で崩壊したが、1937 年にはジョージ 6 世（1895–1952; 在位 1936–52）とメアリー王妃によって再建。アール・デコ様式の劇場、映画館、コンサート・ホール等が運営されていたが次第に経営が悪化、1954 年にクイーン・メアリー大学に吸収され、現在に至る。(https://www.qmul.ac.uk/greathall/history/)

(8) George Jefferson, *Edward Garnett: A Life in Literature* (London, 1982) 参照。ガーネットはまたフォード・マドックス・フォード、ジョン・ゴルズワージー、D・H・ロレンスの背中を押した。

(9) Allan Simmons, ed., *Contemporary Reviews*, vol. I (Cambridge, 2012), pp. 14, 13, 48, 47.

(10) Elaine Showalter, *Sexual Anarchy: Gender and Culture at the Fin de Siècle* (London, 1991), pp. 78–79.

(11) Edmund Gosse, 'Rudyard Kipling', *Century Magazine* (October, 1891), in *Kipling: The Critical Heritage*, ed. Roger Lancelyn Green

(24) 〔訳注〕1841–1904。ウェールズ生まれのアメリカの探検家、ジャーナリスト。アメリカに渡り、ニューオリンズの商人の養子となり、スタンリーの名を継いで市民権を得た。南北戦争で南軍に従軍し、のち合衆国海軍に籍をおいた。ついで新聞通信員となり（1865）、小アジア、エチオピア、クレタ、スペイン等から記事を送っていたが、文才を認められてニューヨーク・ヘラルド社社長からリヴィングストンの行方を探ることを委託され、アフリカに出発。タンガニーカ湖畔で彼に会い、『緑の魔界の探検者——リビングストン発見記』（*How I Found Livingstone*, 1872）を書いた。ヘラルド社および英デイリー・テレグラフ社の共同出資の下に再度アフリカ探検に赴いてリヴィングストンの死を確認したのち、ナイル川の水源やコンゴ川の流路を発見し、著書『暗黒大陸』（*Through the Dark Continent*, 1878）として出版した。さらにベルギー王レオポルド二世の後援下に、コンゴ地方を探検（1877–84）してコンゴ自由国を建設。4度の探検ののちにエミン・パシャを救助した後、ルウェンゾリ山地方を踏査して英領アフリカの基礎を築き、その記事を *In Darkest Africa* (1890) として出版した。（『岩波 世界人名大辞典』を参照）

(25) 国際アフリカ協会を立ち上げるためのブリュッセル地理会議でのレオポルドによる開会の挨拶から引用。Adam Hochschild, *King Leopold's Ghosts* (London, 2002), p. 44 を参照。ホークシルドはレオポルドのベルギー領コンゴがどのように機能したかを詳細に記述している。

(26) コンラッドの友人カニンガム・グレアムはコンラッドを 'un homme à femme'「女たらし」（*CLVI* 21）と称した。Jeffrey Meyers, *Joseph Conrad: A Biography* (London, 1991), p. 306 も参照のこと。

(27) 〔訳注〕オペラ、詩、歴史、植物学等幅広い関心を持つジャーナリスト、著述家で、作劇し劇の翻訳も行なった。戦間期にはペルーやブラジルに旅行している（*CLVII*）。

(28) コンラッドがこの保養地を初めて訪れたのは 1891 年 5 月で、しばらく鬱と発熱で寝たきりで過ごしたあと、1894 年に帰国した（*CLI* 165）。

(29) 1895 年の中頃、コンラッドはどうもイーダ・ナイトという別の女性にも関心を示していたようだ。Najder, *A Life*, p. 208 参照。

(30) 〔訳注〕1854–1930。イングランドにおけるコンラッドの最初の友人の一人。1880 年に出会った。ロード・ジムのように、有名な訓練船コンウェイ号の乗組員で、デューク・オブ・サザランド号での航海経験のある商船隊将校。また、チャールズ・グールドのように、鉱山で一攫千金を狙ったこともある。1890 年代には複数の会社の重役を務め、実際にネリー号という帆船を所有しており、コンラッドを誘いテムズ河口を遊覧している。「青春」や「闇の奥」におけるマーロウの聞き手のモデル。『ノストローモ』はエセックス州にあるホープ宅で 1904 年に仕上げられた。（*The Oxford Reader's Companion to Conrad*, Oxford University Press を参照）

2013), pp. 100–07 を参照。

(10) 〔訳注〕フランスの小説家。本名ジュリヤン・ヴィヨー。ロシュフォール生まれ。海軍兵学校を経て、以後 1910 年の退役まで 42 年にわたり海軍士官としての経歴をたどる。軍艦に搭乗して世界各地を歴訪、寄港地での体験をもとに、異国趣味あふれる詩情豊かな小説、紀行を次々と発表し、当時自然主義に飽きていた読者層に新しいロマン主義として大いに人気を博した。ロティとはタヒチの女たちがつけたマオリ語のあだ名で、花の名を意味した。日本には 1885 年滞在し、そこから『お菊さん』(1887)、『秋の日本』(1889) が生まれ、1900 年義和団事件に際し再来日した時の体験からは『お梅が三度目の春』(1905) が生まれた。(『集英社世界文学事典』を参照)

(11) Najder, *Conrad's Polish Background*, p. 176.

(12) 同上。

(13) 前掲書 p. 177。

(14) 同上。ボブロフスキにはこの行動は「どこからどう見ても父方のナウェンチ一族の短所」によるものと思えた。

(15) ナイデルは、もし仮にメイヴィス号がロシア帝国臣民を乗船させた状態でロシアの港を訪れていた場合に経験したであろう難局を指摘している。そうなればコンラッドはコンスタンティノープルで下船させられたのではないかと彼は示唆している。この旅の謎についてはZdzisław Najder, *Joseph Conrad: A Life* (New York: Camden House, 2007), pp. 69–70 を参照。

(16) 〔訳注〕Watts, *A Preface to Conrad* (Longman, 1982), p. 22.

(17) Helen Chambers, *Conrad's Reading: Space, Time, Networks* (Basingstoke, 2018), pp. 118–20 参照。

(18) コンラッドはのちにこの名前を「進歩の前哨地」という短編で使用している。

(19) ジョン・ハニング・スピーク (John Hanning Speke、1827 年 5 月 4 日–1864 年 9 月 15 日) 英国の探検家。

(20) サー・リチャード・フランシス・バートン (Sir Richard Francis Burton, 1821 年 3 月 19 日–1890 年 10 月 20 日) は、英国の探検家、人類学者、作家、言語学者、翻訳家、軍人、外交官。『千夜一夜物語』(アラビアン・ナイト) の翻訳で知られる。19 世紀の大英帝国を代表する冒険家。

(21) 〔訳注〕1868–1937。有力な批評家・文人・出版顧問 (publisher's reader) で、D.H. ロレンス、ジョン・ゴルズワージーらを育てた。1894 年に出会って以来、コンラッドの初期の経歴に決定的な影響を与えた。(*The Oxford Reader's Companion to Conrad*, Oxford University Press を参照)

(22) Edward Garnett, *Letters from Joseph Conrad, 1895-1924* (London, 1928), p. xii.

(23) Thomas Pakenham, *The Scramble for Africa, 1876-1912* (London, 1991).

## 第２章　英国商船隊の船員として

(1) 'Heart of Darkness', in *Youth, Heart of Darkness and The End of the Tether* (London, 1923), p. 48.「闇の奥」の日本語訳は、中野好夫訳（岩波文庫）、藤永茂訳（三交社）、黒原敏行（光文社）、高見浩訳（新潮文庫）を参考にさせて頂いたが、文脈に合わせて私訳を試みた。

(2) Gaston Rambert, 'Marseille au xixe et au xxe Siècles' in *Les Bouches du Rhone: encyclopédie départementale*, ed. Paul Masson (Marseille, 1935), pp. 144–70.

(3) 〔訳注〕設計は建築家パスカル・コステ。1860 年 9 月の落成式は、ナポレオン 3 世とウジェニー皇后が出席して行われた。フランス最古の商工会議所と海洋経済博物館が入っている。(https://www.marseille.fr/culture/patrimoine-culturel/le-palais-de-la-bourse)

(4) 〔訳注〕前二檣《しょう》（マスト）が横帆の三檣帆船。

(5) 〔訳注〕ジョルジュ・ビゼー (1838–75)　フランスの作曲家。特に劇音楽の作曲家としてすぐれ、モーツァルトやロッシーニの典雅な様式とリアリズムを結合して、19 世紀末のオペラの真実主義（ベリズモ）に影響を与えた。晩年の傑作、A. ドーデの戯曲『アルルの女』の付随音楽 (1872)、P. メリメによる物語をもとに 1875 年にオペラ・コミック座で上演された『カルメン』で知られる。当時『カルメン』に対する世間の反応は冷ややかだった。上演直後に病に倒れパリで没した。(『ブリタニカ国際大百科事典』を参照)

　ジャコモ・マイアベーア (1791–1864)　ドイツのユダヤ系オペラ作曲家。ベルリンの裕福な銀行家の息子に生まれた。ウィーンでサリエーリに作曲を学ぶ。ヴェネツィアに赴き (1816)、G・A・ロッシーニの作風を取り入れ、名前もイタリア風にジャコモと改めた。1831 年にはパリに移住。売れっ子台本作家と組んでオペラ座で初演した《悪魔ロベール》(1831) は未曽有の成功を収め、《ユグノー教徒》(1836) 等によりパリの音楽界に君臨した。彼の折衷主義的なグランド・オペラは、大掛かりな仕掛けと圧倒的多数の登場人物による華麗な「タブロー」によって聴衆を魅了したが、リヒャルト・ヴァーグナーは「根拠のない効果」と批判した。(『岩波　世界人名大辞典』を参照)

　ジャック・オッフェンバック (1819–80)　ドイツに生まれフランスで活躍(1860 年に帰化) した作曲家。オペレッタ(台詞と踊りのある歌劇) の原型を作り、オペレッタの父と言われ、音楽と喜劇との融合を果たした。

(6) Zdzisław Najder, ed., *Conrad's Polish Background: Letters to and from Polish Friends*, trans. Halina Carroll (London, 1964), p. 48.

(7) 前掲書 p. 51。

(8) Cedric Watts, *Joseph Conrad: A Literary Life* (Basingstoke, 1989), p. 15 の指摘によると、これはフランス海軍中尉の給料に匹敵するという。

(9) この説の擁護としては、Cedric Watts, 'The *Tremolino* and the *Tourmaline*: Reflections and Speculations', *The Conradian*, XXXVIII/2 (Autumn

視し、大学に接続する指導階層のための学校。フランスのリセ、英国のパブリック・スクールに相当。

(21) 〔訳注〕オランダの探検家。現在のタスマニア島とニュージーランド、フィジーへ到達した最初のヨーロッパ人。

(22) 〔訳注〕英国の航海者。3度にわたり南太平洋を探索し、ニュージーランドに到達、さらに1770年にはオーストラリアに上陸し、イギリス領を宣言。1779年、ハワイで原住民に殺害された。

(23) Tekla Wojakowska（旧姓 Syroczyńska）。Najder, ed., *Conrad's Polish Background*, p. 13. より。

(24) 〔訳注〕1792–1848。英国海軍の船長であり作家。コンラッドが主に範とし影響を受けた作家。コンラッドと同じように若い頃に船乗りになり船長にのぼりつめたあと引退して作家になった。コンラッドがどの言語でマリアットを読んだのかは不明だが、その生き生きとして活気に満ちた文体や冒険のロマンスは幼いコンラッドを魅了し、船乗りになる夢を掻き立てたにちがいない。（*The Oxford Reader's Companion to Conrad*, Oxford University Press を参照）

(25) 〔訳注〕1789–1851。アメリカの小説家。マリアットと並んでコンラッドが子ども時代に読みふけった作家の一人であり、クーパーの海洋冒険小説もまたコンラッドの海の生活に対する夢を掻き立てたのではないかと思われる。（*The Oxford Reader's Companion to Conrad*, Oxford University Press を参照）

(26) 〔訳注〕1819–1907　アイルランド東部ラウス県ダンドーク生まれ。英国の海軍将校、探検家。英国人探検家フランクリンが1845年に北極探検に出かけたことと、彼が悲劇的な死を遂げたことを発見した。（*Britannica* を参照）

(27) 〔訳注〕1771–1806。スコットランドの西アフリカ探検家。西洋人として初めてニジェール川中央部を探検した。帰国後アフリカでの体験をまとめて出版した *Travels in the Interior Districts of Africa*（1797）が彼を一躍有名にした。（*Britannica* を参照）

(28) タウベ家はユトランド半島に定住した古代バルト＝ドイツ系の貴族で、そのルーツはドイツのウェストファーレンに遡る。現在のエストニアとラトビアに居住していた民族で、数世紀の間その地域で社会、商業、政治、文化のエリート集団を構成していた。

(29) Najder, ed., *Conrad's Polish Background*, p. 13.

(30) 〔訳注〕1795年のロシア、プロイセン、オーストリア3国による第3回分割以後1918年、第一次世界大戦後独立を回復するまでポーランドが地図上に存在しなかった当時、シュラフタ階級あるいは中流階級に属する若者の多くが海外で教育を受けた。コンラッドの父アポロ（1820–69）も20歳の時にドイツに留学することを希望していたが、旅券の発行を拒否されている。Najder, *Joseph Conrad*, p. 45.

(3) 〔訳注〕1797－1863。フランスの作家、劇作家、詩人。フランス中部ロッシュの貴族の子に生まれ、近衛騎兵陸軍少尉を経てロマン派の詩人となり、ラマルチーヌ、ユゴー、ミュッセとともに四大詩人のひとりに数えられる。「追放者」のテーマを好み、その先駆的な詩は、ボードレール、ヴェルレーヌ、マラルメの作風を予感させる。作品に、詩集『古今詩集』（1826）、小説『ステロ』（1832）、短編集『軍隊の服従と偉大』（1835）、戯曲『チャタートン』（1835）、『詩人の日記』（1867）など。
(4) 〔訳注〕1809年。ナポレオン戦争の第5次対仏大同盟（オーストリア、英国、ポルトガル、スペイン、シチリア、サルデーニャで構成されたが戦闘の大半はオーストリア）戦争の一環として、オーストリア帝国の軍隊とワルシャワ公国の間で起こった戦い。どちらの側も相手を決定的に打ち負かすことはできなかったが、最終的にオーストリア軍が公国の首都ワルシャワを占領することを許した。
(5) Zdzisław Najder, ed., *Conrad's Polish Background: Letters to and from Polish Friends*, trans. Halina Carroll (London, 1964), p. 3.
(6) Zamoyski, *Poland*, p. 78.
(7) Najder, *Conrad's Polish Background*, p. 3.
(8) ハリナ・ナイデルの翻訳による。Zdzisław Najder, *Joseph Conrad: A Life* (New York: Camden House, 2007), p. 13.
(9) 〔訳注〕『両世界評論』*La Revue des deux mondes*　フランスの総合誌。1829年7月に月刊誌としてパリで創刊。当初は政治・行政制度の専門誌であったが、「旅行ジャーナル」誌を吸収して部門を拡大、さらに月2回の発行体制に移行するとともに、シャトーブリアン、ユゴー、ミュッセ、サンド、バルザック、サント＝ブーブらロマン派を中心とする有力な文学者を執筆陣に加えて文芸欄を飛躍的に充実させた。第二帝政下ではリベラルな反政府的立場を保持しながら、外国の思潮や文学の紹介にも積極的な態度を示した。（『集英社世界文学事典』を参照）
(10) Norman Davies, *God's Playground: A History of Poland* (Oxford, 1981), vol. II, p. 351.
(11) Ibid., p. 16.
(12) Najder, *A Life*, p. 21で引用されているアポロ・コジェニョフスキからいとこのヤンとガブリエラ・ザゴルスキに宛てた手紙を参照。
(13) Zamoyski, *Poland*, pp. 243－44.
(14) Norman Davies, *Europe: A History* (Oxford, 1996), p. 828.
(15) Najder, *A Life*, p. 23.
(16) Najder, ed., *Conrad's Polish Background*, p. 8.
(17) Davies, *God's Playground*, vol. II, p. 44.
(18) Najder, ed., *Conrad's Polish Background*, p. 66の引用より。
(19) 前掲書p. 73の引用より。実際のところ、地所はコンラッドの祖父が1830年の蜂起に加わったことで没収された。
(20) 〔訳注〕ドイツの伝統的な中等学校。元来は古典語・古典的教養を重

ヨークで設立された出版社。当初は大衆小説だけでなく古典や学術書のペーパーバック版も扱っていた。現在はペンギン・ランダムハウスの傘下にある。

(14) John A. Palmer, *Joseph Conrad's Fiction: A Study in Literary Growth* (Ithaca, NY, 1968); Gary Geddes, *Conrad's Later Novels* (Montreal, 1980); Daniel Schwarz, *Conrad: The Later Fiction* (Basingstoke, 1982); Robert Hampson, *Joseph Conrad: Betrayal and Identity* (Basingstoke, 1992) を参照。

(15) フェミニスト的研究方法の例としては、Nina Pelikan Straus, 'The Exclusion of the Intended from Secret Sharing in Conrad's *Heart of darkness*', *Novel*, xx (1987), pp. 123 – 37; Ruth Nadelhaft, *Joseph Conrad* (New York, 1991) を参照。

(16) Chinua Achebe, 'An Image of Africa: Racism in Conrad's *Heart of Darkness*', *Massachusetts Review*, xxviii (1977), pp. 782–94. アチェベの議論に対する多数の応答の中でもとりわけ以下を参照：Hunt Hawkins, 'The Issue of Racism in Heart of Darkness', *Conradiana*, XIV/3 (1982), pp. 163 – 71; Paul B. Armstrong, '*Heart of Darkness* and the Epistemology of Cultural Differences', in *Under Postcolonial Eyes: Joseph Conrad after Empire*, ed. Gail Fincham and Myrtle Hooper (Rondebosch, 1996), pp. 21–39; Robert Hampson, 'Joseph Conrad: Postcolonialism and Imperialism', *EurAmerica*, XLI/1 (March 2011), pp. 1–46.

(17) 〔訳注〕1923 年にニューヨークで創設された W. W. ノートン & カンパニー社の文学テクスト批評版。註釈付きの文学作品原典、歴史的背景、批評の三つの部分からなり、教員にとっては授業の可能性を拡大し、学生にとっては文学作品を理解・分析・鑑賞するのに役立つ。

(18) 〔訳注〕『新フランス評論』(*La Nouvelle Revue Française*) フランスの月間文芸誌。しばしば N.R.F. と略される。1908 年創刊直後に分裂するも、ジッド、シュランベルジュ、コポーら 6 名を編集同人として再出発。ジッドの『狭き門』を初め、作品の質の高さが好評を博す。両大戦間はヴァレリー、プルースト、マルローなどフランスの優れた文学者の大部分を寄稿者にもち、創造と批評の表裏一体をめざす名実ともに世界最高の文芸誌となった。(『集英社世界文学事典』を参照)

(19) Anthony Fothergill, *Secret Sharers: Joseph Conrad's Cultural Reception in Germany* (Bern, 2006) 参照。

(20) Ngũgĩ wa Thiong'o, 'The Contradictions of Joseph Conrad', *The New York Times Book Review* (21 November, 2017) 参照。

## 第 1 章　ウクライナに生まれて

(1) Maya Jasanoff, *The Dawn Watch: Joseph Conrad in a Global World* (London, 2017), p. 18 より引用。

(2) Adam Zamoyski, *Poland: A History* (London, 2015), pp. 37, 80.

たので彼の物語は中断され、勝手ながら自分がその物語を再開しようと思い立ったのだ。」Ford Madox Ford, *A Little Less Than Gods* (London: Duckworth, 1928), p. vi.

## 序章　コンラッドのイメージ

(1) 〔訳注〕1902 年に創刊された『ロンドン・タイムズ』の別冊、文芸・文化批評雑誌。「TLS」の略称で知られる英国の週刊書評紙。

(2) 〔訳注〕マーマイトは酵母を主原料とするペースト状の食品。英国では一般的な調味料で、パンにつけたり、スープの味つけに用いたりする。商標名。独特の風味があり、ここでウルフがコンラッドの作品について言っているように、好き嫌いが分かれる。

(3) Virginia Woolf, 'Joseph Conrad', in *The Common Reader* [1925] (London, 1975), pp. 282–83.

(4) 1920 年の日記において、ウルフはコンラッドを「外国人、話す英語は片言、妻はずんぐりした女性」と記述している。Virginia Woolf, *A Writer's Diary* (London, 1953), p. 27. [ヴァージニア・ウルフ『ある作家の日記』神谷美恵子訳、みすず書房、2020 年]

(5) Iain Finlayson, *Writers in Romney Marsh* (London, 1986); Linda Dryden, *Joseph Conrad and H. G. Wells: The Fin-de-Siècle Literary Scene* (Basingstoke, 2015) 参照。

(6) 〔訳注〕1900 年ウォルター・ハインズ・ページが経営に加わり、Doubleday, Page & Company となった。

(7) コンラッドの作品を最初に出版した定期刊行物のオープン・アクセスのアーカイブについては、スティーヴン・ドノヴァンが管理するウェブサイト Conrad First (http://www.conradfirst.net/) を参照。

(8) 『人生と文学についての覚書』(*Notes on Life and Letters*, London, 1921) 所収、pp. 11–19.

(9) 'Joseph Conrad's Heroic Pessimism', *Current Opinion* (November 1924), pp. 630–31.

(10) Peter Lancelot Mallios, *Our Conrad: Constituting American Modernity* (Stanford, CA, 2010) 参照。

(11) 〔訳注〕英国の文学批評季刊雑誌。1932 年、F・R・リーヴィス、妻のQ・D・リーヴィス、L・C・ナイトらを編集者としてケンブリッジ大学を中心に創刊。精密・厳格な批評的基準を求め、文学批評という行為を通じて一国の文化を高めようという使命感から出発した。時に独善的で、偏狭に陥る弊はあったが、テクストの精読を通じて作品の核心に迫り、技法とモラルとの均衡を称揚する一貫した姿勢は、英国の批評の水準を向上させるのに貢献した。1953 年廃刊。(『改訂新版　世界大百科事典』平凡社を参照)

(12) F. R. Leavis, *The Great Tradition* [1948] (Harmondsworth, 1962), p. 9. [F・R・リーヴィス『偉大な伝統 ――G・エリオット、H・ジェイムズ、J・コンラッド』長岩寛／田中純蔵訳、英潮社、1972 年、p. 1]

(13) 〔訳注〕ニュー・アメリカン・ライブラリー (NAL) は 1948 年ニュー

# 註

## 日本語版に寄せて

(1) この段落で示した情報については山本薫に感謝する。〔訳注〕第３版については「再版はしがき」p. v、「ロマンティックな出来事」と「心理的リアリズム」については「序文」（*Typhoon and The Nigger of the "Narcissus"*, 研究社、1959） p. xxix 参照。

(2) Hiromasa Wakita, 'An Examination of the Reception of Joseph Conrad in Modern Japan', *Journal of East-West Thought*, 2.5 (2015), 65–78, 66.

(3) 〔訳注〕明治文学の研究者、英文学者、翻訳家。

(4) Robert Hampson and Véronique Pauly (eds), *The European Reception of Joseph Conrad* (London: Bloomsbury, 2022) 参照。

(5) この情報に関しては、Mari Inoue and Yasuko Shidara, 'Japanese translations of Conrad's works, 1904-2017', *Conrad Studies*, 9 (2018), 39-48 を参照。

(6) 〔訳注〕1902–94。詩人。

(7) 〔訳注〕1900–45。評論家。

(8) Hideaki Sagara, 'Soseki Natsume and Joseph Conrad', Abstract, *Journal of Comparative Literature*, vol. 20, 1977.

(9) 〔訳注〕1881–1956。歌人、美術史家、書家。

(10) 〔訳注〕1904–70。英文学者、民俗学者。

(11) Joseph Conrad, *The Secret Agent* (London: J. M. Dent, 1923), p. xiii. [ジョウゼフ・コンラッド『シークレット・エージェント』高橋和久訳、光文社古典新訳文庫、2019 年]

(12) 東イングランドの地域で、ハーフォードシャー州にある村。

(13) E. M., *Stories from de Maupassant* (1903) and A. G., *Yvette and other Stories* (1904) 参照。エルシーもエイダも名前のイニシャルのみを使用した。

(14) これらの翻訳の選集としては、Guy de Maupassant, *Madame Perle and Other Stories* (London: riverrun, 2020), elected and with a preface by Robert Hampson and Helen Chambers 参照。

(15) この小説の献辞において、フォードは自らの作品とコンラッドの『サスペンス』を関連づけている。Max Saunders, *Ford Madox Ford: A Dual Life* (Oxford: Oxford University Press, 1996), vol. II, p. 321 参照。〔訳注：ソーンダースによれば、おそらく早くとも 1902 年にフォードはコンラッドとナポレオン小説について話し合っており、フォードの考えでは *A Little Less Than Gods* は未完の『サスペンス』の続編のつもりだったらしく、*A Little Less Than Gods* の献辞で彼は次のように記述している。「かつてこの作品は他の作家との共作になる予定だった。（中略） しかし、その人物が惜しまれつつ亡くなっ

**ワ行**

**ヤ行**



**ラ行**

**マ行**

**ハ行**

**タ行**



**ナ行**

**サ行**

# 人名・書名索引

## ア行



## カ行

著者▶ **Robert Hampson**（ロバート・ハンプソン）
1948年、リバプール生まれ。英国の詩人、英文学者。ロンドン大学英語研究所研究員、ロイヤル・ホロウェイ名誉教授。キングス・カレッジ・ロンドン（英文学専攻）卒業。キングス・カレッジ・ロンドンにてジョウゼフ・コンラッドに関する論文で博士号（Ph.D）取得。著書に *Joseph Conrad: Betrayal and Identity*（Palgrave Macmillan, 1992）、*Conrad's Secrets*（Palgrave Macmillan, 2013）など多数。

訳者▶**山本 薫**（やまもと・かおる）
大阪市生まれ。滋賀県立大学准教授。大阪市立大学文学研究科博士課程単位取得満期退学後、同大学にて博士号（文学）取得。著書に *Rethinking Joseph Conrad's Concepts of Community: Strange Fraternity*（Bloomsbury, 2017）、『裏切り者の発見から解放へ――コンラッド前期作品における道徳』『「自己」の向こうへ――コンラッド中・短編小説を読む』（共に大学教育出版）、訳書にジョウゼフ・コンラッド『放浪者　あるいは海賊ペロル』〈ルリユール叢書〉（幻戯書房）。

# 評伝ジョウゼフ・コンラッド

2024年12月30日　初版第1刷発行

著　者――――ロバート・ハンプソン
訳　者――――山本 薫

発行者――――森 信久
発行所――――株式会社　松柏社
〒102-0072　東京都千代田区飯田橋1-6-1
Tel. 03 (3230) 4813
Fax. 03 (3230) 4857

装　丁――――木下悠

印刷・製本――中央精版印刷株式会社

定価はカバーに表示してあります。落丁・乱丁本は送料小社負担にてお取り替えいたしますのでご返送ください。

ISBN978-4-7754-0301-3